後宮の備品係
智慧《ちえ》の才女、万能記憶で陰謀を暴きます
著 おあしす
ill. さくらもち

秀英《シュイン》
玲玲《リンリン》

董艶妃《トウエンヒ》
暁蕾《シャオレイ》

聞き覚えのある男の声だった。
狐のお面が外され、琥珀色の瞳が現れた。
「いったいお前は何をしているのだ？」

後宮の備品係

智慧《ちえ》の才女、万能記憶で陰謀を暴きます

著 おあしす　ill. さくらもち

第一章

暁蕾、後宮女官になる

「お前の娘は才女だと評判である。宮城《きゅうじょう》にて陛下のお役に立つがよい」

溏《とう》帝国の下級官僚、曹《ツァオ》傑倫《ジェルン》の家を訪れた花鳥史《かちょうし》は有無を言わせぬ調子で言い放った。

花鳥史《かちょうし》の横暴な態度に曹《ツァオ》傑倫《ジェルン》はうろたえ、妻は泣きそうになっている。花鳥史《かちょうし》とは皇帝の命を受けて帝国各地をまわり美女や才女、その他技能にすぐれた女子を選び出す官職である。

「どうしたの？　お父さん」

騒ぎを聞きつけて別室で本を読んでいた、この家の娘、暁蕾《シャオレイ》が顔を出した。暁蕾《シャオレイ》は今年15歳になる。絶世の美女というわけではないが、整った目鼻立ちと美しい黒髪を持った少女であった。背丈は5尺5寸（165㎝）、体重は96斤（48㎏）と痩せ形で、均整のとれた体つきをしているのだが、胸の膨らみはわずかしかない。

「おお、暁蕾《シャオレイ》。花鳥史《かちょうし》様がお前を後宮にと訪ねてこられたのだ。ご挨拶《あいさつ》なさい」

暁蕾《シャオレイ》は、花鳥史《かちょうし》の男をチラリと見た。とても背が高い。それでいて線の細い中性的な雰囲気をまとっている。目鼻立ちは整っており色は白く、珍しい琥珀《こはく》色の瞳《ひとみ》がこちらを見据えていた。一瞬、男と目が合ってしまった。狼を思わせる鋭い視線を感じて暁蕾《シャオレイ》の胸はドキリと高鳴った。

「お勤めご苦労様でございます。花鳥史《かちょうし》様。せっかくお越しいただきましたのに大変申し訳ありませんが、私は後宮には参りません。悪しからず」

動揺を悟られないように言い放つ暁蕾《シャオレイ》に、父さんと母さんの口はあんぐり、目はまんまるとなった。

（冗談じゃないわ！　誰《だれ》が後宮なんか行くもんですか。私には夢があるんだから、邪魔しないで）

部屋を出ようとする暁蕾《シャオレイ》を父さんが慌てて呼び止める。

「ま、待ちなさい、暁蕾《シャオレイ》。この方も皇帝陛下のためのお仕事でわざわざいらっしゃったのだ。そのような態度は失礼であろう」

父さんは花鳥史《かちょうし》の方を振り向くと困ったような笑顔を作った。暁蕾《シャオレイ》の家は溏《とう》帝国の首都である安慶《あんけい》の外れにある。花鳥史《かちょうし》がやってきたであろう皇城《こうじょう》からは徒歩でも来れる距離だ。わざわざ来たというよりはついでに来たという方が合っているだろう。

「ご覧のように背だけは高いのですが、とても皇帝陛下に献上できるような器量もなく、愛想も全くありません。儀礼の方もこの通りでなっておりません。このような、何の取り柄もない娘を連れて帰っては、かえってあなた様のご迷惑になりましょう」

（ちょっと、父さん！　自分の娘についてそこまで言う？　さすがの私も傷つくんだから）

「夫の言う通りです。この娘は料理や裁縫も不得手、もちろん踊りの才能もありません。暇さえあれば本ばかり読んでいる変わりものです。近所の子供達に役に立たない学問を教えたりするものですから、『浪費先生《ランフェイ》』などと子供達から言われる始末なのです」

（ちょっと母さん！　そこは否定するところでしょ）

母さんまでひどい言いようで娘をけなし出した。だが、これがなんとか娘を連れていかれまいとする必死の芝居であることが暁蕾《シャオレイ》にはわかっていた。とはいえ、わかっていても釈然としないものがあるのも事実だ。浪費《ランフェイ》とは『無駄』という意味だ。つまり学んでも無駄な学問を教える先生というからかい言葉なのだ。

溏《とう》帝国の庶民の大多数は読み書きができない。この帝国を支えているのは日々農作物を作ってくれている農民なのに、高い税金を課せられて貧しい生活を強いられている。農民だけではない、広く帝国を支えている人々、漁民、商人、職人、などなど平民の大部分は貧しいながら日々を精いっぱい生きている。それなのに日々の生活はいっこうに楽にならない。

この国のことわりを決めているのは、皇帝を頂点とした大きな役人の組織だ。だが誰もが役人になれるわけではない。後宮と同じで、そのほとんどは身分の高い家柄の子息だ。富めるものが官僚として帝国を動かし、富めるものに有利な法律を作る。貧しいものはその法律により縛《しば》られてますます貧しくなる。

溏《とう》帝国の前の王朝の時、科挙《かきょ》と呼ばれる役人を登用するための試験制度ができた。身分に関係なく有能な人材を登用するための制度となるはずであった。だが実際はこの非常に難しい試験に合格できるのは学業に専念できるだけの時間とお金がある一部の富裕層に限られていた。いや、余裕のある人間でさえ全《すべ》てをかけてこの試験に挑み続けた結果、夢破れるというありさまだったのだ。

ましてや読み書きのできない庶民にとって科挙《かきょ》の合格など夢のまた夢であった。さらには暁蕾《シャオレイ》を含めた女性には受験する資格さえなかった。暁蕾《シャオレイ》の夢とは、身分に関係なく誰でも学問ができる場所を作ること、そして誰でも公平に役人として登用される制度を作ることだった。父さんと母さんの話を聞いていた花鳥史《かちょうし》は、暁蕾《シャオレイ》の方を向くと言った。

「ところで娘、我が溏帝国《とう》において人に学問を教えることができるのは男性と決められておる。女であるお前が子供に学問を教えるのは罪である。よってお前は死罪となる」

死罪という言葉を聞いて、父さんと母さんの顔が恐怖で凍りつく。一方、暁蕾《シャオレイ》といえば眉《まゆ》ひとつ動かさない。

「花鳥史《かちょうし》様、帝がお定めになった律令格式《りつりょうかくしき》（※）によれば、医学を学ぶものまた医学を教えるものについて厳しく制限されていることは承知しております。ですが私が子供達に教えておりますのは、文字の読み書きとこの国の歴史についてなのです。それらを制限する言葉はどこにもなかったはず。また死罪とおっしゃいましたが、死罪となる例については条文に細かく列挙されております。その例に女性でありながら学問を教えることは含まれていなかったはずです」

（何も知らないと思って適当なことを言って脅すつもりだろうけど、そうはいかないんだから！）

花鳥史《かちょうし》の男は一瞬驚いたような表情を浮かべたが、やがてニヤリと笑った。

「娘よ、お前の言う通りだ。そのような決まりはないし、たとえあったとしてもその程度で死罪とはなるまい。だがお前は我が国の律令《りつりょう》にずいぶんと詳しいようだ。いったいお前はどこでそれを学んだのだ。もしお前が我が国の公文書を勝手に読んだのであれば、お前にそれを見せたものは重罪になるであろう」

暁蕾《シャオレイ》の背筋に冷たいものが走った。父さんは溏《とう》帝国の法律を整備する仕事をしている。暁蕾《シャオレイ》は父さんが持ち帰った書類を無理にねだって読ませてもらっていた。どうしても法律の勉強をしたかったのだ。

（※）溏帝国における法律

（はめられたんだわ。調子に乗ってベラベラと喋《しゃべ》るなんて私はなんてバカなんだろう）

「曹《ツァオ》　傑倫《ジェルン》、10日以内に準備をして娘を後宮に参内《さんだい》させよ！　異議はないな」

　こうして、暁蕾《シャオレイ》は後宮女官となったのである。

「いいか、暁蕾《シャオレイ》。後宮は恐ろしい所なのだ。ちょっとしたことがお前の命取りとなる。決してお前の知識をひけらかすのではないぞ」

　父さんは厳しい顔をして私に言った。今回、花鳥史《かちょうし》相手にやらかした私は、ぐうの音も出ない。神妙な面持ちで話を聞いていると、父さんの知っている後宮の仕組みについて教えてくれた。

　溏《とう》帝国の現皇帝、朱《ジュ》　楚成《ジングル》は先帝から皇位を継いだばかりであり、先帝の時代に権力を握っていた皇太后の勢力と皇后一族との間で激しい権力争いが起こっているらしい。宮城《きゅうじょう》には4万人の女性が働いており、そのうち後宮には5千人もいるのだ。その5千人が皇太后側へ付くか、皇后側へ付くか、はたまた中立を決め込むのか右往左往しているようだ。

　後宮の頂点に君臨しているのは、皇帝の正妻である皇后なのだが、さらに4名の妃《きさき》がいた。それだけではない、九嬪《きゅうひん》、婕妤《しょうよ》、美人、才人と多くの妾《めかけ》がその下に続く。これら無数の女性が皇帝の寵愛を得るために日々しのぎを削り、陰謀と愛憎が渦巻いている恐ろしい場所。それが後宮なのだ。

　后妃達の目的はただひとつ、皇帝の子供を生み権力を握ることだった。首尾よく皇帝の寵愛を受けて上位の后妃に上り詰めたとしても、世継ぎである男子を生むことができなければ、やがてその権力の座から追われることになる。天国から一転して地獄もありうる過酷な場所なのだった。

　もちろん暁蕾《シャオレイ》も書物で得た知識によって、そういった後宮の実情はある程度把握していたのだが、父さんがあまりにも後宮の恐ろしい部分を強調して話すので行く前からうんざりしてしまった。

「何年か真面目《まじめ》に問題を起こさずお勤めすれば、お暇をいただける機会がやってくる。よいか、それまで決して目立って目をつけられないように大人しくしておるのだぞ」

父さんが諭《さと》すように言う。

「そうですよ。暁蕾《シャオレイ》、あなたはただでさえ書物の読みすぎで目つきが悪いのですから、後宮では笑顔で愛想よくするのですよ」

それを聞いて母さんまで日頃から何度も繰り返している娘への苦言を、思い出したように言ってくるのだった。


後宮に参内《さんだい》する準備に追われているうちに、とうとう約束の10日が経《た》ち後宮に入る日がやってきた。準備で一番苦労したのが後宮での衣装だった。溏《とう》帝国の女子は一般的に襦裙《じゅくん》と呼ばれるひと揃《そろ》えの衣装を身に着けている。襦《じゅ》とは丈の短い襟付きの上着でいろいろな種類の襟があるのだが、最近は胸がはだけたような短い襟が流行《はや》っていた。

暁蕾《シャオレイ》は衣装にこだわりはなかったものの、父さんの言いつけ通り最初から目立つことは避けようと淡い桃色の襦《じゅ》を選んだ。安慶《あんけい》の都では鮮やかな赤い襦《じゅ》をよく見かけるので流行りの色なのだろう。もちろん胸元《むなもと》の大きく開いた襟は選ばないし、持ってもいなかった。

次はスカートに当たる裙《くん》だが、上端を脇《わき》の下《した》まで持ち上げて絹帯でしめる。色はやはり赤が人気ではあったが、最近の流行は石榴《ざくろ》で染めたものだった。暁蕾《シャオレイ》はすでに持っている裙《くん》を何着か持っていく中で参内《さんだい》の日は橙色《だいだい》の裙《くん》にした。

それ以外にも髪形や装飾品にも気を使わなければならない。どれも暁蕾《シャオレイ》の不得意な分野だ。いつもは双平髻《そうへいけい》という頭の左右に取っ手のような輪っかを作った髪形をしている。わざわざ髪形を変えるのも面倒くさかったので、そのままにしておくことにした。

髪の毛をまとめて頭にのせる髪形は、西洋風に言えばシニヨンと呼ばれるものだが、身分が高くなるほどより高く盛られるようになる。さらに盛られた髪を豪華なかんざしや玉で飾り立てるのが常だった。

さて、いよいよ父さんと母さんにも別れを告げて家を出ようとすると家の前に近所の子供達が集まっていた。

「わー、先生がおしゃれしてるー、似合ってないぞ!」

「おとこのところへいくんだー」

わーわーとはやし立てる子供達。普段、暁蕾《シャオレイ》が学問を教えている子供達だった。

「おとこじゃない!　私は後宮へ行くんだ」

子供相手にむきになっても仕方ないが、一応否定しておく。

「浪費《ランフェイ》先生がこうきゅうへいくぞー」

「がんばれーせんせい!」

再びわーわーとはやす子供達。それでも彼らなりに暁蕾《シャオレイ》を応援してくれているのが伝わってきた。

後宮から帰ることができればまた子供達に学問を教えよう、早くその日が来ればいいのだが、と暁蕾《シャオレイ》は思った。

「あー、先生頑張るよ!」

子供達に手を振って宮城《きゅうじょう》への道を歩みだす。宮城《きゅうじょう》までは4里（※1）程度の距離がある、少し歩くことになるが、後宮に入れば簡単には外出できない。今のうちにこのあたりの景色を目に焼き付けておこうと思った。

安慶《あんけい》の都はとても大きい。暁蕾《シャオレイ》が読んだ宮城《きゅうじょう》の公文書によると南北17・2里（※2）。東西19・4里（※3）もあった。暁蕾《シャオレイ》は碁盤の目のような街路を北へ進む。大陸の東端にある溏《とう》帝国は大陸を西へ伸びる交易路をもっており遥か西方の国々から様々な品物が運び込まれていた。宮城《きゅうじょう》へ向かう大通りの両端にはずらっと露天が並び、異国の食料品や装飾品の類いが売られている。

道を行き交う人々の服装も色とりどりで、特に女性は美しい絹糸で模様が描かれた豪奢《ごうしゃ》な襦裙《じゅくん》を身に着けており、大勢の女性が歩く姿は都に咲いた花に例えられるのであった。

また、見たこともない獣の毛皮で作られたであろう珍妙な衣服を身に着けた異国の民もまざっており、ここが繁栄している帝国の都であることを表しているようだった。

どこからともなく饅頭を蒸《ふか》すいい匂《にお》いが漂ってくる。いつもなら誘惑に負けふらふらと立ち寄ってしまう暁蕾《シャオレイ》だったが、今は後宮への道を急がなければならない。

やがて大きな通りの正面に皇城《こうじょう》の巨大な門が姿を現した。城の南に位置する鳳凰《ほうおう》門だ。

鳳凰《ほうおう》門の門番に声をかけて花鳥史《かちょうし》から渡された証書を見せる。門番の男は証書を受け取ると暁蕾《シャオレイ》を頭からつま先までジロジロと見たあと「ここで待て」と言った。しばらく待っていると門の通用口が開き、中に入ることができた。

門の奥にひとりの女性が立っていた。歳《とし》のころは二十代半ばぐらいだろうか？　薄緑色の襦《じゅ》に水色の裙《くん》を身に着け髪はひとつの大きな髻《もとどり》としてまとめられている。額には花をあしらった花鈿《かでん》と呼ばれる紋様が描かれており、細く切れ長な目と尖《とが》った輪郭が冷たく厳しい雰囲気をかもし出している。

「あの……」

鋭い視線に射すくめられて暁蕾《シャオレイ》は固まった。

「拱手《きょうしゅ》の礼はどうしたのです？」

よく響く声が飛んできて、暁蕾《シャオレイ》は我に返った。慌てて左手で胸の前に拳《こぶし》を作り右手のひらでその拳を包むようにして差し出す。溏《とう》帝国における伝統的な挨拶の儀礼だった。

「本日から、後宮に参内《さんだい》致します、曹《ツァオ》　傑倫《ジェルン》の娘、暁蕾《シャオレイ》と申します」

女性は、暁蕾《シャオレイ》が門番に渡した証書を手に持っている。証書と暁蕾《シャオレイ》を交互に見比べると少しだけうなずいた。どうやら本人と確認できたのだろう。

「私は後宮の教育係をしている沈《シェン》　氷水《ビンスイ》といいます。今日からお前が後宮で生きていくための礼儀作法を教えます。いいですか、ここにいる女性のほとんどはお前より身分の高い方々なのです。先ほどのように挨拶すらできないようではお前の居場所はすぐになくなると思いなさい」

氷水《ビンスイ》の言葉は鋭い刃《やいば》のように暁蕾《シャオレイ》の心をえぐった。自分より身分の高い相手には自ら進んで挨拶を行う、もちろん知識としては十分わかっていたし普段の生活でもできていたつもりだった。だが後宮の女官を前にしてそれができなかった。自分の知識が行動として生かされなかった、それが猛烈に悔しかったのだ。

「後宮へ案内します、ついてきなさい」

氷水《ビンスイ》は、背を向けると歩きだした。暁蕾《シャオレイ》も遅れないように後を追う。今、暁蕾《シャオレイ》達が歩いているの

（※1）1里＝500mとして2000m（※2）同じく8600m（※3）同じく9700m

は皇城《こうじょう》と呼ばれる安慶《あんけい》の中央官庁が集まった場所だ。

暁蕾《シャオレイ》の父、傑倫《ジェルン》は尚書省《しょうしょしょう》に勤めている。尚書省《しょうしょしょう》は、審査を通った法案を実際に国で使えるようにする役所だ。かなりの激務で、いつも家に仕事を持ち帰っていた。

皇城《こうじょう》の建物は敷地に左右対称に作られている。石造りの台の上に鮮やかな朱色の柱が何本も建てられ美しい曲線を描いた瓦屋根を支えている。建物の壁には細かい装飾が施されまるで異国に来たような雰囲気が漂っていた。

氷水《ビンスイ》は宮城《きゅうじょう》へ続く大きな通りを真《ま》っ直《す》ぐ進んでいく。通りの正面に鳳凰《ほうおう》門よりももっと立派な門が見える。真《ま》っ青《さお》な空を背にして朱色の柱や門戸がくっきりと浮かび上がっている。宮城《きゅうじょう》の南からの入り口――青龍《せいりゅう》門であった。

(この中に皇帝陛下がいらっしゃるのね)

皇帝陛下を自分の目で見たことはない。だが帝国の安定に力を注《そそ》いでいる真面目な皇帝といわれる一方で宦官《かんがん》や后妃の言いなりという噂もあった。

氷水《ビンスイ》は、青龍《せいりゅう》門の手前で西に折れて進む。宮城《きゅうじょう》を囲む城壁に沿って西に進んだ後、突き当たった通りをさらに北へ進んだ。

右手の城壁にやや小ぶりの門があり、その前で氷水《ビンスイ》は立ち止まった。

「ここが後宮への入り口、星虹《せいこう》門です」

氷水《ビンスイ》が門番に目配せすると、ゆっくりと門が開く。門の中は暁蕾《シャオレイ》の想像を超えた世界だった。たった今歩いてきた皇城《こうじょう》の建物も十分立派であったのだが、後宮の建物はさらに色鮮やかである。

(これが後宮! なんて美しいんだろう)

暁蕾《シャオレイ》が建物に見とれているのと、氷水《ビンスイ》があきれたようにこちらを見ているのに気がついた。

「ぼーっとしてる暇はありませんよ、まずはお前の職場への挨拶です」

季節は春の始めである。後宮の庭には白梅と紅梅の花が美しく咲き誇っている。紅白の花が並んで咲く姿は一枚の絵のようであった。

氷水《ビンスイ》に連れられて暁蕾《シャオレイ》は、手前にある比較的、質素な作りの建物に入った。廊下で女官達がせわしなく動き回っていたが、入ってきたふたりを見て動きを止める。

「あら、また田舎者がやって来たみたいね」

「パッとしない娘ですこと」

どうやらここでは新入りは歓迎されないようだ。あざけりの目、敵意を込めた目、様々な視線が暁蕾《シャオレイ》に向けられるが、ひとつも好意的なものはなかった。

（これでも帝都安慶《あんけい》の出なんだから！　失礼ね！）

こそこそと陰口をたたく女官どもに言い返してやりたい気持ちをなんとか抑える。

氷水《ビンスイ》と暁蕾《シャオレイ》は、廊下の突き当たりにある薄暗い部屋に入った。部屋の中央には木製の机がひとつ。机の脇には書類の山ができている。椅子《いす》に座り、しかめっ面をしながら書類をめくっている少女が目に入った。

ふたりが部屋に入っても少女は書類に視線を落としたままだ。こちらを気にしている素振りが全くない。

「黄《コウ》　玲玲《リンリン》！」

氷水《ビンスイ》のよく響く声が少女に向けて発せられた。ようやく少女はのろのろとした動作でこちらを見た。

こちらに向けられた顔はまだあどけなさが残っている。おそらく暁蕾《シャオレイ》と同じくらいの歳だろう。

椅子に座っていても小柄なのがわかる。異国の血が入っているのだろう、ほりの深い目鼻立ちをしていた。薄桃色の襦《じゅ》に淡い水色の裙《くん》が似合っている。丱角《かんかく》と呼ばれる頭の左右に2個のお団子を作った髪形がかわいらしい。

「う……これ全然終わらない」

椅子から立ち上がり氷水《ビンスイ》と暁蕾《シャオレイ》に礼をとった後、玲玲《リンリン》は力無くうめくように言った。とても眠そうな目をしている。まだ午前中だがすでに眠いのだろうか？　それとももともとそういう表情なのか暁蕾《シャオレイ》にはわからなかった。

「玲玲《リンリン》、今日からあなたの同僚となる暁蕾《シャオレイ》です。暁蕾《シャオレイ》、あなたは今日からここで玲玲《リンリン》とふたりで働いてもらいます」

「安慶《あんけい》出身の曹《ツァオ》　暁蕾《シャオレイ》です。父は尚書省《しょうしょしょう》の役人です」

「……紗州《さしゅう》出身の……黄《コウ》　玲玲《リンリン》です。えっと……父は紗州《さしゅう》郡の兵士です」

玲玲《リンリン》の自己紹介は、たどたどしくどことなく恥ずかしそうだった。話をするのが苦手なのかもしれない。それにも増して、玲玲《リンリン》の出身地が紗州《さしゅう》と聞いて暁蕾《シャオレイ》は驚いた。紗州《さしゅう》は溏《とう》帝国が直接支配する地域としては最も西方に位置する。ここ安慶《あんけい》から少なくとも３４００里（１７００㎞）はある遠い遠い場所だったからだ。

氷水《ビンスイ》の説明によると、暁蕾《シャオレイ》と玲玲《リンリン》の仕事は後宮で必要な品物を皇城《こうじょう》の役人へ発注すること、皇城《こうじょう》から届いた品物の検品を行うことだそうだ。それならなんとかなりそうだと暁蕾《シャオレイ》は少し安心した。また仕事が始まる前と終わった後に氷水《ビンスイ》による礼儀作法の授業があるとのことだった。

「私は他の女官の指導があるので、一旦《いったん》ここを離れます。玲玲《リンリン》、暁蕾《シャオレイ》に仕事の内容を教えてあげなさい。夕刻、また戻ってきます」

そう言って氷水《ビンスイ》は立ち去ってしまった。薄暗い部屋には暁蕾《シャオレイ》と玲玲《リンリン》、それから大量の書類の山が残された。

「紗州《さしゅう》から来たなんてすごいね。安慶《あんけい》まで来るの大変だったでしょ?」

玲玲《リンリン》は相変わらず眠そうな表情でこちらを見た。突然話しかけられて驚いたのか、口が半開きになって固まっている。

「紗州《さしゅう》の馬……とても早い。だから大丈夫だった……」

(もしかしてこの子、引っ込み思案なのかな?)

「私は安慶《あんけい》の外れに住んでたんだ。さっき、父さんは役人だって言ったけど全然偉くないからね」

「安慶《あんけい》は……すごく人が多い。それに食べ物もとても美味《お》しい」

「そうか、そうだよね。人も物も帝国中から集まってるもんね」

一瞬、近所の子供に学問を教えている時のことを思い出した。生徒にもいろいろな子供がいて活発で自己主張が強い子供もいれば、人見知りでなかなか自分の意思を言葉にできない子供もいる。玲玲《リンリン》は、顔立ちはやや異国風で華やかな外見をしているのだが、控えめで人と話すのが苦手なタイプなのだろうと思った。

「玲玲《リンリン》は、後宮に来てどれくらいになるの?」

「えっと……今日で3週間かな? 前の担当者が病気で仕事ができなくなり、ここに連れてこられた……の」

（3週間ということは玲玲《リンリン》も後宮での経験があまりないということね。それに病気で仕事ができなくなったというのも気になるわ）

「ねえ、玲玲《リンリン》、私達の仕事を教えてもらっていいかな？　後宮で必要な品物の発注と届いた品物の確認だったわよね」

「わかった……仕事教えるよ」

玲玲《リンリン》の説明によると、まず貴妃の侍女がそれぞれの貴妃が必要としている品物を紙に書いて持ってくる、それを品物ごとに集計して皇城《こうじょう》の受付係に発注する。しばらくすると品物が後宮の倉庫に納品されるのでちゃんと納品されたか品物の種類と数を確認する。最後に品物が納品されたことを貴妃の侍女へ伝えて取りに来てもらう。とまあこんな具合だった。要するに倉庫の管理人のようなものだ。

「えっと……この書類の山は、もしかして品物の発注書なの？」

「そう……数が多すぎてなかなか進まない」

暁蕾《シャオレイ》は書類の山の一番上からめくっていき中身を確認してみた。書類には右から左への縦書きで上段に品物の名前、下段に必要な個数が記載されていた。

〇〇宮
米　1勺《しゃく》
油　2升《しょう》
蠟燭《ろうそく》　50本

というような書式で書かれている。

（うん……同じ貴妃宮から何枚も提出されているし、発注したばかりの商品もすぐに再発注されているわね。それに品物の記載されている順番がバラバラだし、単位もバラバラだわ。これは手間がかかるわね）

「玲玲《リンリン》、ちなみにどれくらいの頻度で皇城《こうじょう》へ発注しているの？」

「うう……あまり覚えていない。私、計算が苦手だからなるべくすぐに持っていくようにしている」

「そうかあ……」

さらに細かく内容を聞いてみる。玲玲《リンリン》は前任者が病気でいなくなってしまったために業務の引き継ぎもなく手探りで仕事を始めたようだ。仕方がなく氷水《ビンスイ》に助けを求めたが、教えてくれたのは品物を収める倉庫の場所や皇城《こうじょう》の担当者がいる場所、貴妃付きの侍女との連絡の取り方など基本的なことだけで、後は自分で工夫してやるようにと言われたそうだ。

後宮に知り合いもおらず、かといって他の女官に聞く勇気もなかった玲玲《リンリン》は試行錯誤しながら今日まで仕事を続けてきたとのことだった。最初は侍女が持ってきた発注書がある程度たまったら、そのまま皇城《こうじょう》の担当者へ持って行ったらしい。

「そしたら……バラバラに持ってこずにちゃんと一枚の紙にまとめて持ってこいと怒られた」

玲玲《リンリン》は、眠そうな目はそのまま、わずかに眉根《まゆね》を寄せて言った。

「うーん、そうなるだろうねー。それだと皇城《こうじょう》の担当者が品物と数を集計しないといけなくなるから、嫌がるだろうね」

暁蕾《シャオレイ》はなるべく相手を責める調子にならないように注意して答えた。

「だから……2枚とか3枚分の内容を足し合わせてから他の紙に書き写した。それで持っていくようにした」

（2枚から3枚かあ、そのたびに書き写す手間と皇城《こうじょう》へ持っていく手間ができちゃうわね）

「貴妃の侍女達は発注書をどうやって持ってくるのかしら？」

「この部屋を出た先の廊下に発注書を入れる箱がある」

「その場所を教えてもらえるかな」

玲玲《リンリン》に連れられて発注書の箱がある場所まで連れていってもらう。それは箱というよりは少し深さがあるお盆といった感じのものだった。すでに何枚かが箱に入っている。後から入れられた紙がどんどん上に積み重なっていく仕組みのようだ。

「ちょっと、あなた達！」

暁蕾《シャオレイ》達が箱を覗《のぞ》き込んでいると突然、背後から甲高い声がした。振り向くと女官がひとり立っていた。上下とも鮮やかな赤の襦裙《じゅくん》を身に着けている。いや裙《くん》の方はより深い赤色なので、もしかしたら柘榴《ざくろ》で染めたものかもしれない。

目は切れ長で鼻も尖っている。美人には違いないのだが八の字の眉がキツい印象を与えている。手には一枚の紙を持っていた。

「あなた達、そこで何をしているの？」

詰問するような強い調子で言う。

「私達は、後宮の備品を調達する係です。ここにある発注書を取りに来たんです」

「あら、誰かと思ったら田舎者の玲玲《リンリン》じゃない。それともう一人は見ない顔ね。新入り？」

あざけるような調子で女官は言う。田舎者と言われた玲玲《リンリン》はその場で固まってしまった。

「私は今日から後宮で働くことになった、暁蕾《シャオレイ》といいます」

「私は紅玉宮《こうぎょくきゅう》の侍女、青鈴《チンリン》よ。新しい発注書を持ってきたわ。あれ？　箱に発注書がたまってるじゃない！　ちょっと見せなさいよ」

青鈴《チンリン》は暁蕾《シャオレイ》と玲玲《リンリン》を押し退《の》けて、発注書入れの箱に歩み寄る。パラパラと紙をめくると、わざとらしくため息をついた。

「どういうことかしら？　私が数刻前に入れた発注書がまだ残ってるじゃない！」

青鈴《チンリン》は紙束《たば》から一枚抜き取ると暁蕾《シャオレイ》と玲玲《リンリン》の眼前に突き付ける。数刻前という曖昧な言い方からして箱に入れてからまだそれほど時間が経っていないのではないか、と暁蕾《シャオレイ》は訝《いぶか》しんだ。

「ねえ、新入りさん。私の仕える翠蘭《スイラン》様はね、皇帝陛下からも度々、渡《わた》り（※）を受けられている素晴らしい貴妃様なのよ。その翠蘭《スイラン》様が必要とされている品物がすぐに届かないなんてあってはならないことなの、わかるわよね」

翠蘭《スイラン》妃の名前は暁蕾《シャオレイ》も聞いたことがある。この安慶《あんけい》に隣接する黒河州《こくが》を治める劉《リュウ》家の娘であり、教養と美貌を兼ね備えた貴妃だとの噂だった。また、劉《リュウ》家は皇族に匹敵《ひってき》する権力を持っており皇帝といえども気を使わないとならない存在だったはずだ。

「ご注文は箱に入れられた順番に処理させていただいてます。少々お待ちいただけますか？　その発注書はこちらでお預かりします」


（※）皇帝が後宮の貴妃のもとを訪れて一夜をともにすること

キッパリとした暁蕾《シャオレイ》の言葉に青鈴《チンリン》は不快そうに眉をひそめる。

「順番？　そんなものあなたの判断でいくらでも変えられるでしょう。翠蘭《スイラン》様はお急ぎなの！　最優先で持ってきてちょうだい。それにあんたの横にいる田舎者なんだけど、仕事が遅くてみんな迷惑してるの。あんたがそいつの分までちゃんとやってもらえるかしら」

予想外に言い返されたことで自尊心を傷つけられたのか、青鈴《チンリン》の八の字眉はさらに吊り上がっていた。矛先を玲玲《リンリン》にまで向けてくる。

（自分のご主人様の威光を笠に着て天狗《てんぐ》になっているのね。めんどくさいな）

青鈴《チンリン》から発注書を受け取った暁蕾《シャオレイ》は、箱に入っていたもうひとつの発注書と素早く見比べる。さらに部屋に山積みになっていた発注書の中にあった紅玉宮《こうぎょくきゅう》分の発注書の内容を記憶から呼び出す。

（やっぱり、そういうことか……）

暁蕾《シャオレイ》は青鈴《チンリン》の方を向き直ると、静かに、しかしはっきりとした口調で言った。

「青鈴《チンリン》様、先月、皇帝陛下より宮城《きゅうじょう》に対して倹約令が出たのをご存知でしょうか？」

「えっ！　何それ？」

――宮城《きゅうじょう》倹約令、それはどんどん豪奢になっていく宮城《きゅうじょう》内の設備や調度品、食事の大量廃棄、備品の無駄遣いに対して歯止めを利かそうと皇帝自ら発した勅令《ちょくれい》であった。もちろん後宮もその対象に含まれるので貴妃付きの侍女であれば知らないはずはなかった。

「紅玉宮《こうぎょくきゅう》様からは今月すでに6枚の発注書が提出されています。そのいずれもが、米、油、蠟燭の発注ですね。合計で米5俵、油15升、蠟燭５００本となっています。これだけの量になりますと、今回の倹約令に則《のっと》り、確かにお使いになったのかどうかお調べしないといけません。それと私の名前は暁蕾《シャオレイ》です」

青鈴《チンリン》の表情が見る間に青ざめていく。

「あ……えっとおー……そういえば、お米や油はまだ倉庫に在庫があったわね。そうそう蠟燭もまだ足りそうだわ。その発注書返していただけるかしら、えっと……暁蕾《シャオレイ》さん」

早口で言い訳じみた言葉を発したかと思うと暁蕾《シャオレイ》の手から発注書をひったくり、足早に立ち去っていった。

（やれやれ、なんとか追い返せたわね）

小さくため息をついた暁蕾《シャオレイ》の隣で、玲玲《リンリン》が眠たそうだった目を見開いて呆然《ぼうぜん》と立ち尽くしていた。

「来たばかりでどうして紅玉宮《こうぎょくきゅう》のことがわかったの？」

「さっき一緒に発注書を見たでしょ。その中に紅玉宮《こうぎょくきゅう》の発注書があったのを覚えていたんだよ」

「あれだけの量を全部？　すごい！　すごいよ！　尊敬しちゃう！」

「まあ……ね。えへへ」

「それに倹約令のことなんてぜんぜん思いつかないよ」

「たまたま陛下の勅令を思い出したから使っちゃった。やられっぱなしじゃ悔しいからね。青鈴《チンリン》の言うことなんか気にしなくていいよ。玲玲《リンリン》はひとりで頑張ってたんだから」

実は、暁蕾《シャオレイ》には自分で『万能記憶』と名付けた能力があった。どんなものでも一度見るとその細部まで完璧《かんぺき》に記憶できるのだ。本来なら発注書を処理する場合は玲玲《リンリン》のように算盤を使って一枚一枚足し算をしていくところなのだが、暁蕾《シャオレイ》は書類に1回目を通すことで全容を把握して計算することもできた。

こんな能力がいつから身に付いたのか暁蕾《シャオレイ》にはわからなかった。物心ついた時にはすでに身に付いており、周りの子供達と自分が違うということがだんだんとわかってきた。しかも、驚くべきことにこの能力は暁蕾《シャオレイ》が本を読んで知識を身に付けるとどんどん進化しているようだった。

あの花鳥史《かちょうし》には父の持ち帰った公文書を勝手に読んだことで弱みを握られたのだが、すでに膨大な量の内部情報も記憶しており、そのことがバレたのではないかと肝《きも》を冷やしたのであった。

玲玲《リンリン》には気にしなくていいと言ったものの、仕事が遅れ気味なのは事実だろうと暁蕾《シャオレイ》は思った。なんとか対策を考えねば、また誰かに難癖《なんくせ》をつけられるかもしれない。部屋に戻ると仕事の進め方について しばらく思案した。

「倉庫を見に行こうか」

玲玲《リンリン》に案内してもらい後宮の倉庫へ行く。倉庫は後宮への入り口、星虹《せいこう》門から入って向かって右側、つまり後宮の南側にあった。玲玲《リンリン》が持っている鍵《かぎ》で倉庫の門を開けて中に入った。女官達が生活している建物とは違い単色の質素な建物だった。

明かり取りの窓が建物の上部にいくつもあるため、倉庫の中は思ったよりも明るかった。壁面には背の高い木製の棚が設置してあるのが見えた。

「あれっ！　ええっと……品物はどこ？」

暁蕾《シャオレイ》は思わず声を上げた。棚には何もなかった。全て取りに来た侍女によって運び出されたのだろうか？

「玲玲《リンリン》、発注した品物は一旦ここに運び込まれるのよね？」

「そう、ここで貴妃宮ごとに仕分けされるの」

確かに、棚は仕切り板で区画を分けられており、それぞれの貴妃宮あてに届けられた品物を置いておくような仕組みになっている。

「ここに届けられた品物の確認も私達がするんでしょ？」

「それが……少し前に宦官《かんがん》がやって来て品物の確認と貴妃への伝達は自分達がやるから、お前達はやらなくていいって言われたの」

（宦官《かんがん》か……なんかイヤな予感がする）

暁蕾《シャオレイ》と玲玲《リンリン》は一旦、自分達の仕事部屋へ戻ることにした。

結局その日は、大量にある発注書を一枚の紙にまとめる作業と、過去の注文状況について記録を作ることにした。

暁蕾《シャオレイ》だけで手早く終わらせることもできたのだが、それでは玲玲《リンリン》のためにならない。玲玲《リンリン》にも作業をやってもらい効率的な仕事を覚えてもらうことにした。

夕刻になり部屋に氷水《ビンスイ》がやって来た。氷水《ビンスイ》の行う礼儀作法の授業は想像以上に厳しかった。女官らしい歩き方、お辞儀のやり方、目上の人への言葉遣いまで覚えることはたくさんある。

「暁蕾《シャオレイ》、なんですかそのお辞儀は！」

「暁蕾《シャオレイ》、今まで何を教わってきたのです！」

容赦ない叱責《しっせき》を受けてほとほと参ってしまった。頭では……理論としてはわかっているのだ。ただ体が、口が思った通りに動いてくれない。一方、玲玲《リンリン》の方はかなり要領がいいようだった。氷水《ビンスイ》が教えたことがすんなりとできていた。ただ、氷水《ビンスイ》から意見を言うように求められ、自分で考えて回答することになると途端に口ごもってしまう。

（そうか、誰かのお手本通りに真似してやるのが得意なのね）

品物の発注作業で分担する際にも、それぞれの得意分野に仕事を割り振れば早く終わらせることができるかもしれないと暁蕾《シャオレイ》は思った。

礼儀作法の授業が終わると女官用の食堂で夕食をとり寝所へ向かう。暁蕾《シャオレイ》や玲玲《リンリン》のような特定の仕事を持った女官は、皇帝の寵愛の対象となる貴妃や貴妃付きの侍女とは居住区が分けられていた。貴妃には後宮内にそれぞれの部屋が与えられている。身分が高くなるにつれて部屋は広くなり、皇后や九嬪《きゅうひん》といった上位の貴妃ともなると貴妃宮と呼ばれる独立した建物に入ることが許されている。

昼間、発注書のことで絡《から》んできた侍女、青鈴《チンリン》が仕えている翠蘭《スイラン》もそのひとりで、彼女がいる貴妃宮は紅玉宮《こうぎょくきゅう》と呼ばれている。今思えば侍女がわざわざ発注書を持ってきたのも不自然と言えなくはない。そんな雑用は下級女官に任せればいいのだから。


翌朝、身支度をして朝食をとった後、再び氷水《ビンスイ》の授業を受ける。

「いいですか、後宮の北側は北宮《ほくぐう》と呼ばれています。北宮《ほくぐう》には貴妃宮があり貴妃の方々とその侍女、使用人である女官がいらっしゃる場所となっています。用もなく北宮《ほくぐう》へ立ち入ってはなりません。また、まれに北宮《ほくぐう》から貴妃様が我々がいる南宮《なんぐう》へ来られる場合があります。回廊で貴妃様とお会いした場合、直ちに片膝《ひざ》をつき拱手《きょうしゅ》の礼をとらなければなりません。くれぐれも忘れないように」

暁蕾《シャオレイ》は後宮に行けば美しい貴妃や侍女がそこらじゅうにいるものと思っていた。だがこの南宮《なんぐう》にいるのは皇帝の寵愛を受ける美しい貴妃ではなく、日々の地味な雑用をこなしている下級女官達だった。もちろんそれでも才能や技能を認められた有能な女子や家柄の良さで選ばれた女子達であることは違いなかった。

一介の役人の娘である暁蕾《シャオレイ》や辺境から来た玲玲《リンリン》はこの南宮《なんぐう》においても見下される立場であった。そう考えると、昨日、紅玉宮《こうぎょくきゅう》の青鈴《チンリン》をやり込めたのはまずかったかもしれない。後宮に入った初日にやらかした、と思い暁蕾《シャオレイ》は少しだけ反省した。

「備品係の仕事はどうですか？　うまくできそうですか？」

授業の終わりに氷水《ビンスイ》が聞いてきた。

「はい、玲玲《リンリン》がひとりで苦労していたようですが、ふたりで手分けしてやれば問題なさそうです」

「そうですか……」

キッパリと答えた暁蕾《シャオレイ》に氷水《ビンスイ》はそれ以上何も言わなかった。

翌日も薄暗い作業部屋での仕事が始まった。発注書の箱へ取りに行くとすでに何枚も紙が入っている。ちょっと多すぎないか、と暁蕾《シャオレイ》は思った。後宮では米や油や蠟燭をそんなに大量に使うのだろうか？

「玲玲《リンリン》、まとめた発注書を皇城《こうじょう》へ持っていくね。悪いけど発注書のまとめ作業をお願いできる？」

「わかった……暁蕾《シャオレイ》が書いてくれたお手本がある。見ながらやってみるよ」

バラバラの発注書を一枚の綺麗《きれい》な発注書へまとめる作業はかなり手間がかかる。暁蕾《シャオレイ》はまず一枚のお手本を書き、そのお手本に記入する上での注意事項を書き入れたものを作った。昨日、礼儀作法の授業で玲玲《リンリン》が教えられたことをそのまま実行できる能力があると思ったからであった。

後宮に入る時は西側にある星虹門《せいこう》から入ったのだが、そこから皇城《こうじょう》へ向かうと一旦通りへ出なければならず遠回りになる。かといって皇帝陛下や位の高い貴族がいらっしゃる宮城《きゅうじょう》の近くをあまり通りたくない。暁蕾《シャオレイ》は後宮の南側にある通用門を使って皇城《こうじょう》へ行くことにした。この通用門を使うことは、はしたない下品な行為とされていたので女官は使うのを避けていたのだが、無駄なことはしないというのが暁蕾《シャオレイ》の信条だった。

通用門は通常の門と比べてとても小さい。木製の粗末な片開きの扉で背も低い作りなので背の高い暁蕾《シャオレイ》は少しかがんで通り抜ける必要があった。

あたりを見回し誰もいないことを確認してから通用門をくぐる。昨日見た左右対称の建物が眼前に広がると予想していたのだが暁蕾《シャオレイ》の予想は裏切られた。

なぜなら門を出た真正面に誰かが立っていたからだ。目の前に立っていたのはとても背の高い男だった。線の細い中性的な雰囲気を持つその男に暁蕾《シャオレイ》は見覚えがあった。美しい琥珀色の瞳が驚きで見開かれているのが見えた。

「うわっ！」

暁蕾《シャオレイ》は思わず間抜けな声を上げてしまった。

「あなたはあの時の……！」

男の正体は暁蕾《シャオレイ》に後宮入りを命じた花鳥史《かちょうし》の男であった。服装は暁蕾《シャオレイ》の自宅を訪れた時と変わっている。丸襟《まるえり》の袍服《ほうふく》を身に着けており、長い髪は頭の上で小さく結われているだけで顔の左右に垂らされている。手入れが行き届いているのか艶《つや》のある美しい黒髪だった。

問題は袍服《ほうふく》の色だった。男は紫の袍服《ほうふく》を身に着けていたのだ。溏《とう》帝国の統治制度は九品《きゅうひん》制という仕組みをとっている。最上位の一品《いっぴん》から九品《きゅうひん》までの位があるのだが、一品《いっぴん》と二品《にひん》は、皇族か最上位の貴族である。実際は三品《さんぴん》以下の役人が実務を担っていた。

男が着ている紫の官服は、三品《さんぴん》以上の役人にしか着用が認められていなかったのである。

（嘘《うそ》でしょ！　この男、まさかとっても偉い人なの？）

愕然《がくぜん》とした暁蕾《シャオレイ》だったが、氷水《ビンスイ》と出会った時の失敗は繰り返すわけにはいかなかった。素早く片膝をつくと拝礼する。相手は本来なら暁蕾《シャオレイ》が口を聞くことさえ許されないような高貴な身分なのだ。

「まさかここで出くわすとは、予想外だったな」

男は独り言のように言う。暁蕾《シャオレイ》に後宮入りを命じた時と同じ声ではあったが、あの時と違って暁蕾《シャオレイ》は威圧感を覚えなかった。

「おい、娘。顔を上げていいぞ。あの時の威勢はどうした？　俺《おれ》はただの花鳥史《かちょうし》だぞ」

「はい、高貴な身分の方とはつゆ知らず、ご無礼を致しました。お許しください」

なんで、皇族に次ぐような身分の男が花鳥史《かちょうし》のふりをして下級官僚の家までやって来たのか？　なぜ父さんはそれに気がつかなかったのか？　様々な疑問が暁蕾《シャオレイ》の頭を駆け巡っていた。

顔を上げた暁蕾《シャオレイ》が男を見上げると、見下ろす琥珀色の瞳とまたもや目が合ってしまった。暁蕾《シャオレイ》は胸の鼓動が高鳴るのを感じた。美しい色の瞳だけではない、通った鼻筋、整った眉、ほっそりした顎の輪郭、そのどれもが均整がとれている。肌の色は女性のように白く、唇には艶があった。前回はあまり顔を見ないようにしていたのだが、こうして近くで見るとまごうことなき美形であった。

「曹《ツァオ》　傑倫《ジェルン》の娘、暁蕾《シャオレイ》といったな。ここを通り抜けるのは下品な行為といわれている、知っていて通り抜けたのか？」

　暁蕾《シャオレイ》の家を訪れて、暁蕾《シャオレイ》が父の持ち帰った書類を読んでいることを脅しに使った時のような意地悪な響きがあった。

（自分もここを通ろうとしたくせに、嫌なやつ！）

「おそれながら申し上げます。皇帝陛下が発せられました倹約令によりますと、物やお金の無駄遣いを慎むようにとの仰せでございます。しかしながら、もうひとつ無駄にするべきではないものが挙げられているのです。ご存知かとは思いますが」

　ここまで言って暁蕾《シャオレイ》は、はたと気がついた。またもや挑発的な言葉を発してしまった。これでは高貴な身分であれば知っていて当然だろうという皮肉になっているではないか。この男の怒りを買うかもしれない。暁蕾《シャオレイ》は首の後ろがひんやりとするのを感じた。

　だが暁蕾《シャオレイ》の予想に反して男は声を出して笑い出す。

「ハハハハハッ、やっと調子が戻ってきたな！　それは『時』であろう。それが理由と申すか？」

「はい、ここは後宮から宮城《きゅうじょう》の前を通ることなく皇城《こうじょう》へ行くことができる最短の道でございます。私は貴妃様方がご所望になっておられる品物の発注書を皇城《こうじょう》へ届ける仕事をしております。貴妃様をお待たせすることはできませんので『時』を無駄にはできないのです」

　暁蕾《シャオレイ》の答えを聞いた男は一瞬、眉を上げたがニヤリと笑みを返した。

「ハハハッ、そうだ。お前のことを屁理屈女と呼ぶことにしよう」

（屁理屈女ですって！　変なあだ名つけないでよ）

「さて、もう行くとしよう。『時』は大事だからな」

暁蕾《シャオレイ》はすっと立ち上がると、男のために通用門の扉を開けた。うむとうなずいて男は歩き出したが、何を思ったのか入り口の手前まで歩くと立ち止まった。

「笑わせてもらった礼に名乗るとしよう。俺は御史大夫《ぎょしたいふ》の胡《フー》　秀英《シュイン》だ」

そう言うと胡《フー》　秀英《シュイン》は素早く通用門をくぐり立ち去ってしまった。

(御史大夫《ぎょしたいふ》ですって！)

暁蕾《シャオレイ》は背筋が冷たくなるのを感じた。御史大夫《ぎょしたいふ》とは、御史台《ぎょしだい》という役所の長官のことだ。御史台《ぎょしだい》は、三省六部と言われる溏《とう》帝国の役所全体を見張り不正を暴《あば》く重要な役割を持った組織である。官僚の最高位である丞相《じょうしょう》を補佐する役目でもあった。

とても下級女官の暁蕾《シャオレイ》が口を聞ける相手ではなかった。無礼を咎《とが》められて処刑される可能性すらあったのだ。

(最後に名乗るっていうのも意地悪よね)

本当は秀英《シュイン》が下級女官の暁蕾《シャオレイ》に名乗る必要などなかったし、御史大夫《ぎょしたいふ》の顔を知らない方が問題なのだが、暁蕾《シャオレイ》のモヤモヤはなかなか収まらない。それに御史大夫《ぎょしたいふ》が花鳥史《かちょうし》に化けて下級官僚の家にやってくるなど前代未聞だ。

「まっ、いっか」

細かいことは気にしない。これまでそれで人生を乗りきってきた暁蕾《シャオレイ》だった。さっさと歩き始めると皇城《こうじょう》の一画にある備品の管理人の部屋にやって来た。

「こんにちはー。後宮から来たものです」

ごちゃごちゃと物が乱雑に置かれた部屋の中に古ぼけた机があり、その後ろの椅子にもたれ掛かった中年の男が、口をあんぐりと開けいびきをかいていた。

男は、でっぷりと太っており着ている官服もだらしなく着崩れしている。

（なんなの？　これは）

「すいませーん！」

男が目を覚ましそうにもなかったので、今度は大きな声で言った。

ガタン！　男の体がビクンと痙攣《けいれん》して椅子から転げ落ちそうになる。たるんだまぶたがうっすら開き、よどんだ瞳が暁蕾《シャオレイ》へと向けられた。

「うるせーぞ。邪魔しやがって……なんだオメーは？」

「私は昨日から備品係になった暁蕾《シャオレイ》といいます。発注書を持ってきました」

男は暁蕾《シャオレイ》の言葉が終わらないうちに、フワーッと大きなあくびをした。あまりにだらしない態度に暁蕾《シャオレイ》は苛立ちを覚えた。

「いつも来る無愛想な娘はどうした？」

「玲玲《リンリン》は別の仕事があるので私が代わりに来たんです」

そう言って暁蕾《シャオレイ》は発注書を差し出した。男は発注書を興味なさそうに受け取りチラッと見ると机の上にポイと放り出した。

「一応、まとめてあるようだな」

「ええ、読みやすく数の多い順に並べてあります」

「そうかい、ご苦労さん」

男は面倒くさそうに言うと再び椅子に深く寄りかかった。暁蕾《シャオレイ》は素早く部屋を観察する。机の上に墨の入った硯《すずり》と使い古した筆が置いてある。床には文字がびっしりと書かれた紙が散乱していた。

――敬《つつし》みて奉《たてまつ》る

いくつかの紙に同じ言葉が書かれているのを暁蕾《シャオレイ》は見逃さなかった。

その言葉は、ある特定の文章で書き出しに使われるものだ。その文章とは――

――上奏文《じょうそうぶん》

この男は上奏文《じょうそうぶん》を書いているのだ。それも何枚、何十枚と書き直している。

上奏文《じょうそうぶん》とは、皇帝に直接意見を伝えるために書かれる文章のことである。だがこのだらしない男には似つかわしくない行いだと暁蕾《シャオレイ》は思った。

そのことについて尋ねてみたい気持ちが湧《わ》き上がったが、なんとか抑える。今はそれとは別に聞かなければならないことがあったからだ。

「ここで発注した品物はちゃんと倉庫に搬入されているのでしょうか？」

「もうひとりのお嬢ちゃんが確認してるんじゃねーのか？　聞いてみればいい」

男はぼさぼさの頭をかきながら答えた。

「それが、倉庫での確認作業は宦官《かんがん》の仕事だと言われて、私達は立ち合えていないのです」

「なるほどな……宦官《かんがん》がそう言うのならそういうことなんだろうよ。仕事が減って良かったじゃねーか」

（どうやら、まともに答える気がないみたいね。これ以上は時間の無駄かも）

「わかりました。では倉庫を担当している宦官《かんがん》に直接話を聞いてみます。どなたが担当なのか教えていただけますか？」

暁蕾《シャオレイ》の言葉に男はため息をついた。

「なあ、お嬢ちゃん。悪いことは言わないから自分達の仕事だけに集中しな。でないと俺のようになるぞ」

俺のようとはどういう意味だろうか？　暁蕾《シャオレイ》は考えを巡らす。父から見せてもらった公文書の中に何かヒントがなかっただろうか？

万能記憶によって暁蕾《シャオレイ》は『宦官《かんがん》』、『上奏文《じょうそうぶん》』というふたつの言葉に関連する文章を思い出していく。暁蕾《シャオレイ》の特殊な能力のひとつだ。

『門下省《もんかしょう》という役所に諫議大夫《かんぎたいふ》（※1）という役職がある。皇帝に諫言《かんげん》（※2）を行い悪政を行わないようにさせる仕事を担っている。前皇帝の臣下に大変優秀な諫議大夫《かんぎたいふ》がいたはずだ。確か名前は……

――徐《シュー》　泰然《タイラン》
前皇帝に臆することなく意見を言い、重用された男の名が記憶によみがえった。暁蕾《シャオレイ》は記憶の中からさらに、この男に関する文書を呼び起こした。

『諫議大夫《かんぎたいふ》、徐《シュー》　泰然《タイラン》、司農寺録事《しのうじろくじ》への異動を命ず』

司農寺《しのうじ》とは給与の支給や倉庫管理を行う役所である。そこでの仕事は律令や予算の作成に比べれば重要度が低い仕事だと位置付けられている。しかも録事《ろくじ》は従九品《じゅうきゅうひん》という位に位置する。役人の位において皇族や有力貴族を除く実質的な最高位といえる三品《さんぴん》から、最も位の低い従九品《じゅうきゅうひん》への異動。理由も何も書かれていないただの一文にすぎないのだが、これは異常なことだった。

目の前にいる男が、徐《シュー》　泰然《タイラン》である保証はない。だが確かめてみる必要があると暁蕾《シャオレイ》は思った。

「失礼しました！　あなた様は前の諫議大夫《かんぎたいふ》、徐《シュー》　泰然《タイラン》様ではございませんか？」

片膝をつくと拝礼する。暁蕾《シャオレイ》の言葉に男はフッーとため息をつくと天井《てんじょう》を見上げた。

「お嬢ちゃん、あんた最近後宮に来たんだろ。俺がここに異動になったのはあんたが後宮に来る前のはずだ。それに俺がここに異動となったことは触れてはならない暗黙の了解になってるんだぜ」

やはり暁蕾《シャオレイ》の予想は正しかった。この男は前皇帝に重用された徐《シュー》　泰然《タイラン》その人なのだ。そしてそのことを誰も教えてくれないのはやはり、触れてはならないという圧力がかけられているのだろう。

「いえ、誰からか聞いたわけではございません。失礼ながらそちらにあります書状は上奏文《じょうそうぶん》とお見受け致しました。それも大変な数ございます。これほどの上奏文《じょうそうぶん》を書けるお方はそうそういらっしゃいません」

「あーあー、バレちまったか。恥ずかしいから知られたくなかったんだがよ。そうだよ、俺は徐《シュー》泰然《タイラン》だ。だがな、今の俺は単なる備品係だ。こんな上奏文《じょうそうぶん》、何枚書こうが皇帝陛下には見ていただけ

（※1）皇帝の行いを正すため意見を言う役職　（※2）目上の人の過失などを指摘して忠告すること

ねーんだよ」

そう言って徐《シュー》　泰然《タイラン》は再びボリボリと頭をかいた。

「泰然《タイラン》様、先ほどおっしゃった、自分の仕事に集中しないと俺のようになるとはどういうことですか？」

「お嬢ちゃん、いい加減立ってくれ。こそばゆいからよ」

相変わらず片膝をついて礼を取ったままの暁蕾《シャオレイ》に泰然《タイラン》は言った。それから椅子に座り直すと真面目な調子で続ける。

「いいかい、お嬢ちゃん。一回しか言わねーからよく聞け、そして聞いたらすぐに帰るんだ、わかったか？」

暁蕾《シャオレイ》は立ち上がると承諾の意味で「はい」とうなずいた。

「後宮で生き残りたいなら宦官《かんがん》とは距離を置け。宦官《かんがん》の言うことを決して鵜呑《うの》みにするな。それから……」

ここで徐《シュー》　泰然《タイラン》は一呼吸おく。

「宦官《かんがん》のことを調べようとするな。以上だ、さあ帰ってくれ！」

いろいろ聞きたいことがあった暁蕾《シャオレイ》だったが、約束は約束だ。泰然《タイラン》に礼を言うと部屋を後にした。

泰然《タイラン》の言った言葉の意味を考えてみる。俺のように、とは俺のように理不尽な扱いを受けるぞ、という意味であろう。そして泰然《タイラン》を理不尽な目に遭わせたのは宦官《かんがん》なのだろう。

暁蕾《シャオレイ》は、皇城《こうじょう》から後宮へ帰る道すがら、宦官《かんがん》について考えてみた。宦官《かんがん》とは浄身《じょうしん》（※）した男性だ。男子禁制の後宮に足を踏み入れてよいのは、皇帝とこの宦官《かんがん》のみであった。

後宮の貴妃達の世話は女官が行うのだが、やはり後宮においても溏《とう》帝国の政治に関《かか》わる必要がある。かといって男性の官僚が後宮の補佐をすると後宮の純潔が脅かされる。そこで宦官《かんがん》の登場である。男性としての機能を失った彼らは後宮にいる貴妃達の純潔を奪うことはない、非常に都合の良い存在であった。男でも女でもないこの宦官《かんがん》が後宮はおろか溏《とう》帝国そのものの政治を牛耳《ぎゅうじ》る存在であるのは間違いなかった。

結局、暁蕾《シャオレイ》は泰然《タイラン》の忠告を受け入れることにした。

(今は目の前の仕事に集中しよう)

宦官《かんがん》のことは気になったが今は心の底にしまうことにして日々の仕事を淡々とこなしていった。

(※) 去勢

第二章

暁蕾、呪いの謎に挑む

しばらく平穏な日々が続いたある日の午後、暁蕾《シャオレイ》が作業部屋で発注書をまとめていると、玲玲《リンリン》が珍しく興奮した様子で部屋に入ってきた。

「暁蕾《シャオレイ》、大変だよ。発注書箱の前で女官同士が大喧嘩《おおげんか》してる！」

様子を見てみようと暁蕾《シャオレイ》は、作業部屋を飛び出し廊下にある発注書箱のところへ向かう。

「紅玉宮《こうぎょくきゅう》の人間が犯人だって言うの！　侮辱だわ」

顔を真《ま》っ赤《か》にして大声を出しているのは、先日暁蕾《シャオレイ》達に発注書のことで文句を言ってきた紅玉宮《こうぎょくきゅう》の侍女、青鈴《チンリン》だった。

「青鈴《チンリン》さん、私は侮辱なんかしていないわ。思い違いよ」

青鈴《チンリン》と言い合いをしている相手は暁蕾《シャオレイ》の知らない女官だ。丸顔でかわいらしい顔をしているが今は顔を引きつらせている。丸顔の女官が手に発注書らしき紙を持っていることから、お互いに発注書を持ってきたところで鉢合わせとなり、なんらかの理由で喧嘩になったのではないかと暁蕾《シャオレイ》は思った。

（めんどくさいし、放っておこうかな）

暁蕾《シャオレイ》はそっとその場を離れようとしたが、ふたりの話は暁蕾《シャオレイ》の想像とは違うようだった。

「范恋《ハンレン》様は、とてもお優しい方よ。人の恨みを買うような方ではないわ」

「じゃあなんで、人形に名前が書かれていたのかしら」

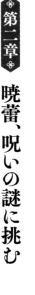

「知らないわ。どこにでも人をうらやむ人がいるものよ。逆恨みってやつよ」

「火のないところに煙はたたないっていう言葉知らないのかしら？」

「火のないところに無理やり煙を起こそうとしてるのはあなた達でしょ！」

范恋《ハンレン》とは、現皇帝、朱《ジュ》　楚成《ジングル》の皇后の名だ。話の流れからして丸顔の女官は皇后、范恋《ハンレン》のところの侍女か女官なのだろう。

騒ぎを聞きつけて近くを歩いていた女官達も足を止めて集まり始めていた。これでは発注書を回収することもできないし、女官が発注書を提出するのにも邪魔だろう。

(仕方ないわね。話を聞いてみるか)

「ちょっとよろしいですか？　青鈴《チンリン》様。ここは人目があります。もしよろしかったら私どもの作業部屋でお話しになったらいかがですか？」

青鈴《チンリン》は現れた暁蕾《シャオレイ》の顔を見るとゲッという顔になった。この間、宮城《きゅうじょう》倹約令の件でやり込められたのをまだ引きずっているのだろう。

「あら、ごめんなさい。私としたことがつい興奮してしまったわ」

丸顔の女官は暁蕾《シャオレイ》にすまなそうな顔を向ける。暁蕾《シャオレイ》が名乗ると女官は皇后、范恋《ハンレン》の侍女、華月《カゲツ》と名乗った。青鈴《チンリン》と華月《カゲツ》はふたりとも誰《だれ》かに言い分を聞いてもらいたかったらしく作業部屋に来ることになった。

作業部屋を簡単に片付けると、ふたりには机を挟んで椅子《いす》に座ってもらいお互いを見渡せる位置に暁蕾《シャオレイ》が座る。玲玲《リンリン》は少し離れたところへ腰を下ろした。椅子に座るなり、青鈴《チンリン》が自分の主張を話し始めようとした。

「お待ちください。順番にお聞きしますので。なぜおふたりは喧嘩になったのですか？」

青鈴《チンリン》はふんと鼻を鳴らすと口を開く。

「この女が木偶《もくぐう》事件の犯人を翠蘭《スイラン》様だと言ったのよ！」

「そんなこと言ってないから！」

青鈴《チンリン》が口を尖《とが》らせて発した言葉に華月《カゲツ》も即座に言い返した。

「青鈴《チンリン》様、『この女』という言い方は良くありませんよ。礼節を重んじる翠蘭《スイラン》様も悲しまれると思います」

暁蕾《シャオレイ》の言葉に青鈴《チンリン》は言いすぎたと思ったのか口をつぐんだ。

「まず大変申し訳ないのですが私は『木偶《もくぐう》事件』について知りません。よろしければ何が起こったのか教えていただけますか？」

「まあ、南宮《なんぐう》の女官なら知らなくても仕方ないわね。いいわ、教えてあげる」

青鈴《チンリン》が語る『木偶《もくぐう》事件』とは以下のようなものだった。

7日前の早朝、北宮《ほくぐう》の庭を掃除していた女官が庭に植えられていた柊《ひいらぎ》の木の根元近くで土に半分埋められた木彫りの人形を見つけた。人形は報告を受けた掖庭《えきてい》の宦官《かんがん》によって持ちさられたが、女官は人形に人の名前が書かれた紙が貼《は》られているのを見たという。掖庭《えきてい》とは後宮を管理する役所で、宦官《かんがん》が取り仕切っている。秀英《シュイン》がいる御史台《ぎょしだい》とは犬猿の仲のはずだ。

紙に書かれていたのは、皇后、范恋《ハンレン》の名前だったと女官は証言した。北宮《ほくぐう》では何者かが皇后を呪い殺そうとしたのではないか、と噂された。ただその後、掖庭《えきてい》から何の連絡もなく貴妃の間で疑心暗鬼が広がっているという。

暁蕾《シャオレイ》は万能記憶を使って人形について情報を探ってみた。人の名前が書かれた紙が貼ってあったこと、土に埋まっていたことから人形は木偶《もくぐう》と呼ばれる呪術に使われる人形だということがわかった。だが人形を使う人間の思いによって呪いになったり恋愛成就であったり、使い方は様々なようだ。

「あの……、范恋《ハンレン》様はご無事なのですか？」

「ええ、今のところはね。ただやはり気にされているみたい」

「事件についてはよくわかりました。青鈴《チンリン》様と華月《カゲツ》様との間でなにか誤解があったということですね」

「誤解ですって！　ものは言いようね」

青鈴《チンリン》はあきれたように言う。暁蕾《シャオレイ》はふたりをなだめながらふたりの間にどんなやりとりがあったのか聞き出した。

発注書を箱に入れようとして鉢合わせしたふたりだったが、青鈴《チンリン》がまず華月《カゲツ》に木偶《もくぐう》事件の犯人は捕まったのか、と聞いたそうだ。華月《カゲツ》は捕まっていないと答え、紅玉宮《こうぎょくきゅう》に何か情報が入っているのでは、と聞き返した。ここで青鈴《チンリン》は夜中に北宮《ほくぐう》の庭にいた女官を目撃したものがあるという噂について話をした。ここで両者の話に食い違いが生じていた。

「私が聞いた噂では、目撃された女官は皇妃宮の方へ消えたらしいというわ」

青鈴《チンリン》が言った。

「違うわ、私の聞いた噂では紅玉宮《こうぎょくきゅう》の方へ消えたという話よ」

華月《カゲツ》は首を振って反論する。おそらく紅玉宮《こうぎょくきゅう》の方へ消えたというこの発言が青鈴《チンリン》のカンに障ったのだろう。

「おふたりはその噂を誰からお聞きになられたのですか？」

暁蕾《シャオレイ》の問いに対してふたりとも同僚から聞いたと答えるが噂の出どころは判然としなかった。

「つまり、紅玉宮《こうぎょくきゅう》の女官には『犯人らしき人物は皇妃宮へ消えた』という噂が流れ、皇妃宮の女官には『犯人らしき人物は紅玉宮《こうぎょくきゅう》へ消えた』という相反する噂が流れたということになりますね」

「まあ……確かにそうね。でもどうしてかしら？」

青鈴《チンリン》は少し冷静になったようだ。暁蕾《シャオレイ》は青鈴《チンリン》と華月《カゲツ》の性格を考慮に入れて回答を探した。

「紅玉宮《こうぎょくきゅう》の翠蘭《スイラン》様と皇后、范恋《ハンレン》様は後宮を支える2本の柱。そのどちらが欠けても我が国は成り立ちません。ところがもし我が国の混乱を望んでいる悪意ある人間がいるとしたらどうするでしょうか？」

「お互いの貴妃同士を仲たがいさせようとするでしょうね」

華月《カゲツ》がうなずきながら言った。

「ええっ！　これってそういうことなの？」

青鈴《チンリン》は考えてもなかったという様子だ。華月《カゲツ》は今までの受け答えからあまり争いを好まない性格と思われた。一方の青鈴《チンリン》はプライドが高く好戦的な性格と思われたが翠蘭《スイラン》妃のことを慕っているようだ。よってお互いの貴妃を持ち上げつつ、第三者の陰謀という話にもっていき華月《カゲツ》の賛同を得る作戦をとることにした。

「あくまで可能性のひとつです、青鈴《チンリン》様。ですが、青鈴《チンリン》様もまた紅玉宮《こうぎょくきゅう》を支える柱。つまりは我が国を支える柱なのです。犯人は青鈴《チンリン》様が翠蘭《スイラン》様を思う心を利用したのかもしれません」

「でも掖庭《えきてい》からは何の連絡もないわ」

「まだ7日しか経《た》っていませんので、調査中なのでしょう。もう少しお待ちになられては」

華月《カゲツ》は「そうね」と納得したようだったが、青鈴《チンリン》はまだ不満げな表情だった。

「えぇっと……青鈴《チンリン》様と華月《カゲツ》様は貴妃宮での大切なお仕事に差し障りがあるといけません。この件は一旦《いったん》忘れていただいて、私、暁蕾《シャオレイ》が情報を集めてご報告差し上げましょう。それでいかがですか？」

「私も後宮の噂を集めてみます」

暁蕾《シャオレイ》の提案に玲玲《リンリン》も加勢してくれた。

「まあ、南宮《なんぐう》の雑用係ならいろいろな貴妃や女官と関《かか》わりがあるだろうから、情報を集めるにはうってつけね。それにあんたは小難しいことをいろいろ知ってるみたいだし」

青鈴《チンリン》の言葉には若干の棘《とげ》があったものの、どうやら矛《ほこ》を収める気になったようだ。

「さあ、行きましょう華月《カゲツ》さん。私達は貴妃様のお世話で忙しいのですから」

「え、ええ……」

優越感を満たされて態度が豹変《ひょうへん》した青鈴《チンリン》に戸惑いながら華月《カゲツ》も部屋を出て行った。

（あーあ、またくめんどくさいことを引き受けちゃったな）

ふたりがいなくなってホッとした暁蕾《シャオレイ》だったが、木偶《もくぐう》事件のことを調べようと思ったのは争いを収めようとした義務感だけではなかった。暁蕾《シャオレイ》は怪異、呪術にまつわる話が大好きだったのだ。

「私も噂を集めてくるよ。でも暁蕾《シャオレイ》の言った貴妃同士を争わせようとしている人がいるって本当なの？」

「ごめんね。玲玲《リンリン》、あれはとっさに思いついた話で本当かどうかはわからないの。争っているふたりの気持ちを鎮めるには共通の敵を作るのがいいと思ったんだ」

「そっかー、そうだよね。さすが暁蕾《シャオレイ》、尊敬しちゃう」

「ありがとう、玲玲《リンリン》」

暁蕾《シャオレイ》自身は誠意に欠けた対応だったと内心思っていたので、玲玲《リンリン》が素直に褒めてくれることに少しだけ心がチクリとした。

仕事が一段落すると、暁蕾《シャオレイ》は北宮《ほくぐう》へ向かった。氷水《ビンスイ》からは用がないのに北宮《ほくぐう》へ立ち入るなと言われていたが、木偶《もくぐう》が埋まっていたという現場を見てみないと調査のしようがない。なるべく目立たないようにコソコソと現場へと向かう。幸い誰にも咎《とが》められることなく北宮《ほくぐう》の庭にある柊《ひいらぎ》の木までやってきた。柊の木は刈り込まれて植え込みとして利用されることが多いが、ここにある木は一本だけで大きく育っている。木の根元から約3尺（1ｍ）ほど南の地面に小さな穴が開いている。

（ここに人形が埋まっていたのね）

暁蕾《シャオレイ》が書物で読んだ木偶《もくぐう》の作法は以下のようなものだった。まず、桐《きり》の木を入手して人型の人形を彫る。人形が完成したら呪いたい相手もしくは好きな相手の名前を書いた紙を人形に貼る。憎い相手を呪う場合は、誰にも見られないように人形を木槌で地面に打ち込む。好きな相手の場合は掘った穴にそっと入れる。術者の念が強いほどより強い効果を発揮するという。

暁蕾《シャオレイ》は周辺の地面を注意深く観察した。おそらく掖庭《えきてい》の宦官《かんがん》も周辺を調べたはずだが、地面が乾いているからか足跡は残っていない。そう思って少し離れた場所へ視線を移すと、地面が何ヶ所か窪《くぼ》んでいるのがわかった。近づいて見てみると靴の足跡だった。

（何なのこの足跡は？）

普通に歩いて左右交互についた足跡ではない。まず普通に立ったように左右揃《そろ》った足跡が最初にあり、その前方に左足の足跡、その先にはまた左右揃った足跡。その先に今度は右足の足跡、また左右揃った足跡、左足の足跡、最後に左右が揃った足跡。つまり左右揃った足跡と片足だけの足跡が交互につけられているのだ。暁蕾《シャオレイ》はこれが何であるかすぐにわかった。

——禹歩《うほ》

ウサギの歩き方が由来であるといわれている独特な歩き方だ。魔除けや旅の安全祈願などを目的に行われる呪術のひとつだ。だがもうひとつの目的として呪術の強化があるという。

この足跡は雨が降って地面がぬかるんだ時についたものだろう。暁蕾《シャオレイ》はもう一度、木偶《もくぐう》人形が見つかった柊の木の方へ向かう。木偶《もくぐう》が埋められていた穴の付近を念入りに調べるがやはり足跡はついていなかった。木偶《もくぐう》を埋めた犯人の足跡がなく、禹歩《うほ》を行った人間の足跡は残っているということは、木偶《もくぐう》と禹歩《うほ》は別々の時間に行われたということだ。ひとりが両方を行ったのかもしれないし、ふたりの人間がそれぞれを行ったのかもしれない。

暁蕾《シャオレイ》は一旦、作業部屋へと戻り情報を整理することにした。掖庭《えきてい》も調べているとのことだが実際に被害が起こっていないのでそれほど熱心に調べていない可能性もある。悪質ないたずらとして処理されることも考えられる。ちょうど出掛けていた玲玲《リンリン》が部屋に戻ってきた。

「噂、聞いてきたよ」

少し恥ずかしそうに玲玲《リンリン》は言う。暁蕾《シャオレイ》が優しく「教えて」というと「関係ないかもしれないんだけど」と前置きして噂の内容を語り始めた。

「今、後宮でね。御史大夫《ぎょしたいふ》、秀英《シュイン》様が大人気なんだって」

「げっ！」

暁蕾《シャオレイ》の口からおかしな声が漏《も》れた。全く予想していないタイミングで秀英《シュイン》の名前が出てきたからだ。

「どうかした？　暁蕾《シャオレイ》」

「ううん、何でもない。なんでそんなに人気なのかな？」

「背が高くて、お顔も美形だからね。琥珀色の瞳《ひとみ》が野性的で痺《しび》れるらしいの」

（野性的というか意地悪な感じよね）

「それでね。なんとか秀英《シュイン》様とお近づきになりたい女官のおまじないがあるの」

「へえぇ～、そうなんだ～」

（まさか、後宮の通用門を通るって言うんじゃないでしょうね？）

「建物の柱とか、庭の立木とかに秀英《シュイン》様の名前が書かれたお札を貼って3日間、誰にも見つからなかったら、秀英《シュイン》様と会えるんですって」

秀英《シュイン》は後宮には入れない、後宮の女官も仕事以外で後宮の外には出られない。秀英《シュイン》に憧《あこが》れる女官がまじないに頼る気持ちもわからなくはない。

「それで、実際に秀英《シュイン》様と会えた女官はいるの？」

「そこなんだよ。ここからが話の肝《きも》なんだ」

玲玲《リンリン》はやっと自分の話したいことに話題が移りうれしそうだ。

「ある女官が庭の立木に秀英《シュイン》様の名前が書かれたお札を貼ったら、実際に会うことができたんだよ」

「ええっ！　なんで？」

暁蕾《シャオレイ》は目を見開いた。まじないが効いたというのか？

「お札を貼ったすぐ後に例の木偶《もくぐう》事件が起こったんだよ。その後、御史台《ぎょしだい》で秘密の取り調べが行われてその女官も呼ばれたんだって。その時、秀英《シュイン》様と会えたってわけなんだよ」

玲玲《リンリン》の話を聞いた暁蕾《シャオレイ》の頭に電流のような何かが走った。暁蕾《シャオレイ》は机の引き出しから紙を取り出すとハサミで短冊状に切り取り、筆で文字を書いた。

「ごめん！　玲玲《リンリン》。ちょっと出かけてくる」

言うが早いが、暁蕾《シャオレイ》は部屋を飛び出していた。暁蕾《シャオレイ》が向かった先は北宮《ほくぐう》の庭だ。先ほどと同じ柊の木に駆け寄ると尖った葉を見て顔をしかめた。葉が無い幹の部分の周りをぐるっと一周してみる。特に変わった様子はない。葉が付いているもう少し上の部分を尖った葉でけがをしないように探る。

「あった！」

幹に紙のお札が貼られている。お札には『胡《フー》　秀英《シュイン》様』と書かれていた。噂の女官は秀英《シュイン》と会うためにこの木にお札を貼ったのだ。尖った葉を嫌ってあまり人が近づかないことを利用したのだろう。暁蕾《シャオレイ》は木偶《もくぐう》を埋めた犯人が、呪いを強化するために禹歩《うほ》を行ったのではないか、と考えていた。だが禹歩《うほ》にはそれ自体に魔術的な効果があるとされている。

玲玲《リンリン》は秀英《シュイン》が秘密の取り調べをしたと言っていた。秀英《シュイン》から話を聞かなければならない。暁蕾《シャオレイ》は腰に下げた袋から自作のお札を取り出した。注意深く元から貼られているお札の横に貼り付ける。

（ふう、これでよし）

お札には『偽花鳥史《にせかちょうし》』と書かれていた。次に暁蕾《シャオレイ》が向かったのは後宮の通用門だった。通用門の前まで来ると暁蕾《シャオレイ》はピタリと立ち止まり両足を揃えて立った。左足を一歩踏み出す。右足を踏み出して両足を揃える。今度は右足を踏み出す……といった具合に完璧《かんぺき》な禹歩《うほ》を実行した。

「さあ、現れろ！　偽花鳥史《にせかちょうし》」

と唱えながら門をくぐった。門の先に皇城《こうじょう》の建物が見える。あたりを見回すが人の姿はない。

「そう簡単にうまくいくわけないわよね」

ぼやくように独り言を言う。

「さっきから何をやっている？　屁理屈女」

後ろから声をかけられて暁蕾《シャオレイ》は飛び上がった。振り向くと秀英《シュイン》がおかしなものを見るような目をこちらに向けている。

「い、いつの間に！　御史大夫様《ぎょしたいふ》」

秀英《シュイン》の気配に全く気がつかなかった。

「俺《おれ》は皇城《こうじょう》から御史台《ぎょしだい》へ戻るところだったのだが、おかしな動きをする女が見えてな。ちょっと寄ってみたのだ」

「ちょうど良かった。秀英《シュイン》様にお聞きしたいことがあったのです」

「なんだ？　面倒なことはごめんだぞ」

「木偶《もくぐう》事件のことについてです」

秀英《シュイン》はあからさまに嫌そうな顔をした。

「ああ、まさに面倒なことではないか」

暁蕾《シャオレイ》は後宮で女官同士の諍《いさか》いがあったこと、諍いの原因が『木偶《もくぐう》事件』であること、成り行きで事件の調査を行うことになったことを説明した。

「それで、なぜお前が首を突っ込む必要があるのだ？」

秀英《シュイン》の瞳に意地悪な光が灯っているのを感じて、暁蕾《シャオレイ》は内心でため息をついた。

「私は真実を知りたくなる性分なのです。それに貴妃同士の仲が悪くては南宮《なんぐう》での仕事が滞《とどこお》ってしまうのです」

「なるほど、お前らしい答えだな。だが『好奇心は猫をも殺す』というぞ。ほどほどにしておくのだな」

「ご心配ありがとうございます。ところで秀英《シュイン》様が取り調べたという女官達に共通した特徴はありませんでしたか？」

暁蕾《シャオレイ》の指摘に秀英《シュイン》は目を見開いた。

「なぜわかる？　取り調べの内容は公開していないのだが。さては女官から話を聞いたのか？」

「いいえ、聞いてはおりません。おそらく秀英《シュイン》様は木偶《もくぐう》が埋められたと思われる過去7日以内に庭を訪れた女官を呼び出したのではありませんか？」

「その通りだ。しかしなぜ……」

「秀英《シュイン》様が取り調べた女官達は、秀英《シュイン》様に会うまじないを行った女官達なのではないでしょうか？

後宮では今、そのまじないが噂になっているのです」

「すでに噂になっているのか？　その女官達は庭に行った理由を占いのお告げに従ったというのだ」

「占い？」

「そうだ。北宮《ほくぐう》には正体不明の占い師がいてお金を払えば望みを叶《かな》えてくれるおまじないを授けてくれる、そう女官達は言うのだ」

「その占い師が怪しいではないですか！　どうして正体不明なのですか？」

「困ったことに、その女官達の誰ひとりとして占い師に直接会ったことがないのだ」

秀英《シュイン》の説明はこうだった。複数の女官が占い師から手紙を受け取っている。その手紙には自分が会いたい人間と会うためのおまじないに関する内容が書かれていた。最初の女官が受け取った手紙には、秀英《シュイン》の名前が書かれたお札が同封されていた。おまじないの方法は北宮《ほくぐう》の庭にある柊の木に秀英《シュイン》の名前が書かれた札を貼るというものだった。そのお札が3日間誰にも見つからなければ願いが叶うと書かれていた。

また、2人目の女官に届いた手紙にはお札は同封されておらず、おまじないの方法として北宮《ほくぐう》の庭へ行き指定された場所で秀英《シュイン》の名前を唱えながら禹歩《うほ》を行うように書かれていた。

3人目の女官への指示は少し手が込んでいた。木彫りの人形を作成し秀英《シュイン》の名前が書かれたお札を貼って北宮《ほくぐう》の庭に埋めるようにと書かれていたのだ。

3人の女官はいずれも秀英《シュイン》に会うことを強く望んでいたため、おまじないを実行したという。

「ちょっと待ってください！　木偶《もくぐう》には范恋《ハンレン》皇后の名前が書かれていたのですよ。話が違います」

「その通りだ。当然、俺は3人目の女官を問いただした。木偶《もくぐう》に皇后の名前を書いたのではないかと。だが女官は真っ向から否定した。自分は皇后様の名前など書いていない。そんなおそれ多いことなどしないとな」

「そうですよね。モテモテの秀英《シュイン》様の名前ならまだしも皇后様の名前なんて……」

「おい、なんか今、棘があること言わなかったか？」

「いいえ、事実しか申しておりません」

秀英《シュイン》の顔に苦笑が浮かんだ。

「その占い師から来た手紙はご覧になられたのですか？」

「それが、３人とも手紙は燃やしてしまったというのだ。手紙に『この手紙を読み終わったら必ず燃やすように』と書いてあったそうだ。そうしなければ望みは叶わないし場合によっては悪いことが起こるとな」

「なかなか用意周到ですね。木偶《もくぐう》人形の実物は今どこにあるのです？」

「それも掖庭《えきてい》が持ち去って見ることができんのだ。しかも掖庭《えきてい》の担当者が言うには人形に紙など貼られていなかったというので、もう訳がわからない」

「えっ、そうなのですか？　発見した女官からは話を聞かれましたか？」

「もちろん聞いたとも。埋まっているのを見つけてすぐに掖庭《えきてい》に報告しに行ったのでじっくりと見たわけではないが、確かに范恋《ハンレン》皇后の名前が書かれたお札が貼られてあったということだった」

暁蕾《シャオレイ》は自分の万能記憶にこれまでの話でなにかヒントになることがないか、問いを発してみたが何の反応もなかった。まだ情報不足なのだ。

「もうよいであろう。さっきも言ったがこれはお前が首を突っ込むような事件ではないのだ」

「あとひとつだけ教えてください。女官は占い師に報酬としてお金を支払うとおっしゃられましたね。そのお金はどのように支払うのです？」

秀英《シュイン》は仕方ないなという風に肩をすくめた。

「北宮《ほくぐう》のさらに北にある庭園に龍頭池《りゅうとうち》という池がある、その池のほとりに使われなくなった龍頭殿《りゅうとうでん》という小さな宮殿があってな。その宮殿の石垣に一ヶ所、石が外れて空洞になっている部分があるのだ。

その空洞部分にお金を入れるように手紙で指示されたそうだ。もちろんすぐに調べたがすでにお金は持ち去られていた」

「ほほーっ。やられましたね」

感心したように声をあげた暁蕾《シャオレイ》に、秀英《シュイン》は冷たい視線を向けた。

「皇后様からは、これ以上事を大きくせず関わった女官を不問にせよという仰せだ。お前もこの事件のことは忘れて自分の仕事に精をだせ。今回のことは俺にも責任がある、気をつけねばならん」

「実は私もおまじないやってみたんですよ」

「なんだと？　まさか俺を呪おうとしたんじゃないだろうな？」

「違います。純粋にお会いしたかったのです」

「そ、そうか。会えてよかったな」

秀英《シュイン》はしどろもどろになった。

「秀英《シュイン》様のお話をお聞きすることができてとても有意義でした。さあどうぞお急ぎください。朝議の時間ですよ」

「おっと、そうであった。急がねば」

秀英《シュイン》は通用門をくぐり宮城《きゅうじょう》へと歩き去ってしまった。暁蕾《シャオレイ》は万能記憶で御史台《ぎょしだい》が参加する朝議の時間を把握していた。その時間を逆算して通用門に行けば秀英《シュイン》に会える可能性は高いと考えていた。だが秀英《シュイン》が時間通りに朝議へ向かうとは限らないし通用門を通るとも限らない。

柊の木に貼ったお札と禹歩《うほ》は、少しでも秀英《シュイン》に会える可能性を高めるための願掛けのようなものであった。それでも秀英《シュイン》に会えたのだからそれだけ自分の思いが強かったということだろうか？

暁蕾《シャオレイ》は南宮《なんぐう》の作業部屋へ戻ると北宮《ほくぐう》の庭で発見したものと、秀英《シュイン》から聞いた女官達の証言について玲玲《リンリン》に話して聞かせた。秀英《シュイン》のことはもちろん御史大夫《ぎょしたいふ》とは言わずに知りあいの役人から聞いたということにしておいた。

「そっかー、おまじないは秀英《シュイン》様の名前が書かれたお札を木に貼ることだけじゃなかったんだね。でも3人とも秀英《シュイン》様に会えたんだからよかったんだよね？」

「3人目の女官は木偶《もくぐう》人形に皇后様の名前が書かれたお札を貼って埋めたと疑われたのだから、よかったとは言えないわね」

「そっかー、そうだよね。でもなんでそんなことになったんだろうね？」

3人目の女官の証言だけが事実と食い違っている。だとすれば女官が嘘《うそ》を言っているのか、さもなければ誰かがお札をすり替えたことになる。

「ねえ、玲玲《リンリン》。木偶《もくぐう》人形を発見した女官は誰だか知ってる？」

「うん、北宮《ほくぐう》の庭担当のお掃除係だよ。名前は凛風《リンファ》」

「その凛風《リンファ》さんはどこにいるの？」

「それがね、北宮《ほくぐう》の庭は南宮《なんぐう》の女官が掃除することになってるんだ。だからここから出て廊下の先にある女官部屋にいるはずだよ」

暁蕾《シャオレイ》の万能記憶にはない情報だった。やっぱり玲玲《リンリン》の情報収集能力は侮れないと暁蕾《シャオレイ》は思った。その日の夜、暁蕾《シャオレイ》は机に向かって一通の手紙を書いた。翌日、掃除係の女官が出払っている隙にその手紙を女官部屋の机の上にそっと置いた。

※※※※※

南宮《なんぐう》の掃除係、凛風《リンファ》は龍頭池《りゅうとうち》の縁《ふち》に沿って速足で歩いていた。占い師から来た二通目の手紙を読んで居ても立ってもいられなかったのだ。しかしなぜまた龍頭殿なのだろう？　御史大夫《ぎょしたいふ》様に呼び出された女官達の証言によってここが占い師へのお金の受け渡しに使われたことはバレているのだ。もし御史大夫《ぎょしたいふ》様がここを見張っていたら自分は確実に疑われる。それでもなお自分はここに来るしか選択肢がなかったのだ。占い師からの手紙には次のように書かれていた。

『あなたの協力により、別のお客様の恨みを晴らすことができました。皇后様が大変慈悲深い方だったのは想定外でしたが、また次の機会もあるでしょう。約束通りあなたに報酬をお支払い致します。お金は私へのお礼を入れる石から数えて右に五つ目、さらに上に三つ目、左に四つ目の石の奥です』

凛風《リンファ》は薄暗いなか龍頭殿の石垣の前に立ってあたりを見渡した。かつては美しい色で塗られていた龍頭殿の柱や壁は塗装がはげ落ち無残な状態になっている。急いで起点となる石の前まで行くと手紙に書かれていた通りに石を数えていく。目的の石を見つけると凛風《リンファ》は石と石の隙間《すきま》に指を入れて引っ張る。ところが石はびくともしなかった。

「無駄ですよ！　凛風《リンファ》さん」

突然、龍頭殿の廊下から女の声がした。凛風《リンファ》が急いで声のした方を見るとひとりの女官が階段を下りてくるところだった。凛風《リンファ》は女官の顔に見覚えがあった。新しく備品係になった女官で名前は――

「南宮《なんぐう》の備品係、暁蕾《シャオレイ》と申します」

女官はハッキリとした声でそう言った。

※※※※※

翌日、暁蕾《シャオレイ》は玲玲《リンリン》と共に備品係の作業部屋で人を待っていた。やがて戸口からひとりの女官が入ってきた。女官は丸顔で温和な雰囲気をまとっている。

「こんにちは」

女官は暁蕾《シャオレイ》を見つけるとニッコリ微笑んで言った。

「わざわざご足労くださいまして有り難《あがと》うございます、華月《カゲツ》様」

暁蕾《シャオレイ》は丁寧な口調で言うと華月《カゲツ》を席に案内した。この日、暁蕾《シャオレイ》は皇后宮の侍女、華月《カゲツ》を木偶《もくぐう》事件調査の報告があると言って呼び出していた。

「青鈴《チンリン》さんはいらっしゃいませんの？」

「残念ながら、青鈴《チンリン》様はいらっしゃいません」

華月《カゲツ》の表情に困惑の色が浮かんだ。

「いったいどういうことかしら？」

玲玲《リンリン》がお茶を入れた椀を華月《カゲツ》の前に置いた。暁蕾《シャオレイ》は何も言わず玲玲《リンリン》の動きを目で追っていた。気まずい沈黙が作業部屋に広がる。

「范恋《ハンレン》皇后は大変、慈悲深い方だとお聞きしております。今回の『木偶《もくぐう》事件』に関係する女官達を罰することなくお許しになるそうです」

「そうね。范恋《ハンレン》様は私達侍女や女官にも分け隔てなく接してくださる本当にお優しいお方。でも皇后様がお許しになられるとしても、皇后様を傷つけようとするものは放っておけないわ」

「木偶《もくぐう》人形を埋めた女官には皇后様を呪う意図はありませんでした。私は北宮《ほくぐう》の庭へ行きふたつのものを見つけました。ひとつは柊の木に貼られたお札、もうひとつは禹歩《うほ》という特殊な歩き方をした足跡でした。木偶《もくぐう》人形、貼られたお札、そして禹歩《うほ》、この3つは全て女官が御史大夫《ぎょしたいふ》、秀英《シュイン》様に会うためのおまじないだったのです」

「おまじないですって？」

華月《カゲツ》は目を見開いた。

「そう、おまじないです。ただし女官達が自分で考案したものではありません。後宮で話題の占い師から指示されたものです。女官達は占い師から手紙を受け取ったのです。ひとりは北宮《ほくぐう》の庭にある柊の木に秀英《シュイン》様のお札を貼るおまじないを教えられました。もうひとりは呪術効果がある特別な歩き方である禹歩《うほ》を、最後のひとりは木偶《もくぐう》人形に秀英《シュイン》様のお札を貼って埋めるようにと指示されたのです」

華月《カゲツ》は暁蕾《シャオレイ》の話を黙って聞いている。暁蕾《シャオレイ》は続けた。

「ここでこの事件における謎のひとつが浮かび上がりました。秀英《シュイン》様に会うためのおまじないがなぜ范恋《ハンレン》様への呪いへと変化したのか、という謎です。わたしは木偶《もくぐう》人形を埋めた女官と埋められた人形を発見した女官の証言が食い違っている点に注目しました。人形を埋めた女官は、木偶《もくぐう》には秀英《シュイン》様の名前を書いたお札を貼ったと言い、一方で発見した女官は人形に范恋《ハンレン》様の名前が書かれたお札が貼ってあったと証言しているのです」

「それはきっと占い師が木偶《もくぐう》のお札をすり替えたのよ」

華月《カゲツ》の言葉に暁蕾《シャオレイ》は首を横に振った。

「私はそうは思いません。一度埋めた木偶《もくぐう》人形を掘り返し、お札を貼り替える作業はかなり大変な作業です。あまり人の訪れない北宮《ほくぐう》の庭であっても人目に触れる可能性はあるでしょう。正体を明かしていない占い師がそんな危険を冒すでしょうか？　そこで私は木偶《もくぐう》人形を発見した女官が嘘の証言をしている可能性について考えました」

「そう……ならその女官がお札を貼り替えたのだわ。おそらく范恋《ハンレン》様をねたんで呪いをかけようとしたんでしょ。許せないわ」

華月《カゲツ》は机の上に置いた拳《こぶし》に力を込めて言った。だが暁蕾《シャオレイ》は再び首を横にふった。

「いえ、それはないと思います。発見した女官は南宮《なんぐう》の掃除係で北宮《ほくぐう》の庭を掃除することを日課にしています。いつも通り庭の掃除をしていてたまたま木偶《もくぐう》人形を見つけたのです。たまたま見つけた人形を掘り返し、范恋《ハンレン》様の名前を書いたお札を準備し、もう一度貼って埋める。これほどの危険を冒す理由などあるでしょうか？」

「ならいったい誰がお札を貼り替えたっていうの？」

暁蕾《シャオレイ》の話がどこに向かうのかわからないことが華月《カゲツ》を苛立たせたようだ。口調にもそれが表れていた。

「お札は貼り替えられなかったのです」

暁蕾《シャオレイ》は静かに言った。

「はっ？」

呆《ほう》けたように口をぽかんと開けた華月《カゲツ》に向かって暁蕾《シャオレイ》は続ける。

「女官は范恋《ハンレン》様のお札を見てもいないし、ましてや自分で作って貼ったりなどしませんでした。女官はただ秀英《シュイン》様の名前が書かれたお札を剝《は》がしただけなのです。そして、人形を見つけたとき范恋《ハンレン》様のお札が貼られていたと証言するだけでよかったのです」

「そんなバカな。そんなことする必要なんてないじゃない」

「そうですね。女官はやりたくてやったわけではありません。占い師からの指示に従っただけでした。女官はお金に困っていました。借金があったのです。そこに占い師からすぐにお金がもらえる仕事の依頼がありました。それも簡単で危険が少ない仕事のように思えました。実際そうだと思います。なぜなら証拠になるものが何も残らないからです。自分で范恋《ハンレン》様のお札を作って貼ったりすれば証拠のお札が残ってしまいます。ですが貼ってあった秀英《シュイン》様の名前が書かれたお札を剝がすだけならば燃やしてしまえば何も残りません。嘘の証言についても確かに見たと思ったが見間違いだったかもしれないと言い逃れできたでしょう」

華月《カゲツ》の頰《ほお》はひきつっていた。無理に笑顔を保とうとしているように見えた。

「さて、ここでもうひとつの謎について考えなければなりません。占い師はなぜ木偶《もくぐう》人形のおまじないを范恋《ハンレン》様への呪いに変える工作をする必要があったかということです。いわゆる動機というやつですね。順番に考えてみましょう。占い師は3人の女官からお札のお金を受け取っています。お札を受け取ることができたのは3人が御史台《ぎょしだい》に呼び出され秀英《シュイン》様と会えることになったからです。呼び出された時点では女官達はなぜ呼び出されたのかは知らされていませんでした。証拠隠滅を恐れた御史台《ぎょしだい》が伝えなかったのです。女官達はおまじないが成功して秀英《シュイン》様に会えることになった時点ですぐにお金を受け渡し場所へ持っていってました」

暁蕾《シャオレイ》は手元にある腕からお茶を一口飲んだ。喋《しゃべ》りすぎて喉《のど》が乾いたのだ。

「もうおわかりですね。占い師が指示したおまじないが現実となるには、事件が起こる必要があったのです。それも御史台《ぎょしだい》が動くほどの事件でなくてはなりません。占い師は木偶《もくぐう》人形を皇后への呪い事件とするため、女官の証言が必要だったのです」

「それなら木偶《もくぐう》人形に書かれていた名前は秀英《シュイン》様のままでもよかったはずでしょ。いや翠蘭《スイラン》様の名前でもよかった。皇后様にする必要はないわ」

華月《カゲツ》はようやく口を開いた。

「いい質問ですね。ですが皇后様でなければならなかったのです。なぜなら占い師は皇后様であれば事件の関係者を許して大ごとにしないという確信があったからです。秀英《シュイン》様のままではただのおまじないで大した問題にならないでしょうし、秀英《シュイン》様が自らの問題で女官達を呼び出すことはないでしょうから、おまじないが効力を発揮しません。翠蘭《スイラン》様の場合は、たとえ翠蘭《スイラン》様がお許しになったとしても侍女の青鈴《チンリン》様が徹底的な調査を要求するでしょう。これは占い師にとって非常に危険です。以上のことから占い師の正体は皇后様のことをよく知る近しい人間ではないかと考えました」

暁蕾《シャオレイ》はなおも続ける。

「占い師は実に狡猾な人物です。自分の手を汚さずおまじないを現実にすることに成功しました。そして単なるおまじないが『呪い』になったことにより占い師はもうひとつの利益《りえき》を手にすることができたのです。木偶《もくぐう》人形を埋めた女官は同僚の女官をひどくいじめていたようです。そのことを知った占い師はいじめられていた女官に手紙を送りました。『自分をいじめている女官に復讐しませんか？』と。手紙を受け取った女官は喜んで占い師に復讐を依頼しました」

暁蕾《シャオレイ》の万能記憶は今や猛烈な速度で言葉を紡《つむ》ぎ出していた。真実を追求できる喜びに自分は囚《とら》われている。自分が自分でないような感覚が怖かった。それでもやめることができない。

「木偶《もくぐう》人形を発見した女官の証言により、木偶《もくぐう》人形を埋めた女官は危うく『木偶《もくぐう》事件』の犯人として罰せられるところでした。ですがそれは占い師の望みではなかった。いじめられている女官はこれからも占い師に利益を与えてくれる有望な顧客だったからです。すでに、次回はもっと大きな罰を与えましょうと手紙を送ることを考えているはずです」

「暁蕾《シャオレイ》さん、あなたの想像力がすごいことは認めるわ。でも私に占い師のことを詳しく説明していただく必要はないわ。私は范恋《ハンレン》様に危害が加わらなければそれでいいの。それ以外のことに興味はないわ」

華月《カゲツ》はうんざりとした口調で言った。

「華月《カゲツ》様、あと少しです。どうかご辛抱ください。范恋《ハンレン》様にとっての危険を取り除くことができるとお約束します」

華月《カゲツ》は深く嘆息した後、お茶を一口飲んだ。腕を持つ指が微《かす》かに震えているように見えた。華月《カゲツ》が腕を机に置くのを待って暁蕾《シャオレイ》は再び口を開いた。

「私はちょっとした実験をすることにしました。木偶《もくぐう》人形を発見した女官に手紙を書くことにしたのです。占い師に成りすまして報酬を渡すので受け取りに来てほしいと書きました。もしかしたら私の書いた手紙は本物の占い師の手紙とはちょっと違っていたかもしれません。ですがお金が必要だった彼女には気付かれなかったようです。彼女は受け渡し場所へやって来ました。私はある取引の提案を彼女にしました。どんな取引だったと思いますか？　ごめんなさい。そんな質問に答える気分ではないでしょうね。私は彼女に『あなたの借金をなくしてあげます』と言ったのです」

話を聞く華月《カゲツ》から表情が消えていった。暁蕾《シャオレイ》は一旦話を切ると息を吸い込んだ。

「その代わりとして、あなたが借金をしている相手の名前を教えてくださいと言いました。なぜならその人物こそが占い師本人だったからです――」

暁蕾《シャオレイ》の冷たい視線が見開かれた華月《カゲツ》の目をとらえた。

「――華月《カゲツ》様、あなたが占い師ですね」

華月《カゲツ》の瞳に驚愕《きょうがく》と嫌悪の光が浮かぶ。乱暴な音を立てて華月《カゲツ》は椅子から立ち上がった。

「違う、違う、でたらめだわ。そうだ！　あなたと女官で私を陥《おとしい》れようとしているんでしょ！　私が占い師だっていう証拠があるの？　あるなら見せなさいよ！」

華月《カゲツ》の丸顔から普段の穏やかな笑みは消え失せ、口元は醜《みにく》く歪《ゆが》んでいる。目は血走り震える指で暁蕾《シャオレイ》を指し示した。

「南宮《なんぐう》の女官ごときがぁぁー、偉そうにぃぃー!!」

「氷水《ビンスイ》様、お入りください！」

暁蕾《シャオレイ》が戸口に向けて叫ぶと、暁蕾《シャオレイ》達の上司である氷水《ビンスイ》と掖庭《えきてい》の宦官《かんがん》数名が作業部屋へ入ってきた。

「皇后宮の侍女、華月《カゲツ》。そなたの部屋を調べた。女官に向けた占い師を名乗る手紙。女官から取った借金の証文。作りかけの木偶《もくぐう》。名前のないお札。それに多額の金品が見つかった。掖庭《えきてい》に同行してもらう」

氷水《ビンスイ》は華月《カゲツ》に向かって冷たく言い放った。華月《カゲツ》は暴《あば》れていたが宦官《かんがん》に取り押さえられ連れて行かれた。暁蕾《シャオレイ》は今回の事件について氷水《ビンスイ》に報告していた。氷水《ビンスイ》は暁蕾《シャオレイ》が自らの仕事以外のことをしていたことに小言を言ったものの、後宮の秩序を守るためなら仕方ないと最終的には協力してくれたのだった。

「暁蕾《シャオレイ》、怖かったね。人ってあんなに変わるものなんだね」

玲玲《リンリン》が青ざめた表情で暁蕾《シャオレイ》に言った。

「そうだね。お金や権力が人を変えてしまうのかな?」

「それにしても暁蕾《シャオレイ》はすごいよ。かっこよかったーっ！　私、尊敬する」

「ありがとう、玲玲《リンリン》。でもね、玲玲《リンリン》の情報がなかったら私は何もできなかったと思う。私はただ玲玲《リンリン》や御史台《ぎょしだい》の役人さんが集めてきた情報を元に理論を組み立てただけ。だから本当にすごいのは玲玲《リンリン》の方だと思う」

「えへっ、暁蕾《シャオレイ》に褒められた」

(うわっ、この笑顔、癒《い》やされるーっ！)

暁蕾《シャオレイ》は、はにかんだ笑顔を見せる玲玲《リンリン》をぎゅっと抱きしめてしまった。

「く、くるしひぃー」

ジタバタと手足をばたつかせる玲玲《リンリン》の体温を感じながら、いろいろな人の笑顔をもっと見てみたいと思った。

掖庭《えきてい》による取り調べで、華月《カゲツ》は自分が占い師であることを自白した。華月《カゲツ》はもともと占いが得意で、ある時同僚に対して行った占いが当たってすごく褒められた。一方で着飾ることが好きだった華月《カゲツ》は高価な襦裙《じゅくん》や装飾品を買《か》い漁《あさ》るためにお金が欲しかったのだという。華月《カゲツ》は正体を隠した占い師としてお金を稼ぐことを思いついた。だが、占いが常に当たるわけではなく、なかなかうまくいかなかったという。

そんな時、机の奥に挟まった手書きの冊子を見つけた。その冊子には人の心を操《あやつ》る方法について具体的手法が書かれていたそうだ。その手法を実行したところ全《すべ》てがうまくいき始めた。具体的手法とは、あらかじめ悩みを持った人間を探し出して情報を収集すること、神秘的な呪術を取り入れること、お金を貸して協力者を作り占いやおまじないが成功したように見せる偽装工作をすることなどが書かれていたそうだ。

今回の事件において華月《カゲツ》は、あらかじめ秀英《シュイン》に憧れている女官の情報を集めた。同時にその女官達のひとりが別の女官をひどくいじめていることも知った。さらに同僚のひとりが浪費《ろうひ》で借金を作って困っていることを知り、金を貸してさらに借金が増えるように誘導していったのだ。そうして準備を整えると自分の計画を実行に移したのだった。華月《カゲツ》は、皇后様の温情で後宮追放という比較的軽い処分ですんだ。

その後、暁蕾《シャオレイ》は決まった時間に通用門を通ることにした。数日後、秀英《シュイン》はまた現れた。

「俺の警告を無視するとは大した度胸だな。屁理屈女」

開口一番、秀英《シュイン》は意地悪な笑みを浮かべて言った。

「出すぎたことをしたとは思っています。秀英《シュイン》様にご迷惑をおかけしたかもしれません」

「そうだな、掖庭《えきてい》は事を大きくしたくなかったようだ。俺の指示でやらせたのだろうと苦情を言ってきたぞ」

「そうですか。本当に申し訳ございませんでした」

暁蕾《シャオレイ》は片ひざをつくと頭を下げる。

「案ずるな。俺が無理やりやらせたと説明しておいた。お前は俺ができぬことをやったのだ」

秀英《シュイン》が一歩踏み出す気配がしたかと思うと暁蕾《シャオレイ》の髪に優しく何かが触れた。それが秀英《シュイン》の手のひらだとわかるまで少し時間がかかった。

「ちょ、ちょっと秀英《シュイン》様。何をされているのですか！」

暁蕾《シャオレイ》は慌てて立ち上がると後ずさった。

ははっ、手を置くにはちょうど良い頭の形だったから、ついな」

「全く反省されていないようですね。今から呪いの人形を埋めてきましょうか？」

「なら御史台《ぎょしだい》に出頭させるまでだ」

「まったく……朝議に遅れますよ」

「おおっ、そうであった。急がねば」

通用門を通り抜けようとして一歩踏み出した秀英《シュイン》が思い出したように言った。

「今回のことでお前の名は貴妃や宦官《かんがん》の知るところとなった。それは良いことでもあり、悪いことでもある。だがひとつ言えるのは、お前の得意な理屈だけでは後宮で生き延びられぬということだ。よいか、忘れるでないぞ」

通用門の扉が閉じられても、暁蕾《シャオレイ》はしばらく扉の方を見つめて動かなかった。

第三章　暁蕾、悪女に会う

　後宮の庭にぽかぽかと暖かい日差しが降《ふ》り注《そそ》いでいる。あでやかな花桃が満開となり春の訪れを告げているようだ。暁蕾《シャオレイ》が後宮に来てからふた月が経《た》った。暁蕾《シャオレイ》が計算能力を使って発注書に書かれた品物の種類と数を集計する。玲玲《リンリン》がそれを紙にまとめる。泰然《タイラン》のところにはふたり交互に発注書を持っていくことにした。この分担作業がとてもうまくいって部屋に発注書の山ができることもなくなった。紅玉宮《こうぎょくきゅう》の青鈴《チンリン》のように侍女が苦情を言ってくることもない。

　苦情がないところを見ると品物はちゃんと納品されているのだろう。倉庫へ届いた品物の確認と貴妃宮への伝達をしなくていいのなら、慣れてしまえば簡単な仕事である。

　氷水《ビンスイ》による礼儀作法の授業は相変わらず厳しかったが、少しずつ慣れて叱責されることも少なくなってきた。まわりの女官の目は木偶《もくぐう》事件以降、あざけりから好奇心へと変わった。

　いつものように発注書の入った箱から紙の束《たば》を取り出すと、薄暗い仕事部屋へ運ぶ。ペラペラと慣れた手つきで紙をめくる暁蕾《シャオレイ》の手がぴたりと止まった。

「なんなの……これ?」

　それは一見、普通の発注書のように見えた。他の発注書と同じように品物と必要な数が書かれている。だが問題は品物の中身であった。

弓　10張
矢　360本
木槍《もくやり》　10本
横刀《おうとう》　10振り
硝石《しょうせき》　1袋
硫黄《いおう》　1袋

最初は禁軍の装備品を調達するための文書が間違って置かれたのかと暁蕾《シャオレイ》は思った。だが発注者の名前として記されていたのは別の名だった。

——炎陽宮《えんようきゅう》

それがこの物騒な注文をしてきた張本人の名であった。

(後宮で戦争でも始めるつもり?)

「ねえ、玲玲《リンリン》これを見て!」

隣で発注書の内容を一枚の紙にまとめる作業をしていた玲玲《リンリン》に問題の発注書を差し出した。

「うわっ!　これ何?」

玲玲《リンリン》も受け取った発注書に記されている物騒な内容を見て、眠そうだった目を丸くした。

「これってこのまま皇城《こうじょう》へ持っていくのはマズいよね？」

「うん……こんなの持っていったら大騒ぎになる」

確かに発注書の書き間違えというのはある。漢字が間違っていたり、字が汚くて読めなかったり、数の桁《けた》が大きすぎたり、そういう間違えはどうしても出てくる。そんなときは貴妃がいらっしゃる北宮《ほくぐう》まで出向いて確認を行わなければならない。暁蕾《シャオレイ》も木偶《もくぐう》事件以降はなるべく北宮《ほくぐう》へは行かないようにしていたが、それでも確認のため行かざるを得ないときもある。

だが、今回は文字や数という単なる間違いとは思えない。何らかの意図で書かれた可能性がある以上、書いた人の真意を確かめなければならない。

「氷水《ビンスイ》様に相談してみようか？」

まずは自分達の上司といえる氷水《ビンスイ》に相談するのが筋だろうと暁蕾《シャオレイ》は思った。

「そうだね、そうしよう」

玲玲《リンリン》も同意したので、暁蕾《シャオレイ》が少し離れた部屋で女官の指導を行っている氷水《ビンスイ》のところへ行くことになった。

「氷水《ビンスイ》様は北宮《ほくぐう》へ行かれてまだお戻りではありません」

自習を命じられて部屋に残された女官のひとりが困惑気味に答えた。どの貴妃宮へ行かれたのか？いつ頃戻られる予定なのかを尋ねてもいっこうに要領を得ない。仕方なく暁蕾《シャオレイ》は自分達の作業部屋へ戻ることにした。

「仕方ないね。北宮《ほくぐう》へ聞きに行くしかないか……私が行ってくるよ。ええっと……炎陽宮《えんようきゅう》か」

「炎陽宮《えんようきゅう》……待って」

さっそく出かけようとする暁蕾《シャオレイ》を玲玲《リンリン》が呼び止めた。

「どうしたの？　玲玲《リンリン》」

何か引っ掛かることがあるのだろうか？

「炎陽宮《えんようきゅう》、良くない噂がある。ふたりで行った方がいい」

「えっ……どんな噂なの？」

玲玲《リンリン》の話によると、炎陽宮《えんようきゅう》の貴妃である董艶《トウエン》妃は、西方の蛮族の血を受け継いでいるため背がとても高く、褐色の肌に大きな碧色《あおいろ》の瞳《ひとみ》を持ち、筋骨隆々の女性とは思えない体躯《たいく》で時折、聞いたこともない異国の言葉で話すのだという。

また噂では、禁軍の兵士数名相手に体術の試合を申し込み、立ち上がれないほどに叩きのめしたり、弓の試射と称して的の代わりに宦官《かんがん》を射たことがあるそうだ。それ以外にも炎陽宮《えんようきゅう》では時折、怪しげな呪術の儀式が行われているのを見たという女官の証言があるらしい。

こういった様々な噂から董艶《トウエン》妃は『北宮《ほくぐう》の悪女』と呼ばれているようだ。だが玲玲《リンリン》自身は董艶《トウエン》妃をじかに見たことはなく、事実かどうかはわからないとのことだった。どうも大人しい玲玲《リンリン》に噂好きの女官が無理やり噂を聞かせたらしい。

「北宮《ほくぐう》の悪女かあ……」

（悪女というよりは、もはや化け物みたいな扱いになってるわね）

暁蕾《シャオレイ》は自分の頭の中にある董艶《トウエン》妃に関する情報を呼び出してみた。董艶《トウエン》妃は溏《とう》帝国と西方で隣接する砂狼《さろう》国の姫であり、両国が国交を結んだ際、親交の印として砂狼《さろう》国より贈られた。親交の印と言えば聞こえはいいが、いわば人質である。砂狼国《さろうこく》は強大な軍事力を持つ強国であるが故に溏帝国《とう》も董艶《トウエン》妃をむげには扱うことができない。

だが砂狼国《さろう》はひとつの神を信仰する異教徒の国であるだけではなく、文化や風習もまるで違う董艶《トウエン》妃が溏《とう》帝国のしきたりに全く従わないので、周囲で浮きまくり溏《とう》帝国としても扱いに困っているようだ。いずれにしろ玲玲《リンリン》から聞いた噂の真偽を確かめるのに役立ちそうな情報はなかった。

「ありがとう。でもひとりで大丈夫だよ。玲玲《リンリン》はここで仕事を続けて」

玲玲《リンリン》は心配そうな視線を暁蕾《シャオレイ》に向けたが「わかった」と言ってうなずいた。部屋を出た暁蕾《シャオレイ》は南宮《なんぐう》の回廊を進み北宮《ほくぐう》の回廊へ続く渡り廊下を渡って北宮《ほくぐう》へと足を踏み入れる。化粧と香の香りがひときわ強くなり何とも嫌な雰囲気だった。

董艶《トウエン》妃の位は婕妤《しょうよ》である。皇后、四夫人、九嬪《きゅうひん》の下の位となる。本来なら独立した貴妃宮を与えられることはないのだが、砂狼国《さろう》への配慮からだろう、特別に貴妃宮を与えられていた。

北宮《ほくぐう》の回廊で貴妃に仕える女官とすれ違う、そのたびに暁蕾《シャオレイ》は立ち止まって拝礼するのだが、まるで汚いものを見るような視線を向けられるだけで挨拶《あいさつ》を返してくれる女官はいなかった。

(本当にイヤな場所！　さっさと用事を済ませて帰ろう)

鮮やかな朱色に塗られた廊下を進んでいくとやがて炎陽宮《えんようきゅう》へつながる渡り廊下が見えてきた。

炎陽宮《えんようきゅう》――それは北宮《ほくぐう》にある他の貴妃の宮とは全く違う雰囲気をまとっていた。石の台座に見たことのない装飾を施された柱、屋根は奇妙な弧を描いており緑色の瓦で覆《おお》われている。建物の外壁は眩《まぶ》しい青で塗られていた。主《あるじ》である董艶《トウエン》妃の意向で建てられたのだろうか？

暁蕾《シャオレイ》は、溏《とう》帝国の遥か西方にある砂狼国《さろう》がこの一角だけに突如出現したような錯覚に襲われた。異様な雰囲気に足がすくんだが、こんなところで立ち止まっているわけにはいかない。意を決して渡り廊下を進んでいき入り口の戸を叩《たた》いた。ややあって戸が少しだけ開いた。隙間《すきま》から背の高い女官が顔を出した。

「何のご用でしょうか?」

事務的な口調で女官が言った。鋭い目に、高く尖《とが》った鼻、薄く色の薄い唇と飾り気のない顔が暁蕾《シャオレイ》を見下ろしている。

「私は、後宮の備品係で暁蕾《シャオレイ》と申します。炎陽宮《えんようきゅう》様が提出された発注書のことで確かめたいことがあり参りました」

「発注書?」

怪訝そうな表情になった女官はしばらく暁蕾《シャオレイ》を見つめていたが、やがて「しばらくお待ちください」と言って奥へ引っ込んでしまった。なかなか女官が戻ってこないので不安になりかけた頃、やっと女官が戻ってきた。

「どうぞ、中へお入りください」

女官は暁蕾《シャオレイ》を招き入れると応接間へと案内してくれた。炎陽宮《えんようきゅう》は外観だけではなく内装も独特であった。部屋へと続く廊下を囲む壁には複雑な唐草紋様が描かれており、嗅いだことのない香の匂《にお》いが漂っていた。暁蕾《シャオレイ》が通された応接間の壁にも独特の書体で書かれた文字が幾何学的な配列で描かれている。床には動物の毛皮でできた絨毯が敷かれていた。奥の壁沿いに、西国風の意匠が凝らされた大きな椅子《いす》が置いてあるが、まるで玉座のようだと暁蕾《シャオレイ》は思った。

廊下から応接間に向かって誰《だれ》かがやって来る気配があった。衣擦れの音が聞こえてくる。侍女に続いて入室してきた女性を見て暁蕾《シャオレイ》は唖然《あぜん》とした。

見たことのない襦裙《じゅくん》。いや襦裙《じゅくん》ではない……肌を覆う布の量が少ない。首、胸元《むなもと》、肩、両腕が露出している。胸元が大きく開いた上着は見たことがあるがこんなものは見たことがない。さらに腰からおへそにかけての部分も布で覆われていない。鮮やかな青緑色の光沢のある布で胸の部分が覆われているだけだ。

露出している肌の色は褐色とまではいえない薄い茶色だが、キメが細かいのかあやしく光を反射していた。女性の背丈はかなり高く5尺7寸（173cm）はありそうだった。

裙《くん》は、青緑色と赤のひだが交互に重なり合って腰から下をふんわりと覆っている。最も驚いたのは頭部を覆っている黒い布だった。目の周辺だけを残して鼻、口、髪の毛まで全《すべ》て覆われている。布の隙間からは大きな碧い瞳と目のすぐ上にある細い眉《まゆ》が見えた。女性はゆったりとした動作で暁蕾《シャオレイ》の目の前にある椅子に腰を下ろした。間違いない。この女性こそ、この炎陽宮《えんようきゅう》の貴妃——董艶《トウエン》妃だ。

暁蕾《シャオレイ》は急いでひざまずくと拝礼を行う。

「備品係の女官、暁蕾《シャオレイ》と申します」

うつむいた姿勢のまま名乗る。

「面《おもて》をあげよ」

腹の底に響くような重みのある美しい声だった。暁蕾《シャオレイ》は言われるがままに頭を上げた。——透明な、どこまでも透明な碧い瞳。だが、その瞳の奥には覗《のぞ》いてはならないどす黒い澱《おり》があるように思えた。

暁蕾《シャオレイ》は思わず息を呑《の》む。秀英《シュイン》の琥珀色の瞳で見つめられた時とは違う禍々《まがまが》しい胸の高鳴りで、全身の皮膚に鳥肌が立つのを感じた。

「わらわに聞きたいことがあるのであろう？」

「はい、炎陽宮《えんようきゅう》様よりいただきました、こちらの発注書についてでございます」

まさか、董艶《トウエン》妃に直接聞くはめになるとは全くの想定外だった。暁蕾《シャオレイ》がうやうやしく差し出した発注書を侍女の一人が受け取り董艶《トウエン》妃へ渡す。

「ふむ……これか。確かに我が宮が出したものじゃな。で、これがどうしたというのじゃ？」

どうしたもこうしたもないだろう、こんなもの受け取れないのです、と言い返したくなる衝動を暁蕾《シャオレイ》は押し殺す。

「そちらの発注書に書かれている品はどれも後宮の生活に必要なものではございません。国を守る兵士にこそ必要なものでございます」

董艶《トウエン》妃は再度、手に持った発注書に視線を落とした。

「硝石と硫黄もあるぞ、これは必要であろう？」

（違う！　それが一番危険なのよ）

硝石と硫黄、そして木炭、これらを配合すれば火薬というものができる。まだ新しい技術であるが激しい爆発《ばくはつ》を引き起こす危険物だ。

「董艶《トウエン》様は火薬をお作りになりたいのですか？」

「ほう、火薬を知っておるか。ならば話は早い。わらわは新しいものが好きでな、火薬とやらがどれほど役に立つのか知りたいのじゃ」

暁蕾《シャオレイ》は耳を疑った。後宮の貴妃が火薬を使ってみたいとは。玲玲《リンリン》から聞かされた董艶《トウエン》妃の行いに関する噂を思い出し、全て事実なのではないかと暁蕾《シャオレイ》は思った。

「では、こちらに書かれている品物は全て董艶《トウエン》様が実際にお使いになる目的でご注文されるということで間違いございませんか?」

暁蕾《シャオレイ》は床に視線を落とすとキッパリとした口調で言った。

董艶《トウエン》妃は黙ったままだ。ジリジリとした時間が過ぎていく。下を向いているので董艶《トウエン》妃の表情は窺《うかが》い知れない。だが自分に向けられて発せられている異様な気を暁蕾《シャオレイ》は感じていた。

「バイファ　コアーブキイル　ドールコ」

董艶《トウエン》妃が言葉を発したがなんと言っているのか聞き取れなかった。いや、聞き取れたとしても理解できなかっただろう。『聞いたことのない異国の言葉で話す』、暁蕾《シャオレイ》は玲玲《リンリン》から聞いた董艶《トウエン》妃の噂を思い出した。

「申し訳ありません。今なんとおっしゃったのか、聞き取れませんでした」

「急ぎすぎる駱駝《らくだ》は穴に落ちる」

抑えた声音で董艶《トウエン》妃が答える。

(私が急ぎすぎているということ?)

「失礼しました。ご事情がおありということですね?」

暁蕾《シャオレイ》は、西方からの商人が駱駝《らくだ》という馬に似た生き物に乗って、安慶《あんけい》の通りを歩いているのを見たことがあった。駱駝《らくだ》の歩みはゆったりとしていた記憶がある。おそらく普段ゆっくり歩いている駱駝が急ぎすぎると穴に落ちる、という意味の言葉だろう。転じて、物事の結論を急ぎすぎると失敗を犯すので気を付けろという戒《いまし》めと思われた。

「徐《シュー》　泰然《タイラン》と話をしたことはあるか?」

「えっ？」

まさか、董艶妃《トウエン》の口から泰然《タイラン》の名を聞くとは思っていなかった暁蕾《シャオレイ》はまたもや面食らった。

（どうしよう？　正直に答えた方がいいのかな？）

「はい、ございます。この発注書を提出する皇城《こうじょう》の窓口が徐《シュー》　泰然《タイラン》様なのです。ですので発注書を受け渡しする時に言葉を交わしたことがあります」

暁蕾《シャオレイ》は、一瞬迷ったが正直に答えることにした。宦官《かんがん》について忠告を受けたことは黙っておくことにする。

「あの男をあのような閑職《かんしょく》に追いやったのは宦官《かんがん》じゃ。まだまだ使える男だというのに勿体《もったい》ないのお。そなたもそう思うであろう？」

（また宦官《かんがん》か、聞きたくなかったな）

暁蕾《シャオレイ》は、言いようのない不安が胸に湧《わ》き上がってくるのを感じた。泰然《タイラン》の忠告に従って関《かか》わらないと決めたのにまたもや面倒な話になりそうな予感がした。

「はい、大変優秀な方で前皇帝陛下も重用されたと存じております」

「然《しか》りじゃ。だがまだ終わっておらん。宦官《かんがん》どもは蛇のようにしつこいでの。そなたはわかっておらんようだから教えてやろう。宦官《かんがん》の片棒を担《かつ》いでおるのはそなた達じゃ」

暁蕾《シャオレイ》は頭を殴られたような衝撃を覚えた。自分達が宦官《かんがん》の片棒を担いでいる？　全く身に覚えがないことで頭が混乱する。

「失礼ながら……滅相もありません。私どもはただの備品係です。そのようなことに加担するなどとんでもないことでございます」

董艶《トウエン》妃があきれたようなため息をついた。

「嘆かわしいことじゃ。自分の身に災難が降りかかろうとしておるのに全く気がついておらん。まあよい、わらわは寛大じゃからのお。そなた達を救ってやろうと思って呼び出したのじゃ。もちろんただで助けてやるわけにはいかん、それ相応の対価が必要となる。わかっておろう」

（わかってない、全然わかってないから）

「この発注書を泰然《タイラン》のところへ持っていけ。よいか、必ずこの董艶《トウエン》から直接命じられたというのだぞ。それとそれらの品が後宮の倉庫へ届けられるのを必ず自分の目で確かめるのじゃ」

「おそれながら董艶《トウエン》様。倉庫での検品と貴妃宮への伝達は宦官《かんがん》の仕事なので、私達はしなくてよいと言われているのです」

「グドーリ　ビドゥルス　アルアビー　ルー」

（また異国の言葉、もういやっ）

「『宦官《かんがん》の言うことをそのまま信じるな』じゃ。後は泰然《タイラン》とよく相談するがよい。下げるだけが頭の使い道ではなかろうて。いや……待て、お前の頭はよく切れると聞いたぞ。その頭でわらわを楽しませてみるがよい」

董艶《トウエン》妃が侍女に発注書を渡し、侍女から再度、暁蕾《シャオレイ》が受け取る。厄介な発注書が手元に戻ってきてしまった。しかも面倒な仕事のおまけつきだ。

「下がれ」と命じられ暁蕾《シャオレイ》は炎陽宮《えんようきゅう》を後にする。暁蕾《シャオレイ》を応接室へ案内してくれた鋭い目つきの女官が見送ってくれる。

「わかっていると思いますが、ここで見聞きしたことは決して口外してはなりません。上司の氷水《ビンスイ》であってもです。備品係の同僚とは共に協力して董艶《トウエン》様の仕事をせねばなりませんので話してもよいでしょう」

女官はそう言い残すと炎陽宮《えんようきゅう》の門を閉じた。

(宦官《かんがん》の言うことをそのまま信じるな、か。そういえば泰然《タイラン》様も同じことをおっしゃっていたわね)

確かに宦官《かんがん》の言葉を鵜呑《うの》みにするなと言っていたが、同時に宦官《かんがん》のことを調べるな、とも言っていた。董艶《トウエン》妃の命令は宦官《かんがん》について調べることになるのではないか？　だとすれば自分は危険な仕事をすることになる。北宮《ほくぐう》の殺伐とした雰囲気もあって南宮《なんぐう》に戻る暁蕾《シャオレイ》の足取りも重くなった。暁蕾《シャオレイ》が帰ってくる足音を聞きつけて玲玲《リンリン》が部屋を飛び出してきた。

「暁蕾《シャオレイ》、よかった！　心配だったよ」

「ありがとう、玲玲《リンリン》。この通り無事だよ」

心配ないと両手を広げて見せる暁蕾《シャオレイ》に、玲玲《リンリン》はクシャっとした笑顔を向けた。

(やだ、かわいい)

普段、無表情な玲玲《リンリン》なだけに心を揺さぶられるものがあった。

「それでね、申し訳ないんだけど……かなり面倒なことになっちゃった」

暁蕾《シャオレイ》は、炎陽宮《えんようきゅう》で董艶《トウエン》妃と会ったこと、董艶《トウエン》妃から仕事を依頼されたこと、自分達が宦官《かんがん》の片棒を担いでいると言われたことなどを順序立てて説明した。玲玲《リンリン》は「へーへー」と興味深そうに聞いていた。特に董艶《トウエン》妃の様子について興味津々という感じで身を乗り出してきた。

「というわけで董艶《トウエン》様に関する噂は半分はほんとで半分は間違いって感じかな。全然、筋骨隆々ではなかったし」

（いや、半分じゃないか。九割本当かも）

「董艶《トウエン》様から依頼された仕事の件なんだけど……」

「やろうよ！　暁蕾《シャオレイ》」

どうする？　という言葉を暁蕾《シャオレイ》が発する前に元気な返事が返ってきた。

「えっ、いいの？」

暁蕾《シャオレイ》は慌てて聞き返した。

「私、暁蕾《シャオレイ》のおかげで仕事だいぶ慣れてきた。そろそろ役に立ちたい」

「でも危険な目に遭うかもしれないんだよ」

「大丈夫、ふたりでやればきっとなんとかなる」

暁蕾《シャオレイ》を見つめる玲玲《リンリン》の瞳は、いつもの眠たそうなものではなかった。強い意志を感じさせる光を放っている。

「わかった、一緒にやろ！」

暁蕾《シャオレイ》も意を決したように明るく答えた。

（さて、やると決まればさっそく行動ね）

まずは董艶《トウエン》妃から預かった発注書を徐《シュー》泰然《タイラン》の所へ持っていかなければならない。

「私が皇城《こうじょう》に発注書を持っていくわ。その間、ここでの仕事を任せるわね」

せっかくふたりで力を合わせて仕事をすると決めたのだから、皇城《こうじょう》にも一緒に行きたいところだったが、作業部屋を留守にするわけにはいかないし、通常の仕事もおろそかにできない。ここはやはり分担作業だ。暁蕾《シャオレイ》は発注書を手にいつもの通用門へ急ぐ。門を通り抜けたところで異変に気がついた。

目の前に誰かが立っている。とても背の高い男。――胡《フー》　秀英《シュイン》だった。

「出たな、屁理屈女」

秀英《シュイン》の発した失礼な言葉に内心ムッとした暁蕾《シャオレイ》だったが、ひざまずき拝礼する。

「秀英《シュイン》様。屁理屈女ではなく、暁蕾《シャオレイ》でございます」

口ごたえなどおそれ多いのかもしれないが、まあいいだろう。

「相変わらずだな、お前は、もう立っていいぞ」

「失礼します」

すっくと立ち上がると覗き込んでいた秀英《シュイン》とまともに目が合ってしまった。

(うっ、近い！)

間近で見る琥珀色の瞳はとても澄んでいた。こうやって改めて見るとこの男はとても美しい。内心そんなことを考えてドキドキしてしまった。

「どうした？　何を突っ立っている？」

「いえ、なんでもございません」

秀英《シュイン》は、片方の眉を上げると肩をすくめる。

「そうだ、ちょうどよい。お前に尋ねたいことがあったのだ。少しの間よいか？」

思い出したように秀英《シュイン》が言うので「はあ、なんでしょう？」と答える。

「お前、董艶妃《トウエン》に呼び出されただろう。何か命じられたのではないか？」

胸の鼓動が急速に速まる。なぜ秀英《シュイン》がそのことを知っているのか？

驚いて言葉を失っている暁蕾《シャオレイ》の様子に気がついたのか、秀英《シュイン》はニヤリと笑う。

「口外するなと言われたか？　ならよい、ここからは俺《おれ》の独り言だ」

秀英《シュイン》は少しだけ真剣な表情となり言葉を続ける。

「董艶《トウエン》殿は少しだけやりすぎたな。お前だけに背負わせるには少々荷が重い命令かもしれん」

秀英《シュイン》の言わんとすることがわからず、暁蕾《シャオレイ》は困惑していた。

「あの、おそれながら御史大夫《ぎょしたいふ》様のおっしゃりたいことがよくわかりません」

秀英《シュイン》は、何事か思案するようにあごに手を当てた。

「御史大夫《ぎょしたいふ》の――、いや、俺の仕事はこの溏《とう》帝国のまつりごとを正すことだ。もし国の進んでいる道が間違った方向へ向かっているなら正しい道へ戻さねばならん。董艶《トウエン》殿の真意は俺のあずかり知るところではないが、今のところ俺と董艶《トウエン》殿の利害は一致しているようだ」

「それは……いったい……どういうことですか？」

「お前が命じられたことは俺の仕事にも無関係ではないということだ」

そう言うと秀英《シュイン》は官服の腰にぶら下げた魚袋《ぎょたい》といわれる袋から小さな木の板を取り出した。

「これは魚符《ぎょふ》といって身分を証明するためにあるものだ。もし今回の仕事で困ったことになったらこれを持って御史台《ぎょしだい》に来い」

秀英《シュイン》は暁蕾《シャオレイ》の手を持つと魚符《ぎょふ》を握らせた。秀英《シュイン》の手はその細身の体に似つかわしくない大きくがっしりとした手だった。暁蕾《シャオレイ》は手が触れ合った瞬間、顔がカッと火照《ほて》るのを感じた。

呆然《ぼうぜん》としている暁蕾《シャオレイ》の横をすり抜けた秀英《シュイン》の姿は通用門の向こうへ消えた。結局、聞きたいことは何ひとつ聞けず、疑問だけが残ってしまった。

暁蕾《シャオレイ》の手には、小さな魚符《ぎょふ》と秀英《シュイン》の手の感触だけが残っている。秀英《シュイン》の言葉を思い出して頭を整理してみる。秀英《シュイン》は暁蕾《シャオレイ》が炎陽宮《えんようきゅう》へ行って董艶《トウエン》妃に会ったことだけではなく、仕事を命じられたことも知っていた。さらにその仕事は御史大夫《ぎょしたいふ》である秀英《シュイン》の仕事にも関係しているという。秀英《シュイン》は困ったことになったら御史台《ぎょしだい》に来いと言ってくれた。暁蕾《シャオレイ》達を助けてくれるつもりがあるということだろう。琥珀色の瞳を思い出して、少しだけ心強い気持ちになる。

皇城《こうじょう》にある徐《シュー》　泰然《タイラン》の部屋では、泰然《タイラン》が机に向かって筆を動かしていた。

「泰然《タイラン》様、こんにちは」

暁蕾《シャオレイ》が声をかけると泰然《タイラン》は筆を持ったまま、目だけで暁蕾《シャオレイ》の方を見た。

「おう、暁蕾《シャオレイ》か。今日は筆が進むのでな、ちょっと待ってろ」

泰然《タイラン》の足元の床に目をやると、文字がびっしりと書かれた紙が何枚も落ちている。

「また、上奏文《じょうそうぶん》を書かれていたのですか?」

「またとはなんだ、またとは。ちゃんと備品管理の仕事もしておるぞ」

何度もこの部屋に通ううちに、泰然《タイラン》とも次第に打ち解けてきた。最近では気軽に世間話もできるようになった。

「あのー、泰然《タイラン》様。面倒な話を持ってきました」

泰然《タイラン》の筆を持つ手がピタリと止まる。

「ならん、ならんぞ。それ以上聞きたくない」

慌てる様子の泰然《タイラン》を見て、暁蕾《シャオレイ》はニッコリと笑顔を返した。暁蕾《シャオレイ》の笑顔を不気味に感じたのか、泰然《タイラン》は、ゲッと苦い表情になった。

「申し訳ありません。董艶《トウエン》様のご指名なのです。こちらを泰然《タイラン》様に渡すようにと」

嫌がっている泰然《タイラン》に構わず、机の上に董艶《トウエン》妃から預かった発注書を置いた。

「董艶《トウエン》だと！」

泰然《タイラン》は露骨に顔をしかめた。いやいやながらという感じで筆を机に置くと発注書を手に取る。発注書を見る泰然《タイラン》の目が細くなり、眉間にシワが寄った。

「暁蕾《シャオレイ》、お前、これの意味わかってるか？」

「わかりません。董艶《トウエン》様は後宮で戦《いくさ》でもされるのでしょうか？」

「董艶《トウエン》殿はこれを俺のところへ持っていって、それからどうしろと言われた？」

「泰然《タイラン》様とよく相談するようにと、言われました」

泰然《タイラン》は天井《てんじょう》を見上げてため息をついた。

「つまり俺に丸投げってことか。あの方らしいと言えばそれまでだが」

「あの、私には話がよく見えないので、教えていただけますか？」

泰然《タイラン》はその巨体にしては素早く、椅子から立ち上がると部屋の入り口から顔を出して外を見回した。

「誰もいないな……。よし、いいだろう。まだ全部は教えられないが何も知らんと危ないからな、近くに来い」

「えーっ」

以前に比べてかなり清潔感を取り戻した泰然《タイラン》だったが、脂ぎったおっさんなのは間違いない。

暁蕾《シャオレイ》は露骨に嫌な顔をした。

「あーそうか、そうか、知りたくないのか。じゃあこれを持って帰れ、帰れ」

「冗談ですよ」と言いながら暁蕾《シャオレイ》は泰然《タイラン》の隣に座った。風貌に似合わず泰然《タイラン》は繊細なのかもしれない。

「我が国を守る兵士の装備について何か知っているか?」

暁蕾《シャオレイ》は首を横にふる。

「この発注書に書かれている品物は兵士ひとり分の装備品を表している。硝石と硫黄は違うがな。ところがだ、よく見ると我が溏《とう》帝国の装備品と微妙に違うのだ」

「どういうことですか?」

泰然《タイラン》は発注書に書かれている項目を指し示す。弓10張、矢360本の項目のところだ。

「我が国の兵士は、基本的に国を異民族の侵入から防ぐことを想定して組織されておる。なので個人の装備としては槍や刀剣を手近に置いておくのが一般的だ」

暁蕾《シャオレイ》は、溏《とう》帝国の歴史と現在の広大な領土を思い浮かべた。その強大な軍事力で領土を拡大し続けた溏《とう》帝国は前皇帝の治世において歴史上、最大の領土となった。一方、西方に細長く領土が延びたことにより守るべき国境線の長さは膨大なものとなっている。

現皇帝は膨らんだ軍事費を削減するため領土の拡大から現在の領土を守ることに舵を切った。よって兵士の装備も他国の侵略時に騎兵が多く使う弓から槍や刀という近接戦闘用の武器を重要視するようになった。

「つまりこれは我が国の一般的な装備ではなく、他国に侵略するための装備だということですか?」

「おお、ものわかりが良いな」

「ですが、泰然《タイラン》様。この発注書を見てそこまでのことがわかりますか? 剣や槍などの数は意味がなくて適当な数字を書いてあるだけかもしれないじゃないですか?」

暁蕾《シャオレイ》の問いに泰然《タイラン》はフッと鼻を鳴らした。

「それがな、わかるのだ。なぜなら俺はかつて、これと同じものを見たことがあるからだ」

「ええっ、そうなんですか？　いったいどこで見たのですか？」

身を乗り出してくる暁蕾《シャオレイ》に気おされてか、泰然《タイラン》は巨体をのけ反らせた。

「順を追って話すぞ」

そう言って泰然《タイラン》は説明を始めた。泰然《タイラン》がまだ諫議大夫《かんぎたいふ》だったとき、泰然《タイラン》の元へひとつの情報がもたらされた。その情報とは我が国の武器が隣国に横流しされているというものだった。泰然《タイラン》は極秘に捜査を開始、やがて横流しの実行犯である辺境の兵士を捕らえた。

「その兵士が持っていたのが、これと全く同じ内容の発注書だったのだ。つまりこれは他国に横流しするための発注書そのものだ」

「えっー、じゃあ董艶《トウエン》様が隣国に武器を横流ししようとしているということですか？」

「バカを言うな、それなら俺の所へ持っていけなどと命ずるわけがあるまい。これは俺への依頼だ」

「依頼？」

暁蕾《シャオレイ》は考えを巡らす。前回も泰然《タイラン》は情報をもとに横流しの犯人を捕らえることに成功している。もしやその情報を泰然《タイラン》に流したのは——

「前回も泰然《タイラン》様に横流しの情報を伝えたのは、董艶《トウエン》様なのですね！」

興奮気味の暁蕾《シャオレイ》に対して、泰然《タイラン》は人差し指を唇にあて「静かに」と言った。

「声が大きいぞ。誰かに聞かれたらどうする。だがまあ、お前の言う通りだ。あの時も、お前と同じように炎陽宮《えんようきゅう》の使いの侍女が発注書を持ってきおった。それからその侍女を通じて情報のやりとりをして、横流し犯を捕らえることができたというわけだ」

暁蕾《シャオレイ》はようやく今回の一件に関する全貌が見えてきたような気がした。だがまだいろいろと疑問が残る。

「でも、董艶《トウエン》様はなぜこのようなまわりくどいやり方をされるのでしょう？　直接、泰然《タイラン》様に捜査を命じられればよろしいのでは？」

暁蕾《シャオレイ》の言葉に泰然《タイラン》は首を横にふる。

「暁蕾《シャオレイ》……、一回しか言わんと言ったが、わかっとらんようなのでもう一度言うぞ。『宦官《かんがん》について調べるな』だ」

「つまり、この横流し事件には宦官《かんがん》が関係しているということですね」

泰然《タイラン》はうなずいた。

「よいか、あやつらの目、耳はそこらじゅうに張り巡らされておる。細心の注意をはらって事を進めたのに、俺はこのざまだ。このやり方はやつらの目と耳をごまかす苦肉の策なのだ」

「でもどうやって董艶《トウエン》様は武器の横流しが行われていることを知ったのでしょうか？　それに武器の横流し先の隣国とはどこなのですか？」

部屋の外にある廊下から足音と女官の笑い声が聞こえた。そろそろ夕食の準備が始まる時刻だ。

「長く話しすぎた。今日はここまでだ。とりあえず返事の書状をしたためるから炎陽宮《えんようきゅう》へ持っていけ」

「かしこまりました」

受け取って部屋を後にしようとすると、「ちょっと、待て」と呼び止められる。腰のあたりをゴソゴソと探っていた泰然《タイラン》が小さな木の板を差し出した。

「魚符《ぎょふ》……ですか？」

「暁蕾《シャオレイ》、木偶《もくぐう》事件の件、噂《うわさ》になっているぞ。董艶《トウエン》様は身分にかかわらず優秀な人間がいれば声をかけるそうだ。気まぐれの可能性もあるがお前に目をつけたのかもしれん。俺は宦官《かんがん》に目をつけられているので身動きがとれん。これを持って皇城《こうじょう》の書庫へ行き、我が国と隣国の関係について調べてきてくれ。この魚符《ぎょふ》を持っていれば文書を自由に見ることができるはずだ」

秀英《シュイン》の魚符《ぎょふ》を使う前に、またしても魚符《ぎょふ》を受け取ってしまった。男とは自分が役立つと示すために何かを渡したがる生き物なのだろうか？　暁蕾《シャオレイ》はなんだか複雑な気持ちになった。

結局、最後の質問には答えてもらえず、泰然《タイラン》の部屋を後にする。それ以上知るのは危険ということかもしれない。通用門を通り後宮の作業部屋まで戻った暁蕾《シャオレイ》は、玲玲《リンリン》に泰然《タイラン》とのやりとりを話して聞かせた。

「その話父さんから聞いたことがある。安慶《あんけい》から紗州《さしゅう》に派遣された兵士が武器の横流ししていた」

「えーっ！　そうなの？　ねえ、その兵士が横流ししていた国ってどこなの？」

玲玲《リンリン》は申し訳なさそうな顔になった。

「それは口外できない秘密だから、父さんも教えてもらってないと言ってた。ごめん……」

「そうかあ。よほどまずい秘密なのね」

暁蕾《シャオレイ》は、父さんから見せてもらった溏《とう》帝国の公文書をまるまる暗記している。泰然《タイラン》から武器横流しの話を聞いた直後にも一度記憶を探ってみたのだった。

驚くことに武器横流し事件で兵士が捕らえられたことは文書に書かれているのだが、肝心な兵士の所属と兵士が横流ししていた国の名前は、全て墨で真っ黒に塗《ぬ》り潰《つぶ》されて読めなかったのである。溏《とう》帝国は大陸の東方で海岸線に沿って東西南北に広がる半円のような広大な領土を持つ、だが西方の領土は交易路に沿って細長く伸びており太い尻尾《しっぽ》のように見える。そしてその尻尾の先端は、董艶《トウエン》妃の祖国、砂狼《さろう》国まで伸びていた。

「あ、そういえばさっき氷水《ビンスイ》様が戻ってきた。なんだか苦情処理でいろいろな貴妃様のところをたらい回しにされたとおっしゃってた」

玲玲《リンリン》が思い出したように言う。もし氷水《ビンスイ》様に、発注書の件を相談していたらどうなっていたのだろう？　暁蕾《シャオレイ》の代わりに氷水《ビンスイ》様がこの仕事を請け負ったのだろうか？　と暁蕾《シャオレイ》は思った。

さて、暁蕾《シャオレイ》が今やるべきことはふたつあった。ひとつ目は、泰然《タイラン》から預かった董艶《トウエン》様への返事を炎陽宮《えんようきゅう》へ持っていくこと。もうひとつは泰然《タイラン》から頼まれた書庫での調査だ。

「玲玲《リンリン》、仕事をお願いしていいかな？　泰然《タイラン》様から預かったこの書状を炎陽宮《えんようきゅう》に届けてほしいんだ」

「うん、もちろんやる！」

暁蕾《シャオレイ》の言葉を聞いて玲玲《リンリン》は瞳を輝かせた。自分も仕事ができることがうれしかったのだろう。もしかしたら董艶《トウエン》妃に会えると期待しているのかもしれない。暁蕾《シャオレイ》は、廊下にある発注書箱を確認した。今日は早めに処理したので、新しい発注書は入っていなかった。

（これなら明日、書庫に行けそうね）

玲玲《リンリン》と相談して、明日、暁蕾《シャオレイ》は皇城《こうじょう》の書庫に、玲玲《リンリン》は炎陽宮《えんようきゅう》にそれぞれ行くことにした。その日の夜、暁蕾《シャオレイ》は布団《ふとん》の中でその日あったことを思い返していた。董艶《トウエン》妃の容姿とまとっている雰囲気には正直圧倒されてしまった。皇帝陛下は董艶《トウエン》妃のもとへ訪れたことがあるのだろうか？

安慶《あんけい》の都には、砂狼《さろう》国の商人もよくやって来るので砂狼《さろう》国の女性も見たことがある。かの国では、砂漠の神が信奉されており、教典の教えで女性は顔を布で覆うこととなっているらしい。董艶《トウエン》妃の顔以外の部分はほとんど覆われていなかった。脂肪の少ない引き締まった体、光を反射する滑らかな浅黒い肌。溏《とう》帝国の貴妃達とは全く違うまるで異世界の住人のようなその容貌。

——美しい

確かにその時、暁蕾《シャオレイ》はそう感じたのだった。最近見たもので暁蕾《シャオレイ》が美しいと感じたものがもうひとつある。それは秀英《シュイン》の琥珀色の瞳だった。董艶《トウエン》妃のことを考えていたはずが、いつの間にか暁蕾《シャオレイ》の顔を覗き込む秀英《シュイン》の瞳が目をつむったまぶたの裏に現れた。

(もーなんなの！)

慌てて頭から振り払おうとするが、考えないようにすればするほど考えてしまう。暁蕾《シャオレイ》はフーッと深いため息をついた。

(きっといろいろなことがあって疲れてるからね。明日も頑張ろう)

暁蕾《シャオレイ》は心の中でそうつぶやくのだった。翌朝、氷水《ビンスイ》の授業が終わると、暁蕾《シャオレイ》と玲玲《リンリン》はそれぞれの仕事に取り掛かった。皇城《こうじょう》の書庫は幸い、いつも通っている泰然《タイラン》の部屋から少し離れた場所にあった。本当に重要な機密書類は皇帝陛下のいる宮城《きゅうじょう》に近い場所にあるが、泰然《タイラン》へ行くように頼まれたのはそこではない。

一般的に公開されている情報が載っている書物や文書が保管されている場所である。天三閣《てんさんかく》と呼ばれるその建物は皇城《こうじょう》にある竹林の中にひっそりとあった。建物の門に続く石畳の通路には覆い被《かぶ》さるように竹が生えている。屋根付きの門には扉がなく円形の穴がぽっかりと空いているだけだ。

門の左右には獅子の彫像が置いてあり、訪れるものを威嚇《いかく》するように口を開けている。門の内側に衛兵の詰め所があり若い兵士が退屈そうに立っていた。暁蕾《シャオレイ》が、泰然《タイラン》から預かった魚符《ぎょふ》を差し出すと受け取った兵士は目を見開いて、魚符《ぎょふ》と暁蕾《シャオレイ》を交互に見た。

「へー、泰然《タイラン》様のところではあなたのような若い女性も働いているのですね」

という兵士に暁蕾《シャオレイ》は、「まあ、そうですね」と曖昧《あいまい》な笑みを返した。兵士が「どうぞ」と通してくれたので、暁蕾《シャオレイ》は門の奥にある書庫へと入る。薄暗い廊下に向かって右側には陽の光が差し込む格子状の窓があり、左側が書籍や書類が平積みになった棚がある部屋になっている。

（こんなにいっぱいの文字が読めるなんて、なんかゾクゾクする）

本を読むことが大好きな暁蕾《シャオレイ》にとってこの天三閣《てんさんかく》はまさに天国のような場所だった。廊下を進むと部屋がいくつかあり、それぞれ歴史や外交、財政と項目ごとに分かれていることがわかった。

まずは、泰然《タイラン》の依頼どおり溏《とう》帝国の隣国に関する文書や書物を探すことにした暁蕾《シャオレイ》は、外交文書と書かれた札がかかっている部屋へ足を踏み入れた。部屋には木製の棚があり、糸で閉じた書類と外交関係の本が平積みになっている。パッと見では内容がわからないので一冊ずつ手に取ってみるしかない。暁蕾《シャオレイ》は手近な一冊を手に取る。表紙には『砂狼国《さろうこく》』と書かれていた。紙の状態があまりよくないので、気を付けないと破れてしまいそうだ。

暁蕾《シャオレイ》は、注意しながら紙をめくっていく。一冊めくり終わると次の一冊に取りかかる。その棚にあった二十冊を全てめくり終えるのにかなり時間がかかってしまった。

（それじゃあ、やりますか！）

実のところ暁蕾《シャオレイ》は目で追った文字を読んでいない。ただ何も考えずに眼球に映像を写しただけなのだ。ここからが暁蕾《シャオレイ》の本領発揮であった。暁蕾《シャオレイ》の脳内にいま取り込んだ情報が整理された状態で浮かび上がってくる。

『溏《とう》帝国と砂狼《さろう》国は戦争状態だったが、溏《とう》帝国皇帝と砂狼《さろう》国の王が会談を行い、休戦条約が結ばれた。その時お互いに人質を交換することが決まった』

(人質を交換？　董艶《トウエン》妃の代わりに溏《とう》帝国からも人質が送られたの？)

これは暁蕾《シャオレイ》も知らなかった情報だった。おそらく公表されていないはずだ。

(でも、武器横流しには関係ないかも)

暁蕾《シャオレイ》は、隣の棚に移動して書類を手に取る。今度は表紙に『火舎《かしゃ》国』と書かれている。暁蕾《シャオレイ》はさっきと同じように情報の読み取りを行った。一旦《いったん》、万能記憶に覚えさせ後で必要な情報を取り出すのだ。

暁蕾《シャオレイ》はひと休みした後、最後の棚に向かう。今度の棚にある書類には表紙に『纏黄《てんおう》国』と書かれている。同じ要領で書類の内容を頭に詰め込んだ。さすがに頭に情報を一気に詰め込みすぎたのかクラクラとめまいがしてくる。

昼を告げる太鼓の音が響いた。夢中になって書類を読んでいたが気がつくと暁蕾《シャオレイ》のお腹《なか》はぺこぺこになっていた。必要な情報を収集して後宮へ戻ることにした暁蕾《シャオレイ》は衛兵に挨拶をしてから天三閣《てんさんかく》を後にした。

※※※※※

玲玲《リンリン》は、北宮《ほくぐう》から南宮《なんぐう》へ続く渡り廊下をとぼとぼと歩いていた。たった今、炎陽宮《えんようきゅう》に行き泰然《タイラン》の手紙を女官へ渡してきたところだった。おそらく暁蕾《シャオレイ》が炎陽宮《えんようきゅう》に行った時にも応対したであろう女官が出てきて手紙を受け取ると「ご苦労様でした」と一言だけ言って引っ込んでしまった。

ただそれだけだった。もしかしたら董艶《トウエン》妃のところへ案内されるのではないかと内心ドキドキしていたのだったが、何も起こらなかった。やっぱり自分が紗州《さしゅう》出身の田舎者だから相手にしてもらえないのだろうか？　そんな考えが浮かんできて気分が悪くなる。

南宮《なんぐう》の回廊に入ってしばらく進んだところでパタパタと前方から近づいてくる足音がした。

「玲玲《リンリン》、ちょうどよかったわ。聞いてほしい話があるのよー」

（うわ、今日はついてないなー）

やって来たのはいつも玲玲《リンリン》をつかまえては噂話を延々と聞かせる女官だった。玲玲《リンリン》が断れないのをいいことに様々な話を無理やり話して聞かせるのだ。董艶《トウエン》妃に関する噂もこの女官から聞かされたのだ。

「さあ、こっちこっち」

女官は玲玲《リンリン》を人目につかない柱の陰に無理やり引っ張っていく。

「翠蘭《スイラン》様の話なんだけどね……」

女官はあたりを気にしているようにキョロキョロし、小声になった。翠蘭《スイラン》様とは、紅玉宮《こうぎょくきゅう》の貴妃で黒河《こくが》州を治める劉《リュウ》家の娘である。先日、発注書の件で苦情を言ってきた侍女、青鈴《チンリン》の主人でもあった。

「最近、皇太后様に高価な贈り物をしてるんですって。もしかしたら皇太后様の派閥に入られるのかしら？　ねえどう思う？」

後宮が皇太后派と皇后派に分かれて権力を争っていることは玲玲《リンリン》も知っていた。だが田舎出身の自分には関係ないことだと思っている。

「ごめんなさい。私、難しいことわからない」

玲玲《リンリン》の返答が不満だったのか女官は眉根《まゆね》を寄せた。

「だめよーそんなことじゃ。どちらの派閥に入るかで私達の将来が決まるのよ。もっと真剣に考えなきゃ！」

「な、なるほど。参考にする」

（ううっ、話を合わせてしまった。ハッキリと自分の意見が言えないからこんな目に遭うのに。暁蕾《シャオレイ》みたいに自分の意見がちゃんと言えればなあ）

「それでね、まだあるのよ」

玲玲《リンリン》の気持ちなどお構いなしに女官は話を続ける。

「なぜそんなに翠蘭《スイラン》様にお金があるのかって話なんだけど……」

ここで、女官はいっそう小声になった。

「実家の劉《リュウ》家が商売で大儲けしたらしいのよ」

「へ、へー。そうなんだ」

女官は、やや棒読みで相づちを打つ玲玲《リンリン》の耳に、口唇を近付けるとささやくように言葉を続けた。

「どうやって儲けたんでしょうね？」

「さ、さあ……」

玲玲《リンリン》が返答に困っていると女官は意味ありげに目を細める。

「劉《リュウ》家には扱えない商品はないというから何でも手に入るのでしょうね。うらやましいわ」

玲玲《リンリン》と女官が話をしているすぐ近くの廊下を別の女官達が慌ただしく通り過ぎていった。

「あ、いけない！　お使いを頼まれていたのだったわ」

女官はわざとらしく言うと、気が済んだのかスッキリとした表情で去っていった。今聞いた話を暁蕾《シャオレイ》にも伝えよう。暁蕾《シャオレイ》ならきっと役立ててくれるはずだ。そう思いながら玲玲《リンリン》は、作業部屋へ急いだ。

※※※※

「あーっ、何にもわかんなかったー。結構頑張ったのにー」

書庫から戻った暁蕾《シャオレイ》は大きく背伸びをする。そこにちょうど玲玲《リンリン》が帰ってきた。

「お帰りなさい」と声をかけると、玲玲《リンリン》は何かを言いたげに暁蕾《シャオレイ》の方を見ている。

(きっと董艶《トウエン》妃に会えなかったのね)

「ただいま、暁蕾《シャオレイ》は今帰ってきたの？」

「うん、けど手がかりは見つからなかったんだ」

「そっかー、私も手紙を侍女に渡したらそれで終わり」

暁蕾《シャオレイ》と玲玲《リンリン》はお互いの顔を見つめ合っていたが、浮かない顔をしているのが何だかおかしくなりどちらからともなく笑い出した。

「ハハハハッ、まだ始まったばかりだから仕方ないよね」

と暁蕾《シャオレイ》が言うと、

「フフフ、私、まだ手紙持っていっただけ」

と玲玲《リンリン》が答える。こんなことで落ち込んでバカみたいとふたりで笑った。

「でもね、噂ならあるよ」

ひとしきり笑ったあと玲玲《リンリン》がボソッと言う。

「そうなんだ。玲玲《リンリン》は情報通だね。私にも聞かせてよ」

玲玲《リンリン》は顔をほころばせると、炎陽宮《えんようきゅう》からの帰り道、噂好きの女官につかまり翠蘭《スイラン》妃に関する噂を無理やり聞かされたことを話し始めた。

「役に立ちそう……かな?」

話し終わった玲玲《リンリン》は少しだけ心配そうな顔になった。

玲玲《リンリン》が聞いた噂の要点について暁蕾《シャオレイ》は頭の中で整理した。暁蕾《シャオレイ》が注目したのは以下の点だった。

・後宮では皇太后派と皇后派が権力争いをしている

・紅玉宮《こうぎょくきゅう》の翠蘭《スイラン》妃から皇太后様に高価な贈り物があった

・翠蘭《スイラン》妃の実家である劉《リュウ》家が商売で大儲けした

暁蕾《シャオレイ》は万能記憶を使って、玲玲《リンリン》の話から有益な情報につながらないか探ってみた。普通に考えれば翠蘭妃《スイラン》が皇太后派へ入るために贈り物をしたということだろう。そしてその贈り物を買う資金は商売で利益《りえき》が出た劉家《リュウ》から出ていると考えられる。

先日の木偶《もくぐう》事件は范恋《ハンレン》皇后と翠蘭《スイラン》妃の侍女同士のトラブルに端を発していた。これはお互いをライバルと認識していることが根底にあるからこそ起こった可能性がある。翠蘭《スイラン》妃と劉《リュウ》家についてはもっと調べてみる必要がありそうだ。

「ありがとう、玲玲《リンリン》！　すごく役に立ったよ。もう一度調べる材料ができたわ」

暁蕾《シャオレイ》の言葉を聞いた玲玲《リンリン》の表情がぱあーっと明るくなって頰《ほお》も赤く染まった。

「よ、よかった。私もっと噂集めてみる」

思ったことをずばずばと言ってしまう暁蕾《シャオレイ》とは違い、玲玲《リンリン》はあまり自分の意見は言わない。だが人の話は嫌な顔をせずに最後まで聞く。噂好きの女官に限らず話しかけられる場面を暁蕾《シャオレイ》はよく見かけた。

（やっぱり紙や書物だけじゃなくて、人から直《じか》に聞く情報も重要ね。玲玲《リンリン》がいてくれてよかった）

それから数日の間、暁蕾《シャオレイ》は天三閣《てんさんかく》へ通って文書を読み続けた。一方、玲玲《リンリン》もいろいろな女官に話を聞いて回っている。なかなか情報が得られずに暁蕾《シャオレイ》も焦《あせ》り始めていた時のことだった。暁蕾《シャオレイ》は秀英《シュイン》からもらった魚符《ぎょふ》のことを思い出した。

『今回の仕事で困ったことになったら御史台《ぎょしだい》へ来い』と秀英《シュイン》は言った。董艶《トウエン》妃の侍女から今回の件について口外するなと言われているが、秀英《シュイン》はある程度事情を把握しているようだった。事情を細かく話さなくても助けてくれるのではないだろうか、と暁蕾《シャオレイ》は思った。

（よし、行ってみよう！）

とうとう決心して暁蕾《シャオレイ》は御史台《ぎょしだい》にいる秀英《シュイン》の所へ行くことにした。御史台《ぎょしだい》は皇城《こうじょう》の一番東側にある。泰然《タイラン》がいる備品係の部屋からは少し離れており、後宮から見ると一番遠くにあった。

玲玲《リンリン》に事情を説明すると快く同意してくれた。いつもの通用口を通り官庁街である皇城《こうじょう》と皇帝陛下がいる宮城《きゅうじょう》を隔てている壁に沿って東へ進む。初めて後宮に来た時にも見かけた青龍門《せいりゅう》の大きな朱色の柱と美しい装飾を眺めながら進んでいくと、御史台《ぎょしだい》がある白壁に囲われた建物の門までやってきた。

第四章　暁蕾、御史台へ行く

（調子に乗ってここまで来たけど本当に会えるのかな？）

膨らむ不安を振り払うように、秀英《シュイン》からもらった魚符《ぎょふ》を門番へ差し出す。いろいろ質問されると思っていた暁蕾《シャオレイ》の予想に反して門番は顔色ひとつ変えることなく「少々お待ちください」と一言だけ言うと奥へ引っ込んだ。

もしかして暁蕾《シャオレイ》が来るかもしれないと、あらかじめ知らされているのだろうか？　いやいやそんなはずはないと暁蕾《シャオレイ》は頭《かぶり》を振った。様々な国の難題を抱えている御史大夫《ぎょしたいふ》の秀英《シュイン》がたかが下級女官がやって来るのに配慮しているはずがない。

「どうぞお入りください」

程なくして戻ってきた門番が中へ入れてくれたので、石の階段を上り御史台《ぎょしだい》の回廊へと上った。回廊の入り口には下級官僚と思われる若者が待っており暁蕾《シャオレイ》を秀英《シュイン》の執務室へ案内してくれた。途中、いくつかの部屋の横を通り抜けたがみな机に向かって黙々と仕事をしている。どの部屋も机と椅子《いす》、書類を納める棚だけの簡素な作りになっていて豪華な装飾の類いはなかった。

おそらく下級女官がこの建物を訪れることはほとんどないはずなのだが、誰《だれ》も暁蕾《シャオレイ》に注意を向けなかった。みな自分の仕事に集中しているのだ。

「大夫《たいふ》様、暁蕾《シャオレイ》様をお連れしました」

回廊の奥に格子模様が彫り込まれた木製の扉があり、その前まで行くと若者は部屋の中へ呼びかけた。

「入れ」

聞き覚えのある声が返ってきた。若者が扉を引き開けて入るように促《うなが》されたので暁蕾《シャオレイ》はおずおずと部屋へと入る。部屋の様子を確認する前に片膝《ひざ》をつくと拝礼した。

「やっと来たか。頭を上げていいぞ」

くだけた調子の言葉に戸惑いながら視線を上げると、暁蕾《シャオレイ》はギョッとした。

——えっ！　もうひとりいる。

回廊の途中で見た部屋よりは多少広いものの相変わらず装飾のない部屋だ。部屋の奥に執務机と椅子があるが、そこには誰も座っていない。部屋の中央にも会議用とおぼしき長机が置いてあり、その脇《わき》にふたりの男が立っていた。

向かって右側に立っているのは秀英《シュイン》だった。前回、通用門で出会った時と同じ紫の袍服《ほうふく》を着ている。鋭い琥珀色の瞳《ひとみ》も相変わらずだった。問題は向かって左側に立っている知らない男だった。

（えっ！　紫の袍服《ほうふく》）

知らない男が着ている袍服《ほうふく》の色も紫だったのだ。溏《とう》帝国で紫の袍服《ほうふく》を着用できるのは皇族と三品《さんぴん》以上の高級官僚に限られている。つまりこの男も秀英《シュイン》同様とても高貴な身分だということだ。

「失礼しました！　尚書省《しょうしょしょう》に勤めます曹《ツァオ》　傑倫《ジェルン》の娘で後宮の備品係、暁蕾《シャオレイ》と申します」

暁蕾《シャオレイ》は慌てて再度、拝礼した。

「初めまして、暁蕾《シャオレイ》ちゃん。秀英《シュイン》から噂は聞いてるよー。いいよ、いいよ、頭あげちゃって」

謎《なぞ》の男からいかにも軽い感じの返事が返ってきた。暁蕾《シャオレイ》は頭を上げて男の方を見る。年のころは秀英《シュイン》と同じ20代の前半というところだろう。とても背の高い秀英《シュイン》ほどではないがほっそりと細身で背が高い。目鼻立ちは整っていてこの男もかなりの美形だ。

隣で冷たくそれでいて鋭い琥珀《こはく》色の瞳でこちらを見下ろしている秀英《シュイン》と違い、眉尻《まゆじり》は下がりとても人懐こい笑顔を浮かべている。やや色素の薄い茶色の瞳がイタズラっぽい光を放っていた。

「大変申し訳ありません。あなた様のお名前を存じ上げません」

謎の男は少しだけ眉を上げて秀英《シュイン》の方をチラリと見た。秀英《シュイン》はわずかに唇を歪《ゆが》ませる。

「俺《おれ》の名前は雲嵐《ウンラン》だよ。ただの雲嵐《ウンラン》。よろしくね」

「この男は何ていうか……私の仕事を手伝ってもらっている仲間だ。だから安心していいぞ」

雲嵐《ウンラン》と名乗った男が、ヘラヘラとした調子で言うのを横目で見ていた秀英《シュイン》はまるで言い訳をするような調子で言った。

「承知致しました。秀英《シュイン》様」

「立ってるのも何だから座ろうよ。さあ秀英《シュイン》は俺の隣に、暁蕾《シャオレイ》ちゃんは俺の向かいにどうぞ」

（えーっ、下級女官の私に同席しろって言うの？）

言葉を交わすだけでもおそれ多い身分のふたりと同じ机を挟んで座れというのだ。暁蕾《シャオレイ》は躊躇《ちゅうちょ》した。

「いいから早く座れ、これは命令だ」

秀英《シュイン》に言われようやく暁蕾《シャオレイ》は腰を下ろした。

「暁蕾《シャオレイ》ちゃんを後宮に連れてくる時もそんな感じだったの？　暁蕾《シャオレイ》ちゃん、怖かったでしょ。こいつ悪いやつじゃないんだけど、ごめんねー」

からかうような調子で言われ秀英《シュイン》は顔をしかめる。

「お前、ちょっと黙ってろ。話が進まん」

憮然《ぶぜん》とした秀英《シュイン》に肩をすくめる雲嵐《ウンラン》。まるで正反対のふたりだが案外、気が合っているのかもしれないと暁蕾《シャオレイ》は思った。

「ここに来たということはうまくいっていないのだな?」

董艶《トウエン》妃に仕える侍女から、今回の仕事については口外しないように言われている。しかもここには雲嵐《ウンラン》まで同席している。何と説明すればいいのだろうか? 暁蕾《シャオレイ》は考えを巡らせた。

「私はこの通り後宮の下級女官でございますが、女官であっても溏《とう》帝国と異国との外交や交易を学びたいと思いまして、天三閣《てんさんかく》へ行き調べ物をしたのでございます」

「ほう、それは見上げた心掛けだな。お前から見た我が国と他国との関係はどうなのだ。言ってみよ」

秀英《シュイン》も暁蕾《シャオレイ》が董艶《トウエン》妃から武器横流しについて調べるように命じられていることは知っているようなのだが、董艶《トウエン》妃との約束は守らなければならない。そのことに触れずに話を進めようとするとどうしてもこのような白々しい会話になってしまう。

「おそれながら申し上げます。まず砂狼《さろう》国ですが、彼の国と休戦協定が結ばれた時にお互いに人質を交換致しました。それにより砂狼《さろう》国からは董艶《トウエン》妃が我が国へいらっしゃいました。ですが、我が国からはどなたが贈られたのか記録が残っておりませんでした」

天三閣《てんさんかく》で得た情報はどれも、武器横流しに関する重要な情報とは思えなかったが、暁蕾《シャオレイ》はあくまで溏《とう》帝国と他国との関係について自分が調べた内容を報告するという形で秀英《シュイン》に伝えることにした。

(秀英《シュイン》様はとても頭が切れる方だから、きっと何かしら助言をいただけるはずだわ)

秀英《シュイン》の狼のような瞳は静かにこちらを見つめている。

「砂狼国《さろう》か……お前、董艶《トウエン》妃に会ったのだろう？　どうだった？」

秀英《シュイン》にそう問われ、暁蕾《シャオレイ》は記憶をたどる。董艶《トウエン》妃は、何もかもが暁蕾《シャオレイ》の持つ常識の範疇《はんちゅう》を超えていた。

美しく均整のとれた体。長い手足。あやしい光を放つ肌色。見た目が美しい貴妃なら溏《とう》帝国にはたくさんいる。だが、美しさの質が違う。見たものの心をざわつかせる美しさとでもいうのだろうか。もちろん見た目だけではない。腹の底に響く声音で発せられる異国の言葉。まとっている禍々《まがまが》しい雰囲気。

彼女は本当にこの世の人間なのだろうか？　董艶《トウエン》妃との出会いが本当は夢だったのではないかという気さえしてくるのだった。

「どうした？　ぼーっとして」

秀英《シュイン》の言葉で暁蕾《シャオレイ》は現実に引き戻された。

「申し訳ありません。董艶《トウエン》様をどのように言い表せば良いのか、言葉が見つからないのです」

「ああ、あの方を我が国のことわりで推しはかることはできないだろう。ただ、彼女はあくまでも砂狼国《さろう》の姫だ。本来なら我が国の皇族と婚姻を結んでもおかしくはないのだ」

そのことについては、暁蕾《シャオレイ》も疑問に思っていた。友好国から贈られた姫であれば皇族の妃となってもおかしくない。決して身分が高いとはいえない婕妤《しょうよ》として後宮入りしていることに違和感を覚えていたのだ。董艶《トウエン》妃が溏《とう》帝国の伝統やしきたりを無視してあまりに自由に振る舞うので厄介払いされているのだろうと結論付けていた。

「先を続けろ」

秀英《シュイン》の言葉に促されて次の報告に移る。秀英《シュイン》は溏《とう》帝国から砂狼《さろう》国へ贈られたもうひとりの人質の話には触れる気がないようだった。

「次の火舎《かしゃ》国についてはあまり情報がありませんでした。彼の国は我が国の技術や制度を学ぼうと留学生を送ってきておりますが、同時に我が国の公主《こうしゅ》を降嫁《こうか》するよう求めているようです」

公主とは皇帝の娘のことである。要するに国同士の政略結婚の申し出であったが、対等な関係での政略結婚というよりは、親戚関係になることによって溏《とう》帝国から守ってもらおうという意図があるのであった。

「皇帝陛下には御子がいらっしゃらないからな。対応に困っておいでのようだ」

「皇族の姫を贈るとの話もあるようですね」

「ああ、そうだ。苦肉の策ってやつだな」

皇族の娘で火舎《かしゃ》国が納得するかどうかはわからないが、前例はいくつかあるようだった。

「次に纏黄《てんおう》国についてですが」

火舎《かしゃ》国についてはそれ以上話が広がりそうもなかったので、暁蕾《シャオレイ》は次の説明に移ることにした。

「纏黄《てんおう》国か……」

秀英《シュイン》の表情があからさまに曇る。やはり我が国にとって目先の脅威は纏黄《てんおう》国なのだろうと暁蕾《シャオレイ》は思った。

「纏黄《てんおう》国はいくつもの部族が覇権を争っておりましたが、今から10年前、迦楼羅汗《カルラハン》が部族を統一し自らの国を纏黄《てんおう》国と称しました。彼の国は度々我が国の領土に侵入して略奪を行っております。またその騎馬兵は強力で我が国の守備隊も手を焼いているようです」

「纏黄国《てんおう》っておっかないよねー。あいつらの騎馬隊が通った後は草木一本残らないっていわれてるしさー。しかも我が国からの和平交渉にも全然耳を貸さないっていうんだから困っちゃうよねー」

それまで黙って話を聞いていた雲嵐《ウンラン》が突然口を挟んできた。ヘラヘラした態度にイラついたのか秀英《シュイン》の眉間にシワが寄る。

「迦楼羅汗《カルラハン》とはどのような方なのでしょう？」

「それがねー、なんでも神の生まれ変わりといわれているらしいよ。10代で部族長になってから次々に他の部族を打ち負かしてあれよあれよという間に国を統一しちゃったんだからすごいよねー」

暁蕾《シャオレイ》の問いに雲嵐《ウンラン》は楽しそうに答える。

「感心してる場合じゃないだろ。我が国は略奪の被害を受けているんだぞ」

秀英《シュイン》は横目で雲嵐《ウンラン》を睨《にら》みつけるが雲嵐《ウンラン》が意に介した様子はなかった。

「纏黄国《てんおう》は、他国を侵略して領土を拡大しようとしているのでしょうか？　もしそうなら武器が不足しているのでは？」

「我が国の領土で起こっている飢饉《ききん》の話は知っているか？」

秀英《シュイン》は暁蕾《シャオレイ》の質問には答えず、逆に質問を返してきた。暁蕾《シャオレイ》は記憶の検索を行って情報を探った。

「数年前から北部の州を大寒波が、南部の州を洪水と干《かん》ばつが襲って農作物の収穫が十分にできず、多数の餓死者が出ているのでございますね」

情報を元に暁蕾《シャオレイ》が答えると秀英《シュイン》はうなずいた。

「そうだ、そしてこれは我が国だけの問題ではないのだ。纏黄国《てんおう》は家畜の放牧によって食料を得ている。だが大寒波によって家畜の餌が確保できなくなった。もちろん寒さで凍死者も多数出ただろう。奴《やつ》らがより暖かい南の領土を求めて移動を開始してもおかしくはないのだ」

（なるほど、纏黄国《てんおう》が我が国を襲ってくるのにもちゃんとした理由があったのね）

「やはり、纏黄国《てんおう》についてもっと調べる必要がございますね」

「そうだな。他に話はあるか？」

暁蕾《シャオレイ》はためらった。玲玲《リンリン》が噂好きの女官から聞いた噂について話すべきだろうか？　だが選択の余地はなさそうだった。現時点でこの噂話こそが武器横流し事件に関する最も役立ちそうな情報だったからだ。

「これはあくまでも噂話なのですが、そのことをご理解いただいた上でお聞きください」

暁蕾《シャオレイ》の前置きに秀英《シュイン》は「わかった」と答える。

「翠蘭《スイラン》妃の実家である劉《リュウ》家が、ある商売で大きな利益《りえき》を上げて皇太后様に贈り物をしたとの噂です」

秀英《シュイン》の眉がピクリと動いた。

「ある商売とは何だ？」

「わかりません。商人が商《あきな》いで利益を上げることとは至極真っ当なことで、責められることではないでしょう。ただ私は後宮で流れる噂というものはその裏に誰かの思惑があるものだと思っているのです」

「噂には二種類ある。ひとつはいわゆる流言飛語《りゅうげんひご》の類いだ。誰かをおとしめる目的で流されるものだ。もうひとつは何だと思う？」

秀英《シュイン》の琥珀色の瞳が試すように暁蕾《シャオレイ》をとらえていた。素直に答えてまた、屁理屈女と言われるのもしゃくだと暁蕾《シャオレイ》は思ったが、この意地悪な男の鼻を明かしてやりたい気持ちが勝った。

「火のない所に煙は立たぬ。とおっしゃりたいのでしょう」

「お前はこの噂がそのどちらに属するものだと思っているのだ？」

「木偶《もくぐう》事件のことを思い返してください。占い師を演じた華月《カゲツ》は偶然、自分の机の奥に人を詐術《さじゅつ》によって操《あやつ》る方法が書かれた紙があるのを見つけ、占い師を演じてお金を稼ぐことを思いついたと言ったそうです。ですが本当に偶然なのでしょうか？」

暁蕾《シャオレイ》は話しながら、秀英《シュイン》と雲嵐《ウンラン》の表情を交互に観察した。木偶《もくぐう》事件の話をこの場で持ち出していいのかわからなかったからだ。

「何が言いたい？」

「あの時も皇后宮と紅玉宮《こうぎょくきゅう》にお互いが疑心暗鬼になるような異なる噂が流れたのです。事件は些細《ささい》なことだったかもしれませんが、もっと大きな意志が働いているような気がしてならないのです。この噂を放置するのは危険です」

「でもさー、劉《リュウ》家が大きな取引をして利益を上げているなら、秀英《シュイン》の耳にも入ってるんじゃないの？」

雲嵐《ウンラン》が再び口を挟んできた。

（適当そうに見えて、なかなか鋭い質問するのね）

「俺は聞いてない。全《すべ》てが俺の耳に入るわけではないのだ」

秀英《シュイン》があっさりと答えたので雲嵐《ウンラン》は肩をすくめた。

「暁蕾《シャオレイ》、お前に仕事を頼みたい。お前が先ほど口にした後宮で広まっているという噂。この噂について探ってほしいのだ」

秀英《シュイン》の突然の申し出に暁蕾《シャオレイ》は言葉を失った。

（ちょっと待って！　そんなことできっこないわ）

「お待ちください、秀英《シュイン》様！」

焦《あせ》って抗議の声を上げようとした暁蕾《シャオレイ》を見て秀英《シュイン》の口元が緩んだ。

「おや？　お前でも焦ることがあるのだな。安心しろ。何も後宮の中で諜報《スパイ》活動をしろと言っているのではない。実は翠蘭《スイラン》妃の貴妃宮、紅玉宮《こうぎょくきゅう》が雑用係の下級女官を募集しておってな、お前にはそこでしばらく働いてもらうことにしよう」

「そんな、私などが紅玉宮《こうぎょくきゅう》の女官に採用されるはずがございません。それに仮に採用されたとして、それはやはり諜報員《ちょうほういん》として内部調査をするということではございませんか？」

「女官採用については心配するな。しばらくの後、女官を募集する旨の知らせが南宮《なんぐう》にもあるだろう。お前はそれに応じて紅玉宮《こうぎょくきゅう》へ行きさえすればよい。それに採用された後は普通に女官としての仕事をこなせばよい。特に意識して何かを調べる必要はない」

あまりに一方的な申し出に啞然とする暁蕾《シャオレイ》であったが、もとよりただの下級女官の暁蕾《シャオレイ》に対して秀英《シュイン》は三品の御史大夫《ぎょしたいふ》なのだ。口を聞くだけでもはばかられる身分の差があることを考えれば断れるはずもなかった。

「ごめんねー。暁蕾《シャオレイ》ちゃん。こいつこんな言い方だけど、暁蕾《シャオレイ》ちゃんに危険が及ばないようにいろいろ動いてたんだよー」

そう言って雲嵐《ウンラン》はウシシと笑った。

「そ、そんなわけあるか！　黙ってろ、雲嵐《ウンラン》」

秀英《シュイン》が慌てて否定する。

（このふたりいったいどういう関係なんだろう？）

下がってよい、と言われ暁蕾《シャオレイ》は御史台《ぎょしだい》を後にした。来た道を戻り、来る時にも通った青龍《せいりゅう》門の鮮やかな朱色の柱を眺めながら考えを巡らす。秀英《シュイン》との面談でも謎の解決には至らなかった。それどころか新たな仕事まで命じられてしまい正直、胃が痛くなる思いだ。

それでも雲嵐《ウンラン》の『こいつこんな言い方だけど、暁蕾《シャオレイ》ちゃんに危険が及ばないようにいろいろ動いてたんだよー』という言葉と秀英《シュイン》の慌てた様子を思い出して思わず笑みがこぼれてしまう。冷血そうに見える秀英《シュイン》にも優しいところがあるのかもしれない。

ともかく次にやるべきことが決まったのだ、今は前に進むしかない。そう思い気合を入れ直した暁蕾《シャオレイ》は後宮への道を急いだ。

第五章

暁蕾、紅玉宮へ行く

暁蕾《シャオレイ》が秀英《シュイン》と会ってから数日の後、南宮《なんぐう》の回廊に一枚の紙が張り出された。

『このたび、紅玉宮《こうぎょくきゅう》では雑用を担当する下級女官を募集する。応募を希望するものは○月○日、紅玉宮《こうぎょくきゅう》まで直接来ること』

紙に書かれた文章は簡潔で余計なことは何も書かれていなかった。紅玉宮《こうぎょくきゅう》の貴妃、翠蘭《スイラン》妃は皇族に匹敵《ひってき》する権力を持っている劉《リュウ》家出身であり有力な皇妃候補であった。

(秀英《シュイン》様がおっしゃってた通りになったわね。秀英《シュイン》様は紅玉宮《こうぎょくきゅう》へ行きさえすればいいとおっしゃったけど、大丈夫かな)

秀英《シュイン》のことだから根回しはしてくれているのだろうが、一抹の不安も感じる。何名採用されるのか？　選考はどうやって行うのか？　何の情報もないので対策のしようがない。

「暁蕾《シャオレイ》ならきっと大丈夫。暁蕾《シャオレイ》は誰《だれ》にも負けない」

玲玲《リンリン》はそう言って励ましてくれたが、不安を抱いたまま紅玉宮《こうぎょくきゅう》へ行く日となってしまった。

「頑張ってね！　暁蕾《シャオレイ》」

暁蕾《シャオレイ》は玲玲《リンリン》に見送られて作業部屋を後にした。目的の紅玉宮《こうぎょくきゅう》は、董艶《トウエン》妃の貴妃宮である炎陽宮《えんようきゅう》と同じ独立した建物になっている。宮城《きゅうじょう》から遠い西側にある炎陽宮《えんようきゅう》とは違い、より宮城《きゅうじょう》に近い東側に位置していた。いつも通りツンケンした女官が行き交う北宮《ほくぐう》の回廊を通り、紅玉宮《こうぎょくきゅう》への渡り廊下へやって来た。

——紅玉宮《こうぎょくきゅう》。

上品な朱色で彩《いろど》られた壁と柱。美しい弧を描いた瓦屋根。溏《とう》帝国の伝統的な建築技法で建てられた荘厳な建物は見るものの心を落ち着かせる力がある。見たものの心をざわつかせる炎陽宮《えんようきゅう》とは何もかもが対照的だった。

暁蕾《シャオレイ》は少し早めに来たつもりだったが、紅玉宮《こうぎょくきゅう》の入り口にはすでに女官の行列ができていた。暁蕾《シャオレイ》は行列の最後尾に並ぶと様子を見ることにした。しばらく見守っていると行列が少しずつ進んでいることがわかった。おそらく何名かずつ面談されているのだろうと思った。

半刻（1時間）ほど並んでいると、行列は進み紅玉宮《こうぎょくきゅう》の中へ入ることができた。行列は宮の回廊へ続いており、そこからは美しい庭園が見えた。緑の木々を映す池に日の光が反射して輝いている。季節は春から初夏へ移ろうとしており少しずつ鮮やかさを増す緑はまるで翠蘭《スイラン》妃の勢いを表しているかのようだった。

行列の先頭は大広間へ続く朱色の扉で止まっていた。眺めていると扉が開き「次の3名入りなさい」と女性の声が聞こえた。緊張した面持ちで女官が広間へと入っていく。それほど時をおかずに次の3名が呼ばれる。

（思ったよりも短い時間で選ばれているのかしら？　まあこんなにいるんじゃ仕方ないか？）

列はどんどん進み暁蕾《シャオレイ》を含む3名が呼ばれる。胸の高鳴りを感じながら暁蕾《シャオレイ》は扉の向こうへと足を踏み入れる。午前中の太陽の光が斜めに降《ふ》り注《そそ》いでいる部屋の向こう側に豪奢な長椅子《ながいす》が置かれており、女性が腰を下ろしているのが見えた。

暁蕾《シャオレイ》は思わず息を呑《の》んだ。きらきらと光を反射する透けるような素材の白い襦裙《じゅくん》。雪のように白い胸元《むなもと》の上部にはくっきりと鎖骨が浮かび上がっており、そこからすっきり伸びた細い首筋。まるで人形のように小さく形の良い頭。艶のある長い黒髪は髻《もとどり》として結い上げられておらず、片方で結ばれて胸の方に垂らされている。

それだけではない、大きな切れ長の目から覗く濃い茶色の瞳《ひとみ》。鼻筋の通った小さな鼻。赤くかわいらしい唇。それらを引き立たせるように描かれた上品な花鈿《かでん》。

——完璧《かんぺき》だ。

それ以外に目の前にいる女性を言い表す言葉が思い浮かばなかった。暁蕾《シャオレイ》と残りの女官は女性の前にひざまずき拱手《きょうしゅ》の礼をとる。

「本日は翠蘭《スイラン》様が直接ご面談くださいます。立ち上がり一人ずつ名乗りなさい」

やはりそうか、と暁蕾《シャオレイ》は思った。目の前にいるこの完璧な美人こそ翠蘭《スイラン》妃その人なのだ。そして今聞こえてきたのは翠蘭《スイラン》妃のかたわらに控える侍女、青鈴《チンリン》の声だった。青鈴《チンリン》とは木偶《もくぐう》事件で話をした後は特に話す機会もなかった。事件を解決しても何か反応があったわけではない。

暁蕾《シャオレイ》と残り2人の女官は急いで立ち上がり自己紹介を始める。

「劉《リュウ》家へ襦裙《じゅくん》や装飾品を納めさせていただいております安慶《あんけい》の商人、陳《チェン》音操《オンソウ》の娘、明林《ミンリン》と申します」

緊張した声音で一番左に立っている女官が名乗った。背の高い美しい娘であった。翠蘭《スイラン》妃は反応を示さない。

「次のもの」

青鈴《チンリン》がちらと翠蘭《スイラン》妃の方へ視線を送った後に告げる。2番手は暁蕾《シャオレイ》の左隣、真ん中に立っている娘だった。

「黒河州《こくが》長官、景《ケイ》　勝峰《ションフォン》の娘、万姫《ワンチェン》と申します」

ひとり目が翠蘭《スイラン》妃の生家である劉《リュウ》家と取引のある商人の娘、ふたり目が翠蘭《スイラン》妃の出身地である黒河《こくが》州の長官の娘ときた。どちらも強力なコネといえる。一方の暁蕾《シャオレイ》に使えるコネなどありはしない。

「次のもの」

翠蘭《スイラン》妃が相変わらず反応を示さないのを確認してから青鈴《チンリン》が言った。

「後宮の備品係、曹《ツァオ》　暁蕾《シャオレイ》と申します」

暁蕾《シャオレイ》は、実家の情報は伝えずに現在の職務だけを簡潔に述べることにした。青鈴《チンリン》の眉根《まゆね》がわずかに寄ったものの、翠蘭《スイラン》妃は眉《まゆ》ひとつ動かさなかった。

（えっ！　失敗したかも）

翠蘭《スイラン》妃が青鈴《チンリン》を呼び、団扇《うちわ》で口元を覆《おお》いながら何かを伝える。

「全員、退出しなさい」

入ってきたのとは違う扉が開かれたのでそこから出ていくのだろう。困惑の表情を浮かべながら隣の女官達が出口へ向かう。

扉をくぐる女官に出口を開いた侍女が「不採用でございます」と声をかけるのが聞こえた。目の前を歩くふたりの女官が青い顔をして広間を出ていくのを絶望的な気分で見送りながら暁蕾《シャオレイ》も出口へ差し掛かる。

バタン！

突然、暁蕾《シャオレイ》の目の前で扉が閉じられた。

「あなたはあちらの出口へどうぞ」

そう言って侍女は奥にあるもうひとつの出口を指し示した。言われた通りに出口へ進むとそこは机と椅子があるだけの殺風景な部屋だった。侍女は暁蕾《シャオレイ》を部屋に押し込むと扉を閉めた。

（えっ？　ここで待ってってこと？）

それきり部屋には誰も入ってこない。何の説明もなく途方に暮れる暁蕾《シャオレイ》だったが椅子に座って待つことにした。部屋の外からは相変わらず人が行き交う音がしている。まだ女官の選考は続いているのだろう。残りのふたりが不合格を言い渡された一方、暁蕾《シャオレイ》が残されたことからおそらく自分は合格したのだろうと暁蕾《シャオレイ》は思った。

ただ名前と簡単な自己紹介をしただけで暁蕾《シャオレイ》が選ばれる理由が見当たらない。木偶《もくぐう》事件のことが伝わっている可能性はあるが、気持ち悪がられるだけでかえって不利になりそうだ。秀英《シュイン》があらかじめ手を回してくれたとしか思えなかった。そんなことを考えながら待っているとやがて、鐘楼《しょうろう》の鐘がゴーンと鳴る。正午を知らせる鐘だった。

（そういえばお腹《なか》空いたな）

ガチャリと部屋の扉が開いて誰かが入ってきた。慌てて扉の方を向くとこちらに向かってくる侍女、青鈴《チンリン》が見えた。苛立っているのか眉間にシワが寄っている。

「ああ、まったく運の強い女ね」

「私が選ばれたのですか？」

青鈴《チンリン》はフンっと鼻を鳴らした。

「この部屋にいる合格者を連れてくるように言われたわ。他に誰かいるの？」

「いえ、私だけです」

「ならさっさとついてきて」

吐き捨てるように言う青鈴《チンリン》について大広間へ戻る。選考はすでに終わったのか、翠蘭《スイラン》妃や侍女、応募した女官達の姿はそこにはなかった。大広間をそのまま通り過ぎて紅玉宮《こうぎょくきゅう》の回廊を進んでいく。

途中、女官達がいる部屋に立ち寄り火のついた蠟燭《ろうそく》と燭台を受け取った。青鈴《チンリン》は、蠟燭を暁蕾《シャオレイ》に手渡し持ってくるように告げる。朝、大広間に向かう途中に見えた庭園の隣を通り、渡り廊下をいくつか通った後、地味な白壁の建物に突き当たった。

よく見ると建物の床が柱で地面から持ち上がっている。どうやら目の前にある建物は倉庫のようだ。

「着いたわ。ここがあなたの仕事場よ」

青鈴《チンリン》が振り向いて言った。

（雑用って言ってたから、炊事とか洗濯と思ってたけど違うのね）

倉庫の入り口は錠前で鍵《かぎ》がかかっているようで、青鈴《チンリン》が懐《ふところ》から鍵を取り出して扉を開けた。暁蕾《シャオレイ》は、青鈴《チンリン》と共に倉庫の中に足を踏み入れる。倉庫の天井《てんじょう》はとても高い。明かり取りの窓があることはあるのだが、かなり高い場所にあるので倉庫の下半分には光が届いていない。暁蕾《シャオレイ》は青鈴《チンリン》が蠟燭《ろうそく》を用意した理由を理解した。

暁蕾《シャオレイ》は薄暗い前方を蠟燭の明かりで照らしてみる。倉庫の中は物であふれていた。木製の箱や陶器類が床にそのまま置かれている。同じく木製の棚には大量の書類の束《たば》や木簡《もっかん》、丸まっているであろう絵画、ホコリを被った装飾品も置かれている。

「ここで仕事をするのですか？」

燭台を壁の留め具に引っ掛けながら暁蕾《シャオレイ》が聞くと、青鈴《チンリン》は口を歪《ゆが》ませる。

「少し違うわね。ここを片付けるのが仕事なの。翠蘭《スイラン》様はね、とても綺麗《きれい》好きなのよ。こんな倉庫はあってはならないの。まずはこの倉庫にあるものを綺麗に片付けてちょうだい。それからここにある品物の目録を作りなさい。まあ、そんなに大したものはないと思うのだけど」

なるほどと暁蕾《シャオレイ》は納得した。翠蘭《スイラン》妃から倉庫の片付けを依頼されたものの誰もやりたがらなかったので、南宮《なんぐう》の女官にやらせることにしたのだろう。であればわざわざ大袈裟な選考会を開く必要はなかったと思うのだが、紅玉宮《こうぎょくきゅう》の力を見せつけたかったのだろう。

「お言葉ですが、これをひとりでやるのですか？」

「おや？　あんた、私に言ったわよね？　皇帝陛下が倹約令を出されたって。仕事は重要なものに人手をさかなければいけないの。倉庫の整理に人手をさくのは無駄だと思わない？　それにあんたは細かいことをいろいろ調べるのが得意みたいだから打ってつけの仕事だと思うわ」

青鈴《チンリン》が、してやったり、といいう感じでニヤリと笑った。この間、暁蕾《シャオレイ》にやり込められた仕返しなのだろう。もしかしたら、暁蕾《シャオレイ》が選ばれたのは青鈴《チンリン》の推薦があったからなのかもしれない。暁蕾《シャオレイ》は何も言い返さなかった。

「じゃあ、後は任せたわね」

黙っている暁蕾《シャオレイ》を見て、仕返しに成功したと思ったのか青鈴《チンリン》は満足げな表情で立ち去った。

（困ったわね。この仕事は噂の検証に向いていないわ）

噂は人の口を介して広がるものだ。紅玉宮《こうぎょくきゅう》の女官と話すことができないと情報も入ってこない。

（それにしてもお腹減ったなー）

昼食抜きで仕事に取り掛からないといけないのだろうか？　さっき蠟燭をもらった部屋に行って何か食べ物をもらってこようか？　などと考えていると廊下をこちらに向かって歩いてくるパタパタとした足音が聞こえてきた。足音が聞こえてくる方を見ると、小柄なかわいらしい女官が回廊の角を曲がって来るところだった。

女官は、暁蕾《シャオレイ》の前まで来ると手に持った袋を差し出した。

「昼食の包子《パオズ》です。青鈴《チンリン》様があなたに持っていくようにと」

「ありがとう。お腹ペコペコだったの。今日からこちらで働くことになった暁蕾《シャオレイ》です。よろしくね」

女官はクリクリとした目で興味深そうに暁蕾《シャオレイ》を見つめている。

「美麗《メイリン》です。こちらこそよろしくね」

美麗《メイリン》は扉が開いている倉庫に目をやると「わーっ」と声を上げた。

「この倉庫の扉が開いているところ初めて見たかもー」

「初めて？」

「うん、初めてだよ。とはいっても私は紅玉宮《こうぎょくきゅう》に来てまだ1年なんだけどね。ねえねえちょっと中を見せてもらっていい？　あっ！　ごめん、お腹空いてるんだよね。包子《パオズ》食べてていいよ」

美麗《メイリン》は薄桃色の襦裙《じゅくん》をひらひらさせながら言う。元気な子だな、と暁蕾《シャオレイ》は思った。美麗《メイリン》は、暁蕾《シャオレイ》の前をすり抜けて倉庫の中に入っていく。

「えっ！　ちょっと」

慌てて暁蕾《シャオレイ》が止めようとするが、美麗《メイリン》が気にする素振りはない。まるで踊るような足取りで倉庫に置かれた物の間をすり抜けていく。

「わっ、これかわいい！」

美麗《メイリン》は、棚から何かをつまみ上げて歓声をあげた。宝物を見つけた子供のように見せつけてくるが、よく見るとそれは銀のかんざしだった。

「勝手に触ったらダメだって！」

「はーい」

叱られた子供のようにペロッと舌を出してかんざしを棚に戻す。

「自分の仕事に戻らなくていいの？」

「あーあ、せっかく楽しくなってきたのに。仕方ないか。また遊びにくるね」

「遊びじゃないんだったら！」

美麗《メイリン》相手だと暁蕾《シャオレイ》は調子が狂いっぱなしだった。美麗《メイリン》は倉庫に入った時のような素早さで倉庫から出てくると、やはりひらひらと襦裙《じゅくん》をはためかせてニッコリと笑った。

「ねえ、美麗《メイリン》。翠蘭《スイラン》様の生家、劉《リュウ》家はものすごく手広く商売をしているのよね？」

「うん、そうだよ。食料品に織物、装飾品、蠟燭に油、美術品もかな。とにかくどんなものでも仕入れてくるって評判だよ」

（武器のことを聞くべきかな？　どうしよう）

「さすがに火薬は無理だよね？」

「えっ、カヤク？　何それ」

「ううん、何でもない。忘れて」

美麗《メイリン》は目を細めてニヤリとした。

「ははーん、異国のお菓子でしょ？　遥か西方の国に信じられないくらい甘いお菓子があるって聞いたことあるもの」

「ば、ばれたか」

「翠蘭《スイラン》様はね。仕事で頑張ると、とても美味《おい》しいお菓子をくださるのよ。暁蕾《シャオレイ》も頑張ってね」

そう言い残すと美麗《メイリン》はパタパタと足音を立てながら行ってしまった。

（それにしても自由な子だったな）

しばらく呆然《ぼうぜん》と立ち尽くしていた暁蕾《シャオレイ》だったが、倉庫に入ると木の箱に腰かける。とてもお腹が空いていたので、美麗《メイリン》にもらった包子《パオズ》を食べることにした。

お腹もふくれて改めて倉庫の中を見回す。まずは床に散乱している品物から片付けようと暁蕾《シャオレイ》は思った。無造作に床に置かれている木箱の蓋を開けひとつひとつ中身を確認していく。使わなくなった食器、花瓶《かびん》、色褪せた襦裙《じゅくん》、木簡、よくわからない書類、それらのものがごっちゃになって入れられている。

本来なら必要なものとそうでないものとを分類して、必要のないものはどんどん捨てていきたいところだが雇われ下級女官の暁蕾《シャオレイ》にはそんな権限はない。とりあえず目録を作るために同じ種類同士のものでかたまりを作り分類していく。

（ふう、だいぶ片付いたわね）

薄暗い場所で長時間作業していたので目がしょぼしょぼする。腰も痛くなった。倉庫は紅玉宮《こうぎょくきゅう》の外れにあるので周りに人気《ひとけ》はない。時折風が吹いて庭園の木々がざわざわと音を立てるがそれ以外は何も聞こえてこなかった。やがて夕刻を知らせる鐘楼《しょうろう》の鐘がゴーンと鳴った。パタパタと足音が聞こえる。

「時間よ。鍵を閉めるから倉庫から出なさい」

そう声をかけてきたのは侍女の青鈴《チンリン》だった。青鈴《チンリン》は倉庫の中を見回す。

「まあまあ片付いたじゃない。明日も仕事に励みなさい」

「あの、この後はどうしたらいいのですか?」

「もう、元の職場へ戻っていいわよ。明日定刻になったらここに直接来なさい、鍵を開けるから」

「えっ、紅玉宮《こうぎょくきゅう》で生活するのではないのですか?」

青鈴《チンリン》はフンと鼻を鳴らす。

「バカね。あんたの仕事はここの整理だけ。我が宮の一員ではないのだからとっとと帰りなさい」

そういうことか、と暁蕾《シャオレイ》は思った。やりたくない倉庫整理をさせるために一時的に宮中へ入ることができるだけで、同じ仲間とは認められていないのだ。もしかしたら他の女官との接触で情報が漏《も》れることを心配しているのかもしれない。

「承知しました」

言いたいことはいっぱいあったが暁蕾《シャオレイ》は何も言わず、紅玉宮《こうぎょくきゅう》を後にした。いつもの作業部屋へ戻ると、玲玲《リンリン》が目を丸くした。しばらく暁蕾《シャオレイ》は戻ってこないと思っていたからだ。

「こっちの仕事のことは心配しないでいいよ。しばらく会えないと思ってたからうれしい」

玲玲《リンリン》はそう言ってニッコリ笑った。

「私もだよ、玲玲《リンリン》」

出会った当初は無表情だった玲玲《リンリン》もかわいい笑顔を見せてくれるようになった。そのことが暁蕾《シャオレイ》にはとてもうれしかった。

翌日、紅玉宮《こうぎょくきゅう》へ出向き、倉庫の前で待っていると青鈴《チンリン》がやって来た。

「青鈴《チンリン》様、毎回こちらまで来ていただくのも大変だと思いますので、もしよろしければ鍵をお預かりしましょうか？」

そう言って暁蕾《シャオレイ》が声をかけたが青鈴《チンリン》は首を横に振った。

「そんなのダメに決まっているじゃない。部外者に鍵を預けられるわけないでしょ」

（部外者か……ずいぶんな言い方ね）

「あ、それからこれを使って目録を作るのよ」

青鈴《チンリン》は持っていた袋から木箱を取り出すと、暁蕾《シャオレイ》に押し付けるように差し出した。蓋を開けて中身を確認すると、紙の束、筆、硯《すずり》、墨が入っていた。

青鈴《チンリン》は倉庫の鍵を開けて中を確認するとそそくさと立ち去っていった。暁蕾《シャオレイ》は木箱を持って倉庫へ入る。昨日と同様、倉庫の中は薄暗い。

（あっ！　蠟燭をもらってこなくちゃ）

可燃物がたくさんある倉庫の中に蠟燭は置いておけない。昨日使い終わった蠟燭は女官部屋へ返しに行ったのだ。青鈴《チンリン》が持ってきてくれればいいのにとも思ったが、おそらく目録作りを直接命じたかったので木箱だけ持って来たのだろうと思った。暁蕾《シャオレイ》が女官部屋へ向かおうとした時、聞き覚えのあるパタパタとした足音が聞こえてきた。回廊の角を曲がって姿を現したのは、やはり美麗《メイリン》だった。うれしそうにこちらに歩いてくるその手には、蠟燭と燭台が握られている。

「おはよう！　暁蕾《シャオレイ》」

「おはよう！　美麗《メイリン》」

美麗《メイリン》の元気な挨拶《あいさつ》に、返す暁蕾《シャオレイ》の声も自然と大きくなった。

「はい、蠟燭。持ってないんでしょ」

どうやら気を利《き》かせて持ってきてくれたようだ。

「ありがとう」

美麗《メイリン》はお礼を言って蠟燭を受け取った暁蕾《シャオレイ》に歩み寄ると上目遣《うわめづか》いでニッと笑う。

「それでねー。しばらく仕事を手伝ってもいいって言われたの」

「えっ！」

美麗《メイリン》は絶句する暁蕾《シャオレイ》から視線を外すと、ひらひらと舞うように倉庫の入り口に突き進んでいく。

「あっ、こら！」

慌てて暁蕾《シャオレイ》も後を追った。

「わー、結構片付いてるー！　暁蕾《シャオレイ》、ひとりで頑張ったね」

「ええ、まあね……じゃなくて！」

思わずノリツッコミのようになってしまった。

「ねえ、暁蕾《シャオレイ》。片付けるだけじゃなくて目録も作らないといけないんでしょ。ふたりでやった方が合理的だよ」

合理的か……美麗《メイリン》の口からまるで似合わない単語が飛び出したことで暁蕾《シャオレイ》は少し冷静になった。たしかに美麗《メイリン》の言う通りひとりでやるには品物の量が多すぎる。それに一緒に作業すれば、美麗《メイリン》から情報を聞き出すことができるかもしれない。

「わかった、ありがとう」

暁蕾《シャオレイ》が折れたのをみて、美麗《メイリン》はフフフと笑う。ふたりで作業を始めると、その奔放《ほんぽう》な印象とは違って美麗《メイリン》はテキパキと品物を片付けていく。

(もしかしてすごく有能なのかも)

途中から仕分けは美麗《メイリン》に任せて、暁蕾《シャオレイ》は目録作りに取りかかった。

目録を作ってわかったのは、この倉庫にあるのはそのほとんどが新しい物と交換して使わなくなった品物だろうということだった。少し前に都で流行した襦裙《じゅくん》や食器、調度品だ。ホコリで薄汚れているもののまだ使えそうだと思った。

「ねえ、美麗《メイリン》。この倉庫にあるものってもう使わなくなったものだよね。どうして処分しないの?」

「うーん」

美麗《メイリン》はどう答えるか悩んでいるようだった。なにか事情があるのだろうか?

「翠蘭《スイラン》様のご実家、劉《リュウ》家はね。とっても厳しい教育をしてるんだって。とにかく物を大事にするようにって教えられるらしいの。でもね、後宮での競争に勝ち抜くには流行にも敏感でないといけないでしょ。だから最新のものに入れ換えたんだけど」

「えっ! それでここにあるものも捨てられないってこと?」

「ほんとはね、捨てないとどんどん物は増えちゃうし散らかっちゃうからって、侍女達も翠蘭《スイラン》様を説得したんだけど、もしかしたらまだ使えるかもしれないからって、聞き入れてくださらないの」

完璧美人だと思われた翠蘭《スイラン》妃にも、意外な一面のあるものだと暁蕾《シャオレイ》は思った。だがこれでは大切にしているというよりはただ捨てられないだけではないか。

それから数日の間、暁蕾《シャオレイ》と美麗《メイリン》は倉庫の片付けを続け、ついに作業は完了した。倉庫の品物の中に怪しいものはなかったし、美麗《メイリン》から取引の噂について有益な情報を得ることもできなかった。ただ暁蕾《シャオレイ》は、噂の調査とは別にあることを考えていた。

「ねえ、美麗《メイリン》。ここにある品物なんだけど、捨てるんじゃなくてもっと有効な使い方があると思うの。聞いてもらえる?」

「えっ、何? 教えて」

人懐《ひとなつ》こい目をぱちくりとしながら美麗《メイリン》は答えた。

「安慶《あんけい》の市内で慈善販売会を開催するの。ちょうど目録もできたんだし後宮では流行遅れでも庶民にとってはとても手がでない高級品なわけだから値段を安く設定すれば売れると思うわ。それでその売上金で食料を買って、大寒波と洪水で食糧不足に陥《おちい》っている地方に送るのはどうかしら?」

美麗《メイリン》の目が驚きで大きく見開かれた。

「驚いた。あんたすごいこと思いつくのね。でもいいよ。とってもいいと思う」

「ありがとう。もし良かったら美麗《メイリン》から青鈴《チンリン》様にお願いしてもらえないかな? ほら、私、青鈴《チンリン》様にあまり良く思われてないから」

「わかった、話してみる。翠蘭《スイラン》様は、青鈴《チンリン》様のことをとっても信頼しているから、青鈴《チンリン》様がやりたいと言えば許可してくださるかもしれないね」

翌日、暁蕾《シャオレイ》は青鈴《チンリン》から呼び出されて女官部屋で向かい合って座っていた。

「美麗《メイリン》から聞いたわ。また、余計なことを思いついたらしいわね」

相変わらず八の字の眉は不機嫌そうに吊り上がっている。

「翠蘭《スイラン》様はとても物を大切にされるとお聞きしました。紅玉宮《こうぎょくきゅう》で不要になった品を有効活用できれば、きっとお喜びになると思います」

青鈴《チンリン》はフンと鼻から息を吐き出した。暁蕾《シャオレイ》は美麗《メイリン》から、青鈴《チンリン》は気難しい皮肉屋ではあるのだが、誰よりも翠蘭《スイラン》様のことを慕って献身的に仕えていると聞いていた。翠蘭《スイラン》様のためになることであれば興味を示すはずだと思った。

「紅玉宮《こうぎょくきゅう》の高価な品を庶民に安く売ることが、どうして翠蘭《スイラン》様のためになるのかしら？　私にもわかるように説明しなさいよ」

「皇帝陛下が発せられた宮城《きゅうじょう》倹約令ですよ。陛下は無駄をお嫌いになるお方です。倉庫に使わない品が眠っているのは良く思われないでしょう。ですがその品々が安慶《あんけい》の民によって再利用されればきっと翠蘭《スイラン》様のことを好ましく思われるはずです」

「でも、庶民から金を取るのでしょ。不用品を庶民に売りつけて金儲けをする貴妃だと思われたらどうするのよ！」

口を尖《とが》らせて暁蕾《シャオレイ》に詰め寄る青鈴《チンリン》だったが、その表情は真剣そのものだった。

「そのお金を人のために使うんです！」

青鈴《チンリン》の目が細められる。まるで珍しい生き物を見るような目だった。

「ええ、美麗《メイリン》から聞いたわ。食料を買うんですってね」

「昨年、北部の州で大寒波、南部の州では大雨による洪水が立て続けに起こりました。どちらの州でも食料が不足していると聞いてます。今回の売上金で食料を買って被災地に送るんです」

「翠蘭《スイラン》様の大切な品物を売ったお金をそんなことに使うっていうの？　そんなことは皇城《こうじょう》の役人が考えることじゃないのかしら？」

青鈴《チンリン》の反応は暁蕾《シャオレイ》の予想通りだった。確かに翠蘭《スイラン》様が自らの資金で被災地の民を救う必要はないだろう。

「纏黄国《てんおう》をご存知でしょうか？」

暁蕾《シャオレイ》が発した何の脈絡もない質問に青鈴《チンリン》が訝しげな視線を向けてくる。

「知ってるわ。北方の野蛮な国でしょ。劉《リュウ》家の商隊もやつらに襲われて商品を奪われてるんだから。でもそれがどうしたっていうのよ？」

「大寒波で被害を受けているのは、我が国だけではないのです。遊牧の民である纏黄国《てんおう》の民も家畜の餌がなくなり南へ移動してきているのです。纏黄国《てんおう》は今は国境付近へ一時的に侵入しているだけですが、北部の州、さらには黒河州《こくが》へ攻め込むかもしれません。劉《リュウ》家にとっても大いなる災いとなることでしょう」

『劉《リュウ》家への災い』という言葉を聞いて、見る間に青鈴《チンリン》の顔が青ざめた。

暁蕾《シャオレイ》は、もうひとつの切り札を切ることにした。

「後宮の女官達の間に、よからぬ噂が広がっています。翠蘭《スイラン》様のご実家である劉《リュウ》家の商売に関する噂です」

青鈴《チンリン》の青ざめた顔に、怒りの表情が加えられた。

「またなの！　劉《リュウ》家の商売が何だっていうの？」

ここで暁蕾《シャオレイ》はすこし揺さぶりをかけてみることにした。

「他国に武器を売却しているのではないかと」

暁蕾《シャオレイ》が玲玲《リンリン》から聞いた噂は単に劉《リュウ》家がある取引で儲けたという内容だったが、より可能性がありそうな内容で鎌をかけてみたのだ。

「根も葉もない戯《ざ》れ言だわ！」

「噂をご存知なのですか？」

「知ってるも何もその噂のせいで本当に迷惑してるんだから！　他の貴妃からは白い目で見られちゃうし、皇太后様からも苦言を呈《てい》されているのよ」

「噂は真実ではないのですね？」

「ちょっと、あんた。まさかその噂信じてるわけじゃないでしょうね。もしそうだったら今すぐこの紅玉宮《こうぎょくきゅう》から出ていきなさいよ！」

(青鈴《チンリン》様が嘘を言ってるようには思えないな)

「青鈴《チンリン》様、私に良い考えがあるのです。うまくいけば紅玉宮《こうぎょくきゅう》に降りかかる災難をまるごと取り除くことができるかもしれません」

「なんですって！」

目を丸くする青鈴《チンリン》に暁蕾《シャオレイ》は自分の計画を話して聞かせた。

「本当にうまくいくの？」

信じられないという表情の青鈴《チンリン》に暁蕾《シャオレイ》はうなずいてみせた。

翌日から暁蕾《シャオレイ》と美麗《メイリン》は、暁蕾《シャオレイ》の計画を実行するため行動を開始した。今回の計画を実行するには御史大夫《ぎょしたいふ》である秀英《シュイン》の助けが必要だった。泰然《タイラン》のところにも顔を出しておかないといけない。暁蕾《シャオレイ》は、まず泰然《タイラン》の作業部屋に立ち寄ってから、秀英《シュイン》がいる御史台《ぎょしだい》へ行くことにした。

「泰然《タイラン》様、来ましたよ？」

暁蕾《シャオレイ》が部屋を覗くと泰然《タイラン》は、椅子に座った状態で腕組みをして目を閉じていた。

（居眠り？）

そう思ってもう一度声をかけようとした時、泰然《タイラン》の目がうっすらと開く。

「遅かったな、暁蕾《シャオレイ》」

「申し訳ありません、泰然《タイラン》様。いろいろとあって遅くなりました。もしかしてお休みでした？」

「いろいろとはなんだ？　いろいろとは？　それに寝てはおらんぞ。考え事をしていただけだ」

「そうですか。失礼しましたー」

暁蕾《シャオレイ》はわざと棒読みで答えた。泰然《タイラン》は、ばつが悪そうに咳払《せきばら》いをした。

「今まででわかったことをご報告しますね」

暁蕾《シャオレイ》は、書庫である天三閣《てんさんかく》で調べた内容を泰然《タイラン》に説明した。

「つまり武器横流し先として一番怪しいのは、纏黄国《てんおう》ということか？」

「我が国に度々侵入して略奪を行っている点や、寒波で家畜の餌がなくなって困っているという点で武器を必要としているとは思いますが、証拠は何もありません」

「俺《おれ》も昔のツテを使って調べてるんだが今のところ何もわからん。すまんな」

「あの発注書はどうされたんですか？」

「ああ、あれならいつも通り処理して商品の調達係へ提出したよ」

泰然《タイラン》の言葉に暁蕾《シャオレイ》は目を見開いた。

「ええっ！　あれ出しちゃったんですか？」

「仕方ねーだろ、董艶《トウエン》様のご所望なんだから」

「絶対、問題になりますよ。大丈夫なんですか？」

「さあな、わからん。でもな、董艶《トウエン》様はお前に品物が倉庫へ届けられるのを自分の目で確認するように言われたのだろう？　つまり実際に発注しろってことじゃないか」

「それはそうなんですが、なんか嫌な予感がするなー」

「心配するな、ダメならダメと返事が返ってくるだろうよ。その時は変わり者の貴妃のお戯《たわむ》れでしたって言えば許してもらえるだろ」

そう言って泰然《タイラン》は肩をすくめた。

「なんか、やけっぱちになられてませんか？」

「まあ、俺はもうこれ以上堕ちるとこがないってとこまで堕ちちゃってるからな、怖いものなしだぜ、ガハハハハ」

暁蕾《シャオレイ》が生ぬるい視線を向けているのに気がつき、泰然《タイラン》は目をそらした。

「あっ、そうだ。私、紅玉宮《こうぎょくきゅう》で働くことになったんです」

思い出したように付け加えられた暁蕾《シャオレイ》の言葉に、今度は泰然《タイラン》が目をむいた。

「何だと！　どういうことだ？」

秀英《シュイン》と会って相談したことは言わない方がいいだろう。そう判断した暁蕾《シャオレイ》は、紅玉宮《こうぎょくきゅう》の貴妃、翠蘭《スイラン》妃の生家である劉《リュウ》家が、詳細が不明な取引で大きな利益《りえき》を得たという噂を聞いたこと。たまたま紅玉宮《こうぎょくきゅう》が女官を募集していたので噂の調査を兼ねて応募したことを説明した。

「しかし、よく採用されたなー、お前が」

そう言って泰然《タイラン》がジロジロ見てくる。

「あっ！　今、私のこと変な目で見ましたね。もういいです。帰ります」

「か、勘違いするな。見てない見てないぞ！」

出て行こうとする暁蕾《シャオレイ》を泰然《タイラン》が慌てて呼び止めた。

「お前は冗談というものが通じないな。そんなことでは……」

「そんなことでは？」

「いや、何でもない」

泰然《タイラン》は危うく発しそうになった言葉を呑み込んだ。

「ゴホン、それで劉《リュウ》家の噂に関するお前の考えはどうだ？」

「紅玉宮《こうぎょくきゅう》の侍女に揺さぶりをかけてみました。『他国との武器売買の噂が広がっている』と。侍女は否定しませんでした。少なくとも紅玉宮《こうぎょくきゅう》内では噂の内容にある大きな取引とは武器の売買だという認識があるようです」

「うん、侍女が劉《リュウ》家の取引について知っているとは限らないし、仮に知っていたとしても素直に認めるわけはないだろう。それだけでは何ともいえんな」

「そうですよね。翠蘭《スイラン》様は皇妃に一番近いといわれていますから、今一番勢いのある貴妃です。他の貴妃にとっては追い落としたい相手でしょうから意図的に偽の噂が流された可能性もありますね」

関《かか》わりたくなかった宦官《かんがん》達に続き、皇太后と皇后の派閥争い、今やそちらにも片足を突っ込んでいる。そのことを考えて暁蕾《シャオレイ》は、思わず身震いした。

「仕方ないので私は私のやりたいことをすることにしました。紅玉宮《こうぎょくきゅう》にある不用品を販売する慈善販売会を開催することにしたんです。ご協力お願いしますね、泰然《タイラン》様！」

「俺に何ができるってんだよ？」

「安慶《あんけい》の都で販売会ができそうな場所の確保と販売会実施の許可申請、人員の確保、その他もろもろです！」

「雑用じゃねえか！」

ブックサと文句を言う泰然《タイラン》を残して部屋を後にする。その足で暁蕾《シャオレイ》は秀英《シュイン》のいる御史台《ぎょしだい》へ向かった。門で秀英《シュイン》にもらった魚符《ぎょふ》を守衛に手渡すが、今日の守衛は慣れていないのか、暁蕾《シャオレイ》に疑うような視線をむける。

「失礼ですが、本当に秀英《シュイン》様があなたにこれを渡したのですか？」

身分の低い女官を御史台《ぎょしだい》へ入れることに抵抗感がある様子だった。

「あれ、あれあれー、暁蕾《シャオレイ》ちゃん、こんなところで会うなんて奇遇だねー」

守衛の後ろからヘラヘラとした笑みを浮かべた男が現れた。秀英《シュイン》の友人、雲嵐《ウンラン》だ。暁蕾《シャオレイ》は慌てて拱手《きょうしゅ》の礼をとる。

「どうしたの暁蕾《シャオレイ》ちゃん？」

「御史大夫《ぎょしたいふ》様にご相談があって来たのですが、魚符《ぎょふ》が本物と信じてもらえなくて困っておりました」

「そうなんだー、ちょっと見せてもらっていい？」

そう言って雲嵐《ウンラン》は守衛から魚符《ぎょふ》をひょいと取り上げた。

「うん、これは正真正銘の本物だね。俺が保証するよ。入っていいよね？」

守衛は黙ってうなずき、道をあけた。

「俺もね、あいつに用事があって来たんだ。一緒に行こうよ」

緊張感のない笑顔と話し方に、暁蕾《シャオレイ》は思わずため息をつきそうになったがなんとか我慢した。相変わらず黙々と仕事に打ち込む役人を横目に見ながら回廊を進み、秀英《シュイン》の執務室へとやって来た。

「秀英《シュイン》、お前にお客だぞー」

雲嵐《ウンラン》は、言い終わらないうちに扉を開けて中へ入っていく。部屋の奥にある執務机に座っている秀英《シュイン》の目が驚きで見開かれるのが暁蕾《シャオレイ》にも見えた。

「雲嵐《ウンラン》、何度言ったらわかるんだ！　部屋に入る前には声をかけろ」

「声ならかけただろー、それよりもうれしくないのかー？　屁理屈姫も一緒だぞ」

（何なの？　屁理屈姫って）

「なんでお前達が一緒にいるんだ？」

秀英《シュイン》が不機嫌そうに言う。

「そりゃあねー、暁蕾《シャオレイ》ちゃん、俺達仲良しなんだよねー」

（は？　ちょっと、そんな言い方したら勘違いされちゃうでしょ）

「ふーん、初めて会った男と簡単に仲良くなるんだな、お前は」

その言葉は暁蕾《シャオレイ》に向けて発せられたもののようだ。

（なんか、嫌な言い方だな）

「雲嵐《ウンラン》様とは御史台《ぎょしだい》の門で、偶然お会いしただけです。私は秀英《シュイン》様にご用があって参ったのです」

「そうか、まあどちらでもかまわん。それで用件はなんだ？」

秀英《シュイン》はぶっきらぼうに言う。

（なによ！　人を尻軽《しりがる》女みたいに言ったくせに）

「まあまあ、まずは座ろうよ。さあ、暁蕾《シャオレイ》ちゃん、どうぞ」

そう言いながら暁蕾《シャオレイ》の椅子を引こうとする雲嵐《ウンラン》。

「おやめください、雲嵐《ウンラン》様。私は下級女官なのです。身分が違いすぎるのです」

暁蕾《シャオレイ》は慌てて雲嵐《ウンラン》を止めた。

「身分かー、そりゃそうだよね。目の前にふんぞり返った目つきの悪い男がいるんだもんね」

秀英《シュイン》は雲嵐《ウンラン》を横目でにらみつけたが、何も言わず、やがて大きなため息をついた。

「ふんぞり返ってなぞいない。俺や雲嵐《ウンラン》が紫の袍服《ほうふく》を身に着けていられるのは、たまたま身分の高い家に生まれたからだ」

それから暁蕾《シャオレイ》の方を向き直ると言った。

「こういうのはどうだ。この俺の部屋にいる間は、暁蕾《シャオレイ》、お前は俺の妹だと思うことにしよう。そして俺と雲嵐《ウンラン》はお前の兄だと思え」

「おっ、それいいじゃん！」

雲嵐《ウンラン》はすぐに賛成した。

「そんなことできるはずが……」

「息苦しくてかなわぬのだ」

秀英《シュイン》は暁蕾《シャオレイ》の言葉を遮《さえぎ》ってポツリと言った。秀英《シュイン》の琥珀色の瞳に寂《さび》しそうな色が浮かんだのに気が付き、暁蕾《シャオレイ》はその後の言葉を呑み込んだ。

「わかりました。できるかどうかわかりませんが、なるべくそう思うようにします」

前回と同じように机を挟んで三人で座り、暁蕾《シャオレイ》は話を始めた。

「知ってるとは思いますけど、私は紅玉宮《こうぎょくきゅう》で働き始めました」

ひとりっ子の暁蕾《シャオレイ》に兄はいないが、もしいたらと想像しながらなるべくくだけた口調で話す。

「ああ、うまくいったな」

「大変だったよねー、根回しがさー」

やはり秀英《シュイン》の力による採用だったようだ。

「それで、劉《リュウ》家による他国への武器売買の噂なんですけど、紅玉宮《こうぎょくきゅう》の侍女と噂について話をしたのですが、間違った噂を流されて迷惑だと言っていました。もちろん、その侍女が嘘を言っている可能性もあります。ですが彼女の反応はとても嘘を言っているようには思えませんでした。ただ彼女がその事実を知らないという可能性も捨てきれません」

「そうか、それだけでは判断できないな」

「はい、それで、秀英《シュイン》様にお願いしたいことがあるのです」

「お願い？」

秀英《シュイン》が意外そうに眉を上げた。暁蕾《シャオレイ》は、紅玉宮《こうぎょくきゅう》で倉庫整理の仕事を命じられたこと、翠蘭《スイラン》妃が物を捨てられなくて困っていること、倉庫にあった不用品を売る慈善販売会を安慶《あんけい》の都で行う計画を立てたことを秀英《シュイン》に説明した。

「不用品を売った売上金で食料を買い、災害の被害にあっている州に送りたいのです」

「ふむ、災害で苦しんでいる人々を救おうとする心がけはよいが、それがお前の本来の仕事とどう関係があるのだ？」

「もちろん、困っている民を救いたいという気持ちもあります。ですがそれだけではありません。翠蘭《スイラン》妃の後ろ盾である劉《リュウ》家が、疑惑に関わっているかどうか確かめるために必要なことなのです」

「劉《リュウ》家を探るためだと。いったい何を企《たくら》んでいるんだ、お前は？　悪い予感しかせんぞ」

暁蕾《シャオレイ》がどう返事をしようか考えていると、秀英《シュイン》は待ちきれないように続けた。

「それで、お願いというのは何だ？　慈善販売会のための場所や人員の確保とか許可とかそういうことか？」

「いいえ、それらは他の方にお願いしております」

暁蕾《シャオレイ》は真剣な表情になり言葉を続ける。

「秀英《シュイン》様にお願いしたいのは、調達した食料をそれぞれの州へ送る段取り、それともうひとつ売上金の一部に溏《とう》帝国の予算を加えて家畜の餌を買い、纏黄《てんおう》国へ送ってほしいのです」

「纏黄《てんおう》国だと！」

秀英《シュイン》の目が大きく見開かれた。

「ちょっと待て、お前は、我が国に侵入して略奪をはたらいている纏黄《てんおう》国へ援助しろと言っているのか？」

「その通りです。ただし無償で助けるわけではありません。交換条件として我が国との和平交渉に応じるように伝えるのです」

「ううむ……しかし、あの交戦的な纏黄国《てんおう》が交渉に応じるだろうか？」

もし、家畜の餌を援助するともちかけてなお交渉を断られることがあれば、溏《とう》帝国の面子《めんつ》は潰《つぶ》され、隣国に対して弱腰だと非難されるかもしれない。秀英《シュイン》の心配はそこにありそうだと暁蕾《シャオレイ》は思った。

「難しいのはわかっています。そんな弱腰な態度を見せるのは良くないとお考えなのですよね。であれば援助はあくまで劉《リュウ》家からということにしてはいかがですか？　翠蘭《スイラン》妃の生家、劉《リュウ》家は自らの商隊を纏黄《てんおう》国に襲われて困っているようです。きっと協力してくれるでしょう」

「わかったぞ、我が妹よ！」

雲嵐《ウンラン》が芝居がかった声音で言った。

「纏黄《てんおう》国に武器を売っていると噂されている劉《リュウ》家が、その一方で家畜の餌を送って我が国への侵入を止めるような相反する交渉をするはずがない。この交渉がうまくいけば劉《リュウ》家の疑惑が晴れる、って考えてるんでしょー」

（げっ、この人するどいんだけど）

「そうなのか？」

秀英《シュイン》があきれたように言った。

「まあ、そんなとこです」

秀英《シュイン》はしばらくの間考え込んでいたが、やがて何度もうなずいた。

「なるほど……纏黄《てんおう》国の略奪被害にあっている劉《リュウ》家を救うために、翠蘭《スイラン》妃が自分の金を出すということになる。ただし、その金を使った交渉を俺達がやることによって真実をあぶり出そうというのだな。一方で纏黄《てんおう》国との和平交渉はなんとしても成功させなければならない国の大事だ。この機会を逃すようでは御史大夫《ぎょしたいふ》の名がすたるだろう」

「おっ！　やる気になった？」

「ああ、なったさ」

雲嵐《ウンラン》の突っ込みにも秀英《シュイン》はキッパリと答える。

「正直に言うと纏黄国《てんおう》とは、いつか戦争になるかもしれんと思っていたんだ。家畜の餌を送って交渉など思い付きもしなかった。纏黄国《てんおう》と戦えば多くの犠牲がでるだろう。そんな事態はなんとしても避けねばならん」

「私もそう思います、秀英様《シュイン》」

「いいよー。兄妹で国を救う。泣けるねー」

「おい、お前も協力するんだ！」

「えっ！　俺も？」

秀英《シュイン》に話を振られてキョトンとする雲嵐《ウンラン》。

「かわいい妹のためだぞ。嫌とは言わせないからな」

秀英《シュイン》は鼻息を荒くして言った。

「わかったよー、仕方ないなー」

「暁蕾《シャオレイ》、この話は翠蘭様《スイラン》にも伝わっているのか？」

「はい、翠蘭様《スイラン》が信頼している侍女を通じてお話しをし、承知してくださったとのことでした」

秀英《シュイン》は納得したようにうなずく。

「ならばよい。家畜の餌の調達と纏黄国《てんおう》との交渉については俺がなんとかする。お前は慈善販売会がうまくいくよう頑張ってくれ」

「承知しました」

秀英《シュイン》の部屋を出ていこうとすると雲嵐《ウンラン》が呼び止めた。

「暁蕾《シャオレイ》ちゃん、忘れ物だよ」

何事かと暁蕾《シャオレイ》が振り返ると、雲嵐《ウンラン》が手に持った魚符《ぎょふ》をひらひらさせている。御史台《ぎょしだい》の入り口で雲嵐《ウンラン》に渡したままだったのを暁蕾《シャオレイ》は思い出した。

「秀英《シュイン》から返してあげなよ。大切なものなんだろ?」

雲嵐《ウンラン》の言葉に秀英《シュイン》の瞳が一瞬揺れる。

「しっかり持っておけ」

雲嵐《ウンラン》から魚符《ぎょふ》を受け取った秀英《シュイン》は、暁蕾《シャオレイ》に歩み寄るとその手に魚符《ぎょふ》を握らせる。大切なもの、と雲嵐《ウンラン》は言った。もしかしたら秀英《シュイン》にとって特別なものなのかもしれない。

(いつか教えてくれるのかな?)

後宮への帰り道、ふと立ち止まって秀英《シュイン》からもらった魚符《ぎょふ》を眺めてみる。魚の体を頭からふたつに割ったような形をしており、もう半分は秀英《シュイン》が持っているのだろう。よく見ると平らな面に小さな文字が刻まれている。

『生きよ』

そこにはそう書かれていた。

(これ私にあてた言葉じゃないよね?)

今でこそ仮の妹ということになっているものの、秀英《シュイン》が下級女官のために文字を刻むとは思えない。

これは誰か別の人間にあてた言葉だと考えるの自然だろうと暁蕾《シャオレイ》は思った。

それにしても「生きよ」とは、何か切迫した事情でもあったのだろうか？　それとも前向きに生きるようにという応援の言葉なのだろうか？　暁蕾《シャオレイ》は何か心の中に不穏なものが湧《わ》き上がってくるのを感じた。

第六章 暁蕾、慈善販売会を催す

雑用を押し付けられて文句を言っていた泰然《タイラン》だったが、しっかりと仕事はしてくれた。慈善販売会の場所は安慶《あんけい》の都の中でも比較的人通りの多い通りにある広場に決定した。また当日は泰然《タイラン》と司農寺《しのうじ》録事《ろくじ》の役人数名が手伝ってくれる。うれしいことに玲玲《リンリン》も氷水《ビンスイ》の許可をもらい手伝ってくれることになった。

暁蕾《シャオレイ》、玲玲《リンリン》、それに紅玉宮《こうぎょくきゅう》の女官、美麗《メイリン》には特別に外出の許可も下りた、こちらは青鈴《チンリン》が翠蘭《スイラン》様にお願いしてくれたのだろう。暁蕾《シャオレイ》と美麗《メイリン》は紅玉宮《こうぎょくきゅう》の倉庫で、商品を箱に詰める作業を行っていた。商品にはそれぞれ青鈴《チンリン》が決めた値段が書かれた値札が付いている。値段の付け方は翠蘭《スイラン》様から青鈴《チンリン》に一任されているとのことで、翠蘭《スイラン》様が青鈴《チンリン》を信頼しているのがよくわかった。

「これ安いよ！　私が買っちゃおうかな」

美麗《メイリン》がかわいいと気に入っていた銀のかんざしを手に取って言った。

「女官が貴妃様の持ち物を買って身に着けるのはマズいんじゃない」

「そっかー、そうだよねー」

美麗《メイリン》は名残惜しそうにかんざしを箱へ入れる。

「ねえ、そういえばさ、ここは不用品を入れる倉庫でしょ。日々使う品を入れる倉庫もあるの？」

暁蕾《シャオレイ》はふと気になって尋ねた。青鈴《チンリン》が何度も消耗品を発注しようとしていたのを思い出したからだ。

「うん、あるよー。この倉庫の反対側、紅玉宮《こうぎょくきゅう》の北側の一番奥にあるねー」

軽い感じで答えた美麗《メイリン》だったがそこで少し首をかしげる。

「あーでも、私は倉庫に行ったことないし中を見たこともないなー。気がついたらそれぞれ必要な場所に品物が配られちゃってるから、気にしたことなかったけどいったいいつ品物を出し入れしてるんだろ？」

「品物の搬入は宦官《かんがん》がやってるんだよね？」

「宦官《かんがん》が品物を運んでくるところ見たことないなー。もしかして真夜中に運び入れてるのかな？　まさかね」

暁蕾《シャオレイ》は妙だなと思った。もう一度後宮における備品調達の流れを思い返してみる。それぞれの貴妃宮から必要な品物が記入された発注書が備品係である暁蕾《シャオレイ》達に提出される。備品係は発注書をまとめてお役所である皇城《こうじょう》の備品管理担当、泰然《タイラン》へ持っていく。

泰然《タイラン》が備品の発注係へ発注書を回すと商品が買い付けされ皇城《こうじょう》へ納入される。納入された商品は宦官《かんがん》によって後宮の倉庫へ運ばれて、さらに同じ宦官《かんがん》によって各貴妃宮へ運び入れられる。美麗《メイリン》は宦官《かんがん》が商品を運び入れるところを見たことがないと言っている。これについてはもっと調べてみる必要がありそうだと暁蕾《シャオレイ》は思った。

本来なら暁蕾《シャオレイ》達備品係がいるのだから、わざわざ宦官《かんがん》が商品の搬入や管理をやる必要はないはずだ。日用品の倉庫整理も任せてもらえればいいのだが、もっと信頼を得てからでないと難しそうだ。

慈善販売会の準備は順調に進み、とうとう販売会当日となった。昨日までに商品を載せる台、女官や皇城《こうじょう》が座る椅子《いす》、紅玉宮《こうぎょくきゅう》の催しであることを示す旗などが設置され、今日は早朝からみんなで商品を陳列する作業を行っている。

幸いなことに雲ひとつない青空が広がっており、初夏の爽《さわ》やかな風が心地よい。翠蘭《スイラン》様や青鈴《チンリン》にも見てもらいたいところだが、さすがに貴妃や侍女は後宮から出ることはできないのであった。

「あなたが玲玲《リンリン》？　私、紅玉宮《こうぎょくきゅう》の女官、美麗《メイリン》よ。よろしくね」

「あ、えっと……備品係の玲玲《リンリン》です。よろしく」

玲玲《リンリン》を見つけた美麗《メイリン》が、ひらひらと薄桃色の襦裙《じゅくん》を風になびかせながら近づき、声をかける。玲玲《リンリン》は人見知りを発動してしまい目が泳いでいる。

「ふーん、ふーん、お人形さんみたい、かわいいー！」

美麗《メイリン》は玲玲《リンリン》の周りぐるぐると回ってしきりと、かわいいーを連発している。

「ちょっと、美麗《メイリン》。そんなにジロジロ見たら、玲玲《リンリン》も困ってるでしょ」

「へへっ、また怒られちゃった。暁蕾《シャオレイ》ってお姉さんみたいね」

「ううっ、お姉さん助けて……」

（秀英《シュイン》と雲嵐《ウンラン》には妹って言われてるんですけどっ！）

人を勝手に姉だの妹だのって言って、そんなに姉妹っていいものなのかな？　ふと実家で秀英《シュイン》と雲嵐《ウンラン》の兄、玲玲《リンリン》と美麗《メイリン》の妹と一緒に生活しているところを想像してみる。

（楽しい……のかな？）

巳《み》の刻（午前10時頃）となり会場が開放された。どれくらいお客さんは来てくれるのだろうか？　全く来なかったらどうしよう？　暁蕾《シャオレイ》は不安と期待が入り混じった気持ちで商品台の後ろに立った。不安が杞憂だったことはすぐにわかった。広場の入り口から人の波が押し寄せてきたからだ。

「走らないでください！」

泰然《タイラン》の部下が大きな声で注意を促しているのが聞こえる。若者、老人、子供、男性、女性、あらゆる人達で広場があふれていた。

「ゆっくりと進んで！」

思った以上の人の多さに、玲玲《リンリン》や美麗《メイリン》も目を丸くしている。大勢の人が一ヶ所に押し寄せると危険なので、広場には杭と縄で通路が作られている。広場の入り口から入った人達は通路を順番に進んでいき売り場を一周して出口へ向かう。

商品の買い占めを防ぐため、購入できる商品はひとり3つまでと決めた。そのことを知らせる張り紙がよく見えるところに何ヶ所も張り出されている。

「これ手に取っていいのですか？」

暁蕾《シャオレイ》が担当する販売卓にも、さっそくお客さんがやって来た。若い男女が寄り添うように立っており、女性の方がお皿を指差している。

「どうぞ、ゆっくりとご覧ください」

新婚の夫婦なのだろうか？　女性は目を輝かせてお皿を手に取って眺めている。

「とっても綺麗《きれい》！　素敵ね」

「青花磁器《せいかじき》のお皿です。原料は異国から買い付けしているんですよ」

溏《とう》帝国は磁器製造が盛んで異国にも輸出している。帝国の北方では白磁《はくじ》、南方では青磁《せいじ》が作られている。青磁の青い染料は西方の異国、例えば董艶《トウエン》妃の母国、砂狼《さろう》国から輸入している。描かれる絵柄も西方の影響を強く受けた異国情緒あふれるものとなっていた。

「異国からですって！　これ欲しい」

そう言って女性は男性の方を振り向いた。

「気に入ったのかい？　値段は……3貫（※）か。うーん、少し高いけど買っちゃおうか」

庶民にとってはやや高めの価格ではあるが、暁蕾《シャオレイ》の調べたところではもともと15貫はする品物だった。

「では、この籠《かご》に入れて出口で代金を支払ってください」

そう言って暁蕾《シャオレイ》は女性に竹で編んだ籠を渡した。ひとり3個までという購入制限を守ってもらうため購入する商品はこちらが用意した籠に入れてもらい、売り場の出口で代金を支払ってもらうことにした。もちろん、籠に入れずに商品を持ち去ろうとする人間がいないか、泰然《タイラン》の部下に見張ってもらっている。青花磁器のお皿を籠に入れて満足そうに男女が立ち去ると、すぐに次の客がやって来た。

今度の客は若い男だった。袍子《パオツ》という灰色の長衣を身に着けている。暁蕾《シャオレイ》は男の顔を一目見てギョッとした。頬《ほお》はげっそりとこけて顔色は青白い。落ちくぼんだ眼窩《がんか》から血走った目玉だけがギョロッと商品に向けられている。

男は無言で金メッキが施された香炉《こうろ》を手に取る。差し出された腕はとても細く骨が浮き出ている。男が手にした香炉は、細かい鎖の先に鳥とブドウの紋様が刻まれた球体が取り付けられている美しい品だ。まるで骸骨のような男が美しい香炉を眺める姿は異様としか言いようがない。

「籠をくれ」


（※）溏帝国の貨幣には貫と銭があり、1貫は現在の日本円で約9千円なので3貫は2万7千円程度。1貫は750銭

かすれた声で男が言った。暁蕾《シャオレイ》が慌てて籠を差し出すと、男はゆっくりと香炉を籠に入れる。続いて男は同じく金メッキされた銀盒《ぎんごう》を手に取った。その手つきには全く迷ったような様子はなくまるで最初から決めていたかのようだ。

銀盒《ぎんごう》は、女性が使う化粧箱で円形の入れ物に円形の蓋が付いている。蓋の表面には、中央に翼を持った鹿、その周りにつる草紋様が刻まれている。男は暁蕾《シャオレイ》と目を合わすことなく、銀盒《ぎんごう》を籠へ入れた。金メッキの香炉と銀盒《ぎんごう》は暁蕾《シャオレイ》が担当する販売卓で最も高価な品と二番目に高価な品だった。香炉が30貫、銀盒《ぎんごう》が25貫もするのだ。もっとももともとの値段はその数倍なのだが。

（この男、普通じゃない、それに……）

暁蕾《シャオレイ》の訝しむ視線に気付いたのか、男は逃げるように卓を離れて通路を歩き出した。人の流れに乗って遠ざかっていく男から暁蕾《シャオレイ》は目を離すことができなかった。

「ごめん、美麗《メイリン》、こっちの卓もお願い！」

「えぇっ！　ちょっと待ってよ、暁蕾《シャオレイ》」

目を丸くしている美麗《メイリン》を残して、男の後を追う。いつの間にか男はかなり先まで進んでいる。男は人の波をかき分けるようにどんどん進んでいき、会場の出口にある料金支払い用の卓へたどり着いた。係員である皇城《こうじょう》の役人に料金を支払い、会場から外へ出た。

男は広場を進んでいき、都の大通りに向かって歩いている。男を追うべきか暁蕾《シャオレイ》は迷っていた。何かが頭の片隅に引っ掛かっている。その何かがわからず猛烈に焦《あせ》る。

（後を追おう！）

覚悟を決めた暁蕾《シャオレイ》は男に気づかれないように距離をとりながら、後を追う。大通りの向こうからゾロゾロとした人の流れがあるのに暁蕾《シャオレイ》は気付いた。そういえばと暁蕾《シャオレイ》は思った。本日、安慶《あんけい》の都では初夏の祭りが行われているのだ。お祭りの会場は慈善販売会が行われている広場とは逆方向にある。どちらの会場も大通り沿いにある。故に遠方からの集客を狙《ねら》えるということで都の商人達と意見が合い、この日に販売会を開催することになったのだった。いつもより華やかな襦裙《じゅくん》や涼しげな服を着た人々が楽しげに歩いてくる。祭りの屋台で売っていたのか、狐や猿のお面を被った人も見かけた。

男は振り向くこともなく大通りを進み、やがて細い路地へ入っていった。暁蕾《シャオレイ》も急いで路地へと入る。路地は道幅が狭く人気《ひとけ》がない。男と暁蕾《シャオレイ》の間にさえぎるものは何もなく、今振り返られたら尾行していることがすぐばれるはずだ。慌てて暁蕾《シャオレイ》は家と家の間にある隙間《すきま》に身を隠した。頭だけ出して様子を探る。男は一軒の家の前で立ち止まった。周囲を探るように左右を見たので、暁蕾《シャオレイ》は素早く頭を引っ込めた。

暁蕾《シャオレイ》の心臓は早鐘《はやがね》を打っていた。ゆっくりと慎重に頭を出していき男を確認すると、ちょうど男は家の扉を開き中へ入るところだった。

男は自分の家に帰ったのだろうか？　もしそうなら自分はとんだ間抜けだと暁蕾《シャオレイ》は思った。見た目が異様というだけで自分の持ち場を離れてここまで追ってきてしまった。いや、見た目だけではない何か……何かがあったのだ。もどかしい思いが暁蕾《シャオレイ》の心をかき乱している。

（そうだ、あの家に行けばきっとわかる！）

暁蕾《シャオレイ》は隙間から飛び出して、男が入っていった家の方へ向かおうとした。

——その瞬間、突然後ろから強い力で腕をつかまれた。

（えっ！）

咄嗟《とっさ》に振り向いた暁蕾《シャオレイ》が見たのは、自分を見下ろす狐のお面だった。

（しまった！　油断した！）

後悔の気持ちを感じる暇もなく、つかまれた腕をぐっと引き寄せられた。

（助けて！）

暁蕾《シャオレイ》は声をあげようとしたが、手のひらで口を塞《ふさ》がれる。そのまま抱き抱えられるように建物の隙間へ引き込まれた。腕をつかむ力が少し弱まった。体をひねって逃れようと体をバタつかせる。涙目で見上げた狐の面から形の良いあごがチラッと見えた。

（えっ？　もしかして……）

「ばか！　暴《あば》れるんじゃない。落ち着け！」

聞き覚えのある男の声だった。狐のお面が外され、琥珀色の瞳《ひとみ》が現れた。

「秀英《シュイン》様！」

秀英《シュイン》はいつもの紫の袍服《ほうふく》ではなく、深緑の袍服《ほうふく》に銀の帯をしている。花鳥史《かちょうし》として初めて暁蕾《シャオレイ》の家を訪れた時と同じ服装だった。

「いったいお前は何をしているのだ？」

「秀英《シュイン》様、痛い！」

秀英《シュイン》は、暁蕾《シャオレイ》の腕をつかんでいた手を慌てて離した。

「す、すまん、痛かったか？」

本当にすまなそうにしている秀英《シュイン》を見ているうちに暁蕾《シャオレイ》はフフッと吹き出してしまった。

「何がおかしいのだ？」

「だって、そんなに殊勝な秀英《シュイン》様を見るのは初めてだったもので」

「俺《おれ》だって、悪いときは謝る。当然だ」

少しすねたように言う秀英《シュイン》を見て、暁蕾《シャオレイ》はかわいいと思った。

「今、お前が向かっていた家はとても危険な場所だ。わかっていたのか？」

真剣な表情になった秀英《シュイン》が言った。

「私は、怪しい男を追ってきたのです」

暁蕾《シャオレイ》は慈善販売会で骸骨のような容貌の怪しい男を見つけたこと。その男を追ってこの路地までやって来たことを説明した。

「お前の話だと、その男は普通に商品を買って会場を出て行っただけではないか？　なぜ怪しいと思ったのだ？」

「迷わず一番高価な品と二番目に高価な品を買ったのです」

「商品には値札がついていたのだろう？　値札を見たのではないか？」

確かにそうかもしれないと暁蕾《シャオレイ》は思った。値札を見比べれば高価な品を選ぶことは可能だ。だが、男が並んでいる品物を見比べたようには見えなかった。

「それに……あの男は……」

暁蕾《シャオレイ》は、あの男が目の前に来た時点で何かを感じたのだ。その何かが引っ掛かり後を追うことを決めたのだ。

ふーっと路地に風が吹き込んでくる。沈香《じんこう》の甘い香りが暁蕾《シャオレイ》の鼻をくすぐった。秀英《シュイン》がつけている香の香りだろう。暁蕾《シャオレイ》の脳裏に電流のような衝撃が走った。

あの骸骨男から微《かす》かに感じた香り。確かあれは白檀《びゃくだん》に近い香りだった、だが香りを感じた時、一瞬頭がクラっとする感覚があったのだ。そして以前にも同じ感覚を覚えたことがあった。

暁蕾《シャオレイ》は、文章や言葉など見たものを一瞬で記憶し、後からその記憶を呼び起こすことができる特殊な能力を持っている。だがその能力に頼ってしまい、嗅覚や味覚という他の感覚を磨くことをおろそかにしていた。そのせいで男から感じた違和感の正体に気づくのに時間がかかってしまった。

——暁蕾《シャオレイ》は記憶を呼び戻す。北宮《ほくぐう》の回廊。前から歩いてくる宦官《かんがん》の一団。宦官《かんがん》の一人とすれ違った時、ちょうどその時、白檀《びゃくだん》のような香りがした。暁蕾《シャオレイ》は一瞬、ほんの一瞬めまいを感じる——

「宦官《かんがん》です！　あの男は宦官《かんがん》なんです。香りがしました。白檀《びゃくだん》のような香りです」

秀英《シュイン》の琥珀色の瞳が驚きで見開かれる。そして納得したように秀英《シュイン》はうなずいた。

「おそらくそれは白檀《びゃくだん》ではない。麻薬だ」

「麻薬！」

「しっ、声が大きい」

暁蕾《シャオレイ》は慌てて自分で口を押さえる。

「槃天花《はんてんか》という植物から作られる槃麻《はんま》という麻薬がある。常習者の体からは白檀《びゃくだん》に似たような匂《にお》いがするといわれている」

暁蕾《シャオレイ》は急いで槃麻《はんま》に関する記憶を検索した。だが何も出てこない。過去の公文書にも槃麻《はんま》の名前は出てこないのだ。

「そんな名前の麻薬は記録にありません、どういうことですか？」

暁蕾《シャオレイ》が小声で尋ねた時、秀英《シュイン》の背後で人の気配がした。

「御史大夫様《ぎょしたいふ》、準備ができました。……その方は？」

現れたのは、秀英《シュイン》と同じ深緑の袍服《ほうふく》に白い帯を巻いた若い男だった。おそらく秀英《シュイン》の部下なのだろうと暁蕾《シャオレイ》は思った。

「こいつは、後宮で情報収集をさせている女官だ。よし、合図をしたら一斉に踏み込め」

「承知しました」

男は現れた時と同じように素早く姿を消した。

「すまんが、お前に説明している時間はない。よいか、お前はここにいろ。勝手に動くんじゃないぞ！」

暁蕾《シャオレイ》がうなずくのを確認してから、秀英《シュイン》は路地へ出ていった。秀英《シュイン》は部下に一斉に踏み込むようにと指示していた。おそらくあの家に踏み込むつもりなのだろう。秀英《シュイン》の話が本当なら、あの骸骨男は槃麻《はんま》という麻薬の常習者ということになる。

暁蕾《シャオレイ》は、そっと路地の隙間から頭を出して例の家を覗き見た。いつの間にか家の入り口の両脇《わき》には深緑の袍服《ほうふく》を着た数名の男が壁に体を寄せて立っている。男達の背後には秀英《シュイン》の姿も見える。

遠くから見ていても男達の緊張感が伝わってきた。全員が秀英《シュイン》の方を見ている。

――秀英《シュイン》が右手を上げた。

全員が腰の刀を抜く。続いて秀英《シュイン》の右手が前へ突き出される。先頭のひとりが扉を開けると家の中に次々と入っていった。ひとりだけを残して男達は骸骨男がいる家へ入っていった。暁蕾《シャオレイ》は、家の隙間からじっと様子を見守っていた。

しばらくして秀英《シュイン》の部下のひとりが家から出てきた。小走りで暁蕾《シャオレイ》が隠れている場所までやって来る。

「暁蕾《シャオレイ》様でございますか？　御史大夫《ぎょしたいふ》様があなたをお呼びです。付いてきてください」

自分を呼ぶということはもう危険がないということだろうか？　骸骨男はどうなったのだろう？

そんなことを考えながら部下の男について家に向かう。暁蕾《シャオレイ》が家の入り口まで来た時、秀英《シュイン》が出てきた。秀英《シュイン》の顔は少し青ざめているように思えた。

「お前、死体を見た経験はあるか？」

「親族の葬儀でありますが……そういうことではないのですね？」

「ああ、あらかじめ覚悟してもらいたい。お前には顔の確認をしてもらう必要があるのだ」

「わかりました。大丈夫です」

秀英《シュイン》について家の中へと入る。最初に感じたのは白檀《びゃくだん》のような匂いだった。それもかなり強い匂いだ。家の中は必要最小限の家具しか置いていない殺風景な部屋であり、簡素な机とひと組みの椅子が部屋の中央に置いてある。机の上には見覚えのある籠が置いてあった。慈善販売会で商品を入れる籠に違いない。

机の隣の床に御史台《ぎょしだい》の役人らしき数名の男が膝《ひざ》をついて何かを見下ろしている。役人の背中越しに人間の体らしきものが見えた。

「覚悟はいいか？」

暁蕾《シャオレイ》と倒れている誰《だれ》かの間に立った秀英《シュイン》の言葉にうなずくと、秀英《シュイン》は暁蕾《シャオレイ》のために道を譲る。机の隣まで進み出た暁蕾《シャオレイ》の目に飛び込んできたのは、骸骨男の変わり果てた姿だった。男の体は仰向《あおむ》けに寝そべっており、妙な方向に体がねじれている。両腕は体を持ち上げようとしたかのように突っ張っており、指の関節は床を掻《か》きむしったかのように曲がっていた。骸骨男の顔を見て暁蕾《シャオレイ》は吐き気を覚えた。男の目は大きく見開かれており血走った目玉が天井《てんじょう》をにらみつけているようだ。口と鼻からは血と汚物が混ざったような液体がダラダラと流れ出している。

「ひどい……」

暁蕾《シャオレイ》は思わず目を背《そむ》けた。

「慈善販売会でお前が見かけた男で間違いないか？」

「はい、間違いありません」

「もういいぞ」

秀英《シュイン》の言葉で暁蕾《シャオレイ》は男の死体から目をそらした。白檀《びゃくだん》のような匂いが再び強くなり、暁蕾《シャオレイ》は軽いめまいを感じてよろめく。

「大丈夫か？　少し外の空気を吸った方がいい」

「籠の中身は？」

暁蕾《シャオレイ》はよろよろと机の上にある籠へ近寄り、中を覗《のぞ》き込んだが中身はからだった。秀英《シュイン》に支えられるようにして家の外へ出た。

「嫌な思いをさせてすまなかった。少し休め」

「大丈夫です。いったいあの家で何があったのですか？」

暁蕾《シャオレイ》を気遣う秀英《シュイン》の言葉に首を振って尋ねる。

「わからない。我々が踏み込んだ時すでに男は倒れており、他に誰もいなかったのだ。検死した部下の見立てでは、薬物中毒で死んだのではないかということだ」

「この家は男の家なのですか？」

暁蕾《シャオレイ》の問いに秀英《シュイン》は首を振る。

「違う、ここは空き家だ。ここで麻薬の取引があるという情報があって我々は見張っていたのだ」

「机の上にあった籠の中身がなくなっています。部下の方が回収したのですか？」

「ちょっと待て」

秀英《シュイン》は部下のひとりを呼んだ。

「机の上にある籠の中に何か入っていなかったか？」

「いえ、何も入っていませんでした。からです。薬物も見つかっておりません」

報告を終えて部下が立ち去ると、秀英《シュイン》は渋い顔になった。

「やられたな。裏をかかれたのかもしれん。死んだ男以外に誰かこの家に入るのを見なかったか？」

「いいえ、見ていません」

籠に入っていた商品が家の中にないのであれば、誰か第三者が持ち去った可能性が高い。また薬物も見つからないとすると骸骨男が摂取した薬物はその誰かが渡して飲ませたのだろうか？　様々な疑問が暁蕾《シャオレイ》の頭に浮かぶ。

「暁蕾《シャオレイ》、お前は慈善販売会の会場へ戻れ。お前は死んだ男は宦官《かんがん》だと言ったな。であれば間もなく掖庭《えきてい》から宦官《かんがん》がやってくるだろう。お前はいない方が良い」

「落ち着いたら、また御史台《ぎょしだい》へ来い」

「はい、そうします」

路地を大通りに向かって歩き出そうとした暁蕾《シャオレイ》を秀英《シュイン》が呼び止めた。

「よいか、俺の命じたこと以上には首を突っ込むんじゃない。特に危険なことはやめろ」

（いろいろ巻き込まれたのは、秀英《シュイン》様のせいでもあるのに、勝手ね！）

そう言いたい気持ちを押し殺して「はい」とだけ返事をしておく。秀英《シュイン》の口調から本当に心配している様子が伝わってきたからだ。


慈善販売会の会場へ戻ると、玲玲《リンリン》と美麗《メイリン》が接客で、てんてこ舞いになっていた。

「ちょっとおー！　暁蕾《シャオレイ》、どこ行ってたの？　こっちは大変だったんだからね！」

「暁蕾《シャオレイ》ずるい……おサボりダメ」

暁蕾《シャオレイ》はふたりから散々文句を言われてひたすら謝ることになった。それでもこれ以上問題が起こることなく、慈善販売会は無事終了した。暁蕾《シャオレイ》は、すっかり片付いて綺麗になった倉庫の前で青鈴《チンリン》と話をしていた。

「翠蘭《スイラン》様はとってもお喜びよ。商品が全部売れて民の評判もとても良かったらしいわ」

青鈴《チンリン》はいつもの吊り上がった眉《まゆ》ではなく、眉尻を下げて笑顔を見せている。

「翠蘭《スイラン》様にお喜びいただいたなら何よりです。次は食料と餌の買い付けですね」

「それも抜かりないわ。劉《リュウ》家がすでに手配済みよ。北部と南部への輸送は御史大夫《ぎょしたいふ》様が根回ししてくださったわ」

慈善販売会は大盛況のうちに終了し、大きな売り上げとなった。安慶《あんけい》の民の反応は好意的で翠蘭《スイラン》妃の評価は跳ね上がったのである。また、翠蘭《スイラン》妃と劉《リュウ》家は、売上金による被災地支援を大々的に宣伝したため慈悲深い貴妃としての名声も加わった。

「あとは、纏黄国《てんおう》との交渉ですね」

「そうね、そのことについては御史大夫様《ぎょしたいふ》にお任せするしかないわね」

最大の難関は、敵対関係にある纏黄国《てんおう》との交渉だ。売上金の一部と溏《とう》帝国の予算で購入した家畜の餌を使い和平交渉を行う計画だった。あくまでも餌の援助は劉《リュウ》家からというのがミソだ。

「御史大夫様《ぎょしたいふ》は大変優秀な方です。きっとうまく取り計らってくださるでしょう」

「あら、なんだか御史大夫様《ぎょしたいふ》を知っているような言い方ね」

ちょっと言いすぎたと暁蕾《シャオレイ》は思った。正三品《せいさんぴん》の位である御史大夫《ぎょしたいふ》、秀英《シュイン》は下級女官の暁蕾《シャオレイ》にとって、いや貴妃の侍女である青鈴《チンリン》にとってさえ雲の上の存在なのだ。

そんな雲の上の存在である秀英《シュイン》から仮の妹と呼ばれているなどとは口が裂けても言えるものではない。

「いえ、御史大夫様《ぎょしたいふ》の噂はかねがねお聞きしておりますので」

「そうね、直接お話ししたことはないけど聡明で見目麗《うるわ》しい方だから後宮でも大変な人気だわ」

青鈴《チンリン》はそう言ってうっとりとした表情になった。普段、険しい表情ばかりの青鈴《チンリン》でもこんな表情をすることもあるのか、と暁蕾《シャオレイ》は意外に思った。ただそれ以上に、木偶《もくぐう》事件の時に判明した秀英《シュイン》の人気というものを改めて思い知らされて、なんだか複雑な気持ちになった。

「はあ、そうなんですね……」

仕方なくあいまいな答えを返す。

「身の上が謎《なぞ》に包まれているところも魅力なのよね。数年前、異国から帰国されたと聞いているけど詳しいことは何も公表されていないんですもの」

青鈴《チンリン》は暁蕾《シャオレイ》の戸惑いに気づくことなく話を続ける。

（ええっ！　どういうこと？）

後宮に入れる女性を探す花鳥史《かちょうし》として暁蕾《シャオレイ》の家を訪れた時に初めて出会い、後宮の通用門で偶然再開した。そこからあれよあれよという間に仕事を命じられ、とうとう仮の妹と呼ばれるまでになってしまった。屁理屈女などというあだ名をつけられて嫌味な男だと思ったり、琥珀色の瞳に見つめられて胸を高鳴らせたり、いろいろあった。

だが、うかつなことに秀英《シュイン》自身の身の上について考えてみたことがなかった。急に秀英《シュイン》からもらった魚符《ぎょふ》のことが頭に浮かんだ。

——生きよ
魚符《ぎょふ》に刻まれていた言葉。いったい誰に当てた言葉でどんな意味なのだろうか？

「しゅい……御史大夫《ぎょしたいふ》様がいらっしゃったという異国とはどちらなのでしょう？　なぜ異国へいらっしゃったのですか？」

取り急ぎ思いついた疑問を口にしてみた。

「それがわからないの。異国にいらっしゃったというのもあくまで噂よ。出身地や過去の経歴、一切《いっさい》不明。皇城《こうじょう》にとんでもない美男子が現れたってそれは大騒ぎになったんだから」

「そうですか……」

暁蕾《シャオレイ》のうかない返事に青鈴《チンリン》はニヤリとした笑みを浮かべた。

「あんた、まさかとは思うけど御史大夫《ぎょしたいふ》様を狙ってるんじゃないでしょうね。いくらあんたの頭が良くても身の程知らずってもんよ。後宮にいる以上、皇帝陛下に選ばれるのが一番だけど、それが無理なら御史大夫《ぎょしたいふ》様とっていう貴妃はいっぱいいるんだから」

「とんでもありません。そんなこと考えておりません」

暁蕾《シャオレイ》はぶんぶんと首を振った。

「まあ、いいわ。そんなことよりあんたに言っとくことがあるんだったわ」

なんだろうと身構える暁蕾《シャオレイ》の前で青鈴《チンリン》は少しもじもじした。

「──ありがとう。あんたのおかげで助かったわ」

そう言って青鈴《チンリン》は小さな木の箱を暁蕾《シャオレイ》に差し出した。

「これは、翠蘭《スイラン》様がくださった異国のお菓子よ。あなたにご褒美だって。明日からも励みなさい。じゃあね」

暁蕾《シャオレイ》が箱を受け取ると、照れくさいのを誤魔化《ごまか》すかのように青鈴《チンリン》は立ち去ってしまった。残された暁蕾《シャオレイ》が箱の蓋を開けてみると箱の中は底に紙が敷かれ木の板でいくつかに仕切られている。その仕切りのひとつひとつに見たことがないお菓子が入っていた。

ひとつを指で摘《つま》んでみると、とても軽い。薄い生地が何層も重なってできているようだ。嗅いだことがないような濃厚で甘い香りが鼻をくすぐる。我慢できず口に放り込んだ。サクサクとした食感のあと強烈な甘さが襲ってくる。

（な、何なのこれ！）

そういえば美麗《メイリン》が言っていた。翠蘭《スイラン》様は、仕事で頑張るととても美味《おい》しいお菓子をくださると。きっとこのお菓子は劉《リュウ》家が西方との交易で手に入れた貴重なものなのだろう。自分の頑張りを認めてもらえたような気がして暁蕾《シャオレイ》の心は弾んだ。

(さあ、次は纏黄国《てんおうこく》との交渉ね。私にできることがあるのかどうかわからないけど頑張ろう。それに……)

暁蕾《シャオレイ》は、董艶妃《トウエンひ》から命じられた仕事について思い出していた。骸骨男の命を奪った麻薬のことも気になる。よしっ！　気合を入れ直した暁蕾《シャオレイ》は残った仕事に取り掛かった。

※※※※※

「御史大夫《ぎょしたいふ》はしくじったようじゃの」

炎陽宮《えんようきゅう》の一室で、美麗《メイリン》はひれ伏していた。この宮の主人、董艶妃《トウエンひ》に呼び出されやってきたのだった。

「はい、麻薬の取引が行われるという情報で空き家を見張っていらっしゃったそうですが、踏みこまれた時には宦官《かんがん》の死体が転がっており売人を捕縛できなかったそうです」

「宦官《かんがん》の死体はどうなったのじゃ、御史大夫《ぎょしたいふ》が調べたんじゃろ?　何も公《おおやけ》にされていないようじゃがな」

「掖庭《えきてい》から宦官《かんがん》達がやってきて運び去りました。事件は麻薬中毒による事故死とされ内々に処理されたそうです」

董艶妃《トウエンひ》が愉快そうな笑い声を漏《も》らした。

「やれやれ、何とも詰めの甘い男じゃの。せっかく情報を流してやったというのに」

なるほど、麻薬取引の情報自体、董艶妃《トウエンひ》が流したものだったのか。いったいこの貴妃の情報網はどれほどであるのか美麗《メイリン》は底知れない恐怖を感じた。そもそも董艶《トウエン》妃の命令で紅玉宮《こうぎょくきゅう》に密偵として潜入している自分もその一員なのだ。

部屋の中にいるのは董艶《トウエン》妃と美麗《メイリン》だけだ。だが部屋の隠し扉のすぐ外には常に武器を持った刺客が控えており、美麗《メイリン》が不穏な動きをすれば直ちに抹殺されるだろう。

「次はどう致しましょう?」

余計な口は利かない方がいい。そう判断した美麗《メイリン》は簡潔に指示を仰《あお》いだ。

「備品係の小娘は使えそうか?」

「備品係? ああ、紅玉宮《こうぎょくきゅう》で働いている暁蕾《シャオレイ》でございますね。木偶《もくぐう》事件の犯人を追い詰めたのはあの女官だということはすでにご存知ですね。また紅玉宮《こうぎょくきゅう》の倉庫にあった不用品を安慶《あんけい》の民に格安で売り、その売り上げで食料を買い被災地へ送るという策が大成功し翠蘭《スイラン》妃の評判が大いに上がりました。翠蘭《スイラン》妃や侍女の青鈴《チンリン》からの信頼を勝ち取ったようです」

「そうかそうか。面白《おもしろ》いのお。わらわの命じた仕事そっちのけでそんなことをやっておるとは」

「そのことですが、ひとつご報告があります」

そう言って美麗《メイリン》は空き家で死んでいた宦官《かんがん》が、慈善販売会で高額な商品を購入したこと。商品を入れた籠を持って空き家へ入ったが、死体のそばで見つかった籠はからで何も入っていなかったことを説明した。

董艶《トウエン》妃はしばらく無言だったが、やがて口を開いた。

「わらわは暁蕾《シャオレイ》とやらに言ったのじゃ。お前は宦官《かんがん》の悪事の片棒を担《かつ》いでおるとな。愚かなことにまたしても片棒を担いでしまったようじゃな。じゃが今回はわらわの役に立つかもしれん。都にいる商人の動きを探らせよ。籠の中身が現れるやもしれん」

「はっ、かしこまりました」

美麗《メイリン》は素早く部屋を出ると人に会わぬよう気をつけながら炎陽宮《えんようきゅう》を後にした。

※※※※※

「泰然《タイラン》さま～、来ましたよ～」

いつも通り気の抜けた感じの挨拶《あいさつ》をしながら暁蕾《シャオレイ》は、泰然《タイラン》の部屋を覗いた。泰然《タイラン》は暁蕾《シャオレイ》の姿を見るとくいくいと手招きをした。

「おい、お前いったい何をしたんだ？」

泰然《タイラン》は暁蕾《シャオレイ》が近くに来ると声をひそめて質問した。

「何です？　ぶしつけに」

「来たんだよ。宦官《かんがん》が」

泰然《タイラン》はここで言葉を切ると部屋の扉から顔を覗かせて誰もいないことを確認した。

「どうしたんです？　ここは皇城《こうじょう》なんですから宦官《かんがん》ぐらい来るでしょう」

宦官《かんがん》という言葉に内心は動揺した暁蕾《シャオレイ》だったが、努めて冷静に言った。

「普通の宦官《かんがん》じゃねえんだよ。掖庭《えきてい》の宦官《かんがん》だよ。紅玉宮《こうぎょくきゅう》の慈善販売会について細かく聞かれたよ。誰が企画したのか？　売り上げはいくらだったのか、とかな。もちろんお前の名前は出してないがな」

掖庭《えきてい》とは後宮を管理する宦官《かんがん》達の組織で、後宮内の犯罪を取り締まる仕事もしている。

「でもそれって私を探しているわけじゃないですよね？　販売会が成功したんで気になったんじゃないですか？」

骸骨男の正体が宦官《かんがん》であると告げると、秀英《シュイン》は掖庭《えきてい》の宦官《かんがん》がやって来ると言っていた。その後どうなったのだろうか？　骸骨男との顚末を暁蕾《シャオレイ》は泰然《タイラン》に話していなかった。だが、掖庭《えきてい》が泰然《タイラン》のところまでやって来たのなら話しておいた方がいいのではないか？

「それがな、皇城《こうじょう》や御史台《ぎょしだい》へ出入りしている女官について知っていることを話せというんだよ。まあ皇城《こうじょう》はお役所だから女官が出入りしても別におかしくねえ。だが御史台《ぎょしだい》は女官が行くところじゃねえんだよ。俺はお前の顔が真っ先に浮かんじまったよ。まさかお前、御史台《ぎょしだい》にも出入りしてるのか？」

(やば、それって私のことだよね)

動揺が顔に出てしまったのか、暁蕾《シャオレイ》を見つめる泰然《タイラン》の顔がゆがんだ。

「図星ってわけか……」

泰然《タイラン》はため息をついた。

「出入りっていうか……行ったことあるっていうか……何といいますか」

「お前なあ。俺はお前に言ったぞ、宦官《かんがん》には関《かか》わるなって。それなのに次々と厄介事を持ち込みやがって。その上俺に隠し事か？　そんなに俺のことが信用できねえのか？」

あいまいな返事をする暁蕾《シャオレイ》を見てあきれたように泰然《タイラン》は言った。暁蕾《シャオレイ》は申し訳ない気持ちになった。

董艶《トウエン》妃から命じられた仕事についても紅玉宮《こうぎょくきゅう》の慈善販売会についても泰然《タイラン》にはとても世話になっている。

どちらも引き受けた泰然《タイラン》に利益《りえき》があるわけではない。それでも泰然《タイラン》は自分を助けて動いてくれている。口が悪くて適当なところもある男だが情にあつく信用できる人物だと思う。

「えっとー、御史大夫《ぎょしたいふ》様と知り合いでして。個人的に」

泰然《タイラン》は一瞬ポカンとした表情になった。

「ちょっと待て！　誰と知り合いだって？」

「だから、御史大夫《ぎょしたいふ》の、胡《フー》　秀英《シュイン》様ですって！」

泰然《タイラン》はのけ反ると椅子から転げ落ちそうになった。

「皇城《こうじょう》の清掃係、胡爺《フー》さんの間違いじゃないよな？」

「違います！　誰ですか、胡爺《フー》さんって？」

泰然《タイラン》は、うーんと唸《うな》って腕組みをした。しばらくうんうん言っていたが、突然目を開けて言った。

「お前と胡《フー》　秀英《シュイン》、どこに接点がある？　いったいどうやって出会うのだ？」

ここまで話したのだ、出会いくらいは説明してもいいだろう。そう思った暁蕾《シャオレイ》は、秀英《シュイン》が花鳥史《かちょうし》として自分の家を訪ねてきたこと。秀英《シュイン》に命じられて後宮女官になったこと。後宮の通用門で偶然再会したことを順を追って話した。

「俺は胡《フー》　秀英《シュイン》という男をよく知らんのだ。御史大夫《ぎょしたいふ》の役職は長らく空席となっていてな。俺が左遷されたのとちょうど入れ替わりで秀英《シュイン》が御史大夫《ぎょしたいふ》に就任したのだ」

「お会いされたことはあるのですか？」

「ねーよ。こんな下っ端役人が会えるわけねーだろ」

ふと暁蕾《シャオレイ》は、泰然《タイラン》の部屋の床に落ちている紙の束《たば》に目をやった。もはや泰然《タイラン》の趣味となっている上奏文《じょうそうぶん》の束だ。

「いいことを思い付きました。泰然《タイラン》様、上奏文《じょうそうぶん》を書いてください」

「何だと？」

泰然《タイラン》は訝《いぶか》しげな視線を暁蕾《シャオレイ》に向けた。

「ほら、私が御史大夫《ぎょしたいふ》様へ持っていってあげますよ。皇帝陛下へ直接は無理でも、もしかしたら御史大夫《ぎょしたいふ》様が皇帝陛下へ届けてくださるかもしれないじゃないですか？」

「バカを言え。皇帝陛下へ直接申し奉《たてまつ》るから『上奏文《じょうそうぶん》』なんだよ。なんであんな若造にお願いしねえとならねえんだよ」

泰然《タイラン》は不満げに言うと頭をボリボリと掻いた。かつて皇帝を諌める諌議大夫《かんぎたいふ》だったという矜持《きょうじ》が残っているのかもしれないと暁蕾《シャオレイ》は思った。

「我が国の民をお救いになりたいのではなかったのですか？」

暁蕾《シャオレイ》は泰然《タイラン》の顔を真正面から見据えてはっきりと言った。口調も先ほどまでの何処かふざけたものではなく真剣なものに変わった。泰然《タイラン》の目が驚きで見開かれる。

「……何の話だ？」

泰然《タイラン》は、暁蕾《シャオレイ》の視線から逃れるように横を向くと、苦しげに言葉を吐き出した。巨体が心なしか小さく見えた。

「溏《とう》帝国の……この国の民は苦しんでいます。重い税金、度重なる自然災害、北方からの異民族の侵入と略奪。貧しいものは日々の暮らしに精いっぱいで、学問を学ぶ機会もありません。富めるものと貧しいものの差は開く一方なのです」

「そんなことはお前に言われなくてもわかっている」

「そうでしょうね。そのことを何度も何度も上奏文《じょうそうぶん》に書かれているのですから」

「お前……いつの間に読んだ？」

正確には暁蕾《シャオレイ》は読んではいない。だが泰然《タイラン》の部屋を訪れるたびに床に散らばっている上奏文《じょうそうぶん》の文字を目に焼き付けた。後から内容に関する記憶を呼び出すと暁蕾《シャオレイ》は愕然となった。そこには泰然《タイラン》が自分の目で見た民の生活の苦しみと、世の中の不公平を正す方策が細かく記《しる》されていたからだ。

「泰然《タイラン》様、私の夢はどんな身分の人でも分け隔てなく学問を学べる場所を作ることです。後宮に入ることになりその夢が遠のいたと思いました。でも今は後宮でも、いや後宮にいるからこそできることがあると考えています」

泰然《タイラン》は黙って暁蕾《シャオレイ》の言葉に耳を傾けている。暁蕾《シャオレイ》は泰然《タイラン》の前にひざまずくと拱手《きょうしゅ》の礼をとる。そして言った。

「どうかお力をお貸しください」

目の前に両の拳《こぶし》を突き出してひざまずく暁蕾《シャオレイ》を泰然《タイラン》はしばらくの間、呆然《ぼうぜん》と見下ろしていた。やがて盛大に嘆息する。

「あーあー、全くお前ってやつはどうしてこう面倒なことを押し付けてくるんだろうな」

そう言いながら泰然《タイラン》は椅子に座ると目の前の机に一枚の紙をおき筆を手に持った。硯《すずり》に入った墨に筆先をつけてからサラサラと文字を書き始める。

『敬《つつし》みて奉《たてまつ》る――』の一文から始まる文章が紡《つむ》がれていく様を暁蕾《シャオレイ》はかたわらで見守っている。やがて泰然《タイラン》が筆を置いた。紙を折りたたむと暁蕾《シャオレイ》に突き出す。

「ほら、持っていけ」

「ありがとうございます。必ず届けますね」

礼を言って部屋を出て行こうとする暁蕾《シャオレイ》を泰然《タイラン》が呼び止めた。

「いいか、好奇心があることはいいことだが、あまり危ねーことに首を突っ込むんじゃねーぞ」

「心配してくださるのですか？」

泰然《タイラン》はバツが悪そうに頭をかく。

「俺にはお前ぐらいの娘がいてな。俺に愛想をつかした女房と一緒に家を出て行っちまったんだよ」

暁蕾《シャオレイ》は、泰然《タイラン》に妻と娘がいたことを初めて聞いた。泰然《タイラン》があまり自分自身のことを語りたがらなかったのはそのせいだろう。

「娘さんが私に似てたりして」

「バカを言うな！　あいつは口ごたえなんぞせん。素直ないい子なんだよ」

「そうですか。それは失礼しました」

娘のことを思い出しているのだろう、泰然《タイラン》が視線を床に落とす。

「お前と娘は全然違う。全然違うのに、お前を見るたびに娘を思い出すんだよ……だから無茶はするな」

そう言って、泰然《タイラン》はプイと後ろを向いてしまった。

（泰然《タイラン》様もああ見えて寂《さび》しい思いをされているのね）

もしかして、自分を仮の妹だという秀英《シュイン》にも辛《つら》い思い出があるのかもしれない。ふとそんなことを思った。

紅玉宮《こうぎょくきゅう》の倉庫整理が一段落し、暁蕾《シャオレイ》は一旦《いったん》従来の仕事に戻ることになった。指導係の氷水《ビンスイ》からは勝手に紅玉宮《こうぎょくきゅう》の仕事をしたことに小言は言われたが、罰せられることはなかった。

おそらくそちらも秀英《シュイン》の根回しがあったのだろう。暁蕾《シャオレイ》にはひとつ気になっていることがあった。それは泰然《タイラン》に渡した炎陽宮《えんようきゅう》からの発注書のことだった。

とても後宮で必要とは思えない弓と矢、それに火薬の原料、それらが記載された危ない発注書を泰然《タイラン》に渡してからしばらく時が経《た》っていた。泰然《タイラン》はその発注書を皇城《こうじょう》の調達係へ提出したと言っていた。皇城《こうじょう》からは今のところ何の反応もない。やっぱり変わり者貴妃のイタズラということで無視されたのだろうか？

数日後、発注書を取りに行った玲玲《リンリン》が慌てて作業部屋に入ってきた。

「大変、暁蕾《シャオレイ》！　炎陽宮《えんようきゅう》から手紙が来てる」

そう言って玲玲《リンリン》は一枚の紙を暁蕾《シャオレイ》に差し出した。

『下級女官　暁蕾《シャオレイ》。◯月◯日◯の刻、炎陽宮《えんようきゅう》へ参内《さんだい》せよ』

紙に記された文章は簡潔でとても情報が少ない。それでも炎陽宮《えんようきゅう》の印が押されており偽物とは思えなかった。

「今度は何だろう？」

玲玲《リンリン》が不安げな表情で暁蕾《シャオレイ》を見てくる。

「品物が全然届かないから董艶《トウエン》様がお怒りなのかも」

もともと気になっていたことなので暁蕾《シャオレイ》にとってはついにきたか、という感じではあった。

「でも暁蕾《シャオレイ》は発注書をちゃんと皇城《こうじょう》に届けた。後のことは暁蕾《シャオレイ》の責任じゃない」

「まあ、まだ叱られるって決まったわけじゃないし、もしそうだとしてもちゃんと説明すればわかってもらえるよ」

そう暁蕾《シャオレイ》は答えたものの董艶《トウエン》妃を説得する自信はなかった。

約束の日時はすぐにやって来た。暁蕾《シャオレイ》は北宮《ほくぐう》の渡り廊下を進み、炎陽宮《えんようきゅう》の門を叩《たた》いた。炎陽宮《えんようきゅう》の外壁に塗られた鮮やかな青色は何度見ても暁蕾《シャオレイ》の心をざわつかせる。この宮の内部で、何か得体の知れないものが蛇のようにトグロを巻いて待ち受けている。そんな気がしてならないのだった。

扉が開いて、見覚えのある侍女が顔を出した。細く鋭い視線が暁蕾《シャオレイ》に注《そそ》がれた。相変わらず飾り気のない顔だと暁蕾《シャオレイ》は思った。

「お待ちしておりました。お入りください」

暁蕾《シャオレイ》に名乗る時間を与えず侍女は言った。事情は把握しているので早くついてこいということだろう。紅玉宮《こうぎょくきゅう》の内部は、以前にも増して禍々《まがまが》しい雰囲気だった。

——白檀《びゃくだん》の香りだ。

まず一番にそう思った。前回来た時は、嗅いだことがない刺激的な香りがしていたが、今回は違う。香りの記憶として骸骨男の異様な死にざまが頭に浮かぶ。まさか、ここ炎陽宮《えんようきゅう》でも槃麻《はんま》が使われているのではないか？　嫌な想像が頭をかすめた。

応接間では董艶《トウエン》妃がすでに着席していた。金の糸で縫われた艶やかな衣装を身に着けている。顔の下半分は黒のレースで隠されているが、色とりどりの宝石をちりばめた首輪に目を奪われる。黒い布を頭に巻き付け、唯一見える青い大きな瞳が、入ってくる暁蕾《シャオレイ》に向けられていた。董艶《トウエン》妃の正面の床に膝を付き拱手《きょうしゅ》の礼をとる。

「突然、呼び出して悪かったのお」

董艶《トウエン》妃は言葉とは裏腹に楽しそうな口調で言った。

「いえ、滅相もないことです」

暁蕾《シャオレイ》は床に視線を向けたまま答える。

「お前が泰然《タイラン》へ渡した発注書の効果がようやく表れたようじゃ。せっかくじゃからお前にも見せてやろうと思っての。ああ、何もせずとも良い。そこで一部始終を見届けるのじゃ」

董艶《トウエン》妃の言葉が終わると、侍女のひとりが暁蕾《シャオレイ》に近づき「こちらへ」と言った。立ち上がり侍女についていく。部屋の奥の壁沿いに長椅子があり、座るように命じられた。

（いったい、何が始まるの？）

董艶《トウエン》妃の見せたいものとは何だろうと考えるが、全く想像がつかない。なんだかロクでもないことが起こる予感しかしない。改めて董艶《トウエン》妃の姿を見ると前回より肌の露出が大幅に少なかった。もしかして来客があるのだろうか？

「甘淑《カンシュク》様がいらっしゃいました」

暁蕾《シャオレイ》の予想を裏付けるように女官が告げた。

『かんしゅく』とは誰だ？　暁蕾《シャオレイ》は万能記憶内にある膨大な情報に検索をかけた。即座に『かんしゅく』という名を持つ人物の情報が弾《はじ》き出《だ》された。

該当する５名のうち、４人は平民で無関係だろう。残りのひとりは——

——宦官《かんがん》だ！

それもかなり高位の宦官《かんがん》だった。胸の奥でザワザワと動揺が広がるのがわかった。広間の入り口に目を凝らしていると、すぅーっと滑るようにひとりの男が入ってきた。

「袍子《パオツ》」と呼ばれる灰色の長衣を身に着け、耳当てが垂れ下がっている同じく灰色の帽子を被ったその姿が、どこからどう見ても「宦官《かんがん》」そのものだった。

ところがだ。次の瞬間、暁蕾《シャオレイ》は意外なものを見た。その宦官《かんがん》の顔はとても美しかったのである。

「ああーっ、董艶《トウエン》さまーっ！　やっとお会いすることができましたーっ！」

甘淑《カンシュク》というその宦官《かんがん》は、董艶《トウエン》妃の前に来るなり、ひざまずき感極まったような声をあげた。董艶《トウエン》妃の眉間にみるみるシワが寄った。

「甘淑《カンシュク》。なぜお前が来るのじゃ？」

「何をおっしゃいます。私が願い出たのです。ぜひともぜひとも、董艶《トウエン》様のところへ伺わせてほしいと。愛です。わたくしの董艶《トウエン》様への愛が認められたのです。なんと喜ばしいことでしょう」

董艶《トウエン》妃は目を細めて甘淑《カンシュク》を見下ろしている。甘淑《カンシュク》は話を続ける。

「我々は董艶《トウエン》様よりお手紙を受け取りました。私は思ったのです、董艶《トウエン》様はきっと後宮で退屈されておるのだろうと。私は考えました。董艶《トウエン》様のお気持ちに寄り添い、本当のお望みを伺ってこなければならぬと」

いったいこの男は何なのだ？　暁蕾《シャオレイ》は鳥肌が立つ思いだった。それでもこの宦官《かんがん》がはく歯の浮くようなセリフに、わざとらしさを感じなかった。陶酔しきった潤んだ瞳、澱みなく言葉をはき出す形の良い赤い唇。おぞましさの中に情熱の炎を感じさせる。この男は本気なのだ。

「控えよ！　甘淑《カンシュク》。お前のような外道がわらわに愛を語るか。それにわらわは手紙など出しておらん、わらわに必要な品を注文しただけじゃ」

なるほどと暁蕾《シャオレイ》は思った。炎陽宮《えんようきゅう》からの備品発注書、物騒な武器や火薬の原料が書かれていたそれを見てこの宦官《かんがん》はやって来たのだ。

「申し訳ありませんー！　この甘淑《カンシュク》、董艶《トウエン》様のお顔を拝見できるだけで至上の幸せだというのに、こうしてお声を聞くことまでできて舞い上がっておりましたぁぁーっ！」

甘淑《カンシュク》は平伏すると額を広間の床に擦《こす》り付《つ》けた。

「どうかお許しをぉー」

冷静に見れば何の茶番劇だとあきれ返《かえ》る場面なのかもしれない。だが甘淑《カンシュク》の所作は流れるようであり、声も感情に訴える美しい響きを持っている。少なくとも暁蕾《シャオレイ》にはそう感じられた。

（まるでお芝居を観てるようね）

暁蕾《シャオレイ》はふと広間に広がりつつある異様な雰囲気に気づいた。こっそりと視線を広間全体に走らせる。広間にいる侍女や女官達の様子がおかしい。女達の視線は甘淑《カンシュク》へと真《ま》っ直《す》ぐに注がれている。肩が大きく上下しているので呼吸も荒くなっているようだ。中には祈るように胸の前で両手を握りしめている者までいる。

この部屋にいる女達は目の前で繰り広げられている出来事に興奮しているのだ。もしかして、こんなことが定期的に行われているのではないか？　娯楽の少ない女官達にとって、これほど刺激的な見せ物はないだろう。

「気持ちの悪い下郎め。わらわの名をその薄汚い口で何度も発しよって、虫唾《むしず》が走るというものじゃ」

董艶《トウエン》妃の口元が布で覆《おお》い隠されているので、目元の表情しかわからない。それでも深く寄せられた眉根《まゆね》が強い不快感を表していた。口調には怒りが加わりつつある。甘淑《カンシュク》は、何も答えない。額を床につけた姿勢のままだ。一瞬の静寂が広間を包んだ。

ころんと軽い音とともに、何かが甘淑《カンシュク》の方へ飛んでいった。よく見るとそれは、片方の靴であった。美しい刺繍が施された小さな靴。まさかと思って董艶《トウエン》妃の方を見ると片方の足が靴を履《は》いていない。

甘淑《カンシュク》が少しだけ顔を上げて靴を見た。

「靴が脱げてしもうた。口で拾え」

董艶《トウエン》妃の冷たい声が広間へ響く。女官の誰かがゴクリと唾を呑《の》み込《こ》むのがわかった。暁蕾《シャオレイ》は腹の底から苦いものが込み上がってくるのを感じていた。いくら何でもやりすぎだ。後宮で卑しい存在として蔑《さげす》まれている宦官《かんがん》であったとしてもこんな扱いを受けていいのか？

甘淑《カンシュク》は四つん這いのままはって進み、頭を下ろすと靴を口で咥えた。暁蕾《シャオレイ》の座っている場所からは甘淑《カンシュク》の表情は窺《うかが》い知れない。だがその動きにためらいは少しも感じられなかった。赤ちゃんのよちよち歩きのように靴を咥えたまま、董艶《トウエン》妃が座る長椅子へ向かって進んでいく。

（もうこれ以上見てられない！）

もし、自分が甘淑《カンシュク》へ歩み寄り、靴を奪って董艶《トウエン》妃の元へ持っていったらどうなるだろう？　董艶《トウエン》妃はおそらく自分を許さないだろう。これはおそらく予定調和の世界なのだ。董艶《トウエン》妃は自分の力を見せつけ、女官達は痺《しび》れるような刺激を得られる。そして甘淑《カンシュク》は――いったい何を考えているのだろう？

だが、こんなことが許されるわけない。誰でも平等に学問を学べる世の中を作るという自分の夢。民が安心して暮らせる世の中を作るという夢。今目の前で起こっている理不尽な出来事を放置して夢が叶《かな》うだろうか？

――答えは決まっている。行動を起こせ！

暁蕾《シャオレイ》は甘淑《カンシュク》に向かってゆっくりと歩き出した。暁蕾《シャオレイ》の行動に気がついた女官が声を上げた。

「何をしている！　止まれ！」

途端にざわざわとし始める女官達。暁蕾《シャオレイ》は振り返ることなく真っ直ぐ前を向いて歩き続ける。女官達の驚きと憎悪の視線を全身に感じていた。

「あやつを止めろ！」

女官のひとりが暁蕾《シャオレイ》にかけ寄り強い力で肩をつかんだ。

「待て！」

董艶《トウエン》妃の大きな声が広間に響いた。ざわめきが一瞬にして静まり、静寂が戻る。

「面白い、そのまま続けさせよ。手を出してはならぬ」

（いったいどういうこと？　董艶《トウエン》様は何をお考えなの？）

暁蕾《シャオレイ》の頭は混乱していた。女官に取り押さえられて、この余興を台無しにした愚か者として罵倒されるものと思っていた。だが、今は己《おのれ》を信じてやり遂げるしかない。

肩から女官の手が離れ、暁蕾《シャオレイ》は無事、甘淑《カンシュク》のところまでたどり着くことができた。歩みを止めた甘淑《カンシュク》のかたわらに両膝をつくとその顔を覗き込む。

暁蕾《シャオレイ》は息を呑んだ。靴を口に咥えた甘淑《カンシュク》の相貌《そうぼう》は真っ直ぐ正面に向けられている。その瞳にはひどい扱いを受けていることに対する恥辱《ちじょく》も怒りも浮かんでいなかった。形の良い赤い唇の間から覗く白い歯でしっかりと靴を咥えている。長衣の襟元《えりもと》から青白い首筋が覗いていた。

——美しい、でも……

この宦官《かんがん》は確かに美しい容姿を持っている。だがその美しさは歪《ゆが》んでいる。秀英《シュイン》の心惹《ひ》かれる美しさ、董艶《トウエン》妃の心惑わす美しさ、そのどちらとも違う。

暁蕾《シャオレイ》は、両手を甘淑《カンシュク》に差し出す。甘淑《カンシュク》の両目は、正面を見据えたままだ。

「靴をお預かりします」

暁蕾《シャオレイ》の言葉に甘淑《カンシュク》は一度まばたきをした。次の瞬間、甘淑《カンシュク》の口から靴がこぼれ落ちる。

だがその靴は暁蕾《シャオレイ》の手ではなく、甘淑《カンシュク》自身の両手で受け止められる。唖然として見守る暁蕾《シャオレイ》の前で、甘淑《カンシュク》は素早く立ち上がった。

「あーあー、つまんねーなー。空気の読めねー小娘のせいで台無しじゃねーか」

甘淑《カンシュク》は、音もなく董艶《トウエン》妃に歩み寄る。

「さあー、董艶《トウエン》さまぁーっ。おみ足をこちらへ」

甘淑《カンシュク》は、董艶《トウエン》妃の前で再びひざまずくと満面の笑みで靴を差し出した。

「だ、誰が立ってよいと言った？　もうよい靴を置いて下がれ」

（えっ！　動揺してる？）

董艶《トウエン》妃の声がわずかにうわずっていることに暁蕾《シャオレイ》は気がついた。

「仰せのままに……」

甘淑《カンシュク》は、董艶《トウエン》妃の足元にそっと靴を置くと後ろ向きのまま広間の中央まで後退した。すぐさま侍女が靴を拾うと董艶《トウエン》妃に履かせる。

「暁蕾《シャオレイ》、その方、そこにいる気持ち悪い男に聞きたいことがあるのじゃろう？」

唐突に董艶《トウエン》妃が言った。暁蕾《シャオレイ》と甘淑《カンシュク》は初対面だ。個人的に聞きたいことなどあるはずはなかった。

そうであれば宦官《かんがん》としての甘淑《カンシュク》に聞きたいことがあるのか？　という意味なのか。

「おそれながら、宦官《かんがん》の皆様へ聞きたいことがあるのか？　ということでしょうか？」

「董艶《トウエン》さまーっ、いったいこの小娘はなんなのです？　炎陽宮《えんようきゅう》にこのような華のない下女がおりましたでしょうか？　いや見かけたことがないな。さてはお前、間違って入り込んだドブネズミだな」

暁蕾《シャオレイ》の問いを無視するように、甘淑《カンシュク》があざけりの言葉を発した。

（ドブネズミですって！）

後宮に来て妹と言われたり、娘のようだと言われたりいろいろしたが、とうとうドブネズミまで落ちたか。ここは様々な人間の様々な感情が渦巻いている場所だ。先程までひどい扱いを受けていた甘淑《カンシュク》が今度は自分に悪意を向けてくる。悪意が常に弱いものに向けられ続けるこの世の中そのものではないのか。虚しい思いが胸に広がるのを暁蕾《シャオレイ》は感じていた。

「黙れ、甘淑《カンシュク》！　わらわはその娘と話しておるのじゃ」

董艶《トウエン》妃に一喝され甘淑《カンシュク》は口をつぐむ。

「さて、暁蕾《シャオレイ》。お前は最近、翠蘭《スイラン》のお気に入りになったらしいの？　お前の献策によって紅玉宮《こうぎょくきゅう》の評判はうなぎ上りじゃ」

やはり来たかと暁蕾《シャオレイ》は思った。董艶《トウエン》妃から命じられた仕事は、最低限はこなしたものの董艶《トウエン》妃の望む結果は得られていないのだろう。一方で、武器横流しの噂を調べるために潜入したはずの紅玉宮《こうぎょくきゅう》では頼まれてもいないのに翠蘭《スイラン》妃の問題を解決してしまった。返答に窮《きゅう》して固まっている暁蕾《シャオレイ》を見て、董艶《トウエン》妃は短い笑い声を上げた。

「フフフ、冗談じゃ。わらわは全く気にしておらん。所詮、民の評判なぞ一時のものじゃ。人の気持ちは常にうつろうでの。わらわが興味を持っておるのは紅玉宮《こうぎょくきゅう》の慈善販売会で起こったおぞましい事件のことなのじゃ」

暁蕾《シャオレイ》の胸がドキリと脈打った。同時に焦りと不安がないまぜになった感情が全身を覆っていく。董艶《トウエン》妃は空き家で骸骨男が死んだことを知っているのだろうか？　そしてその現場に暁蕾《シャオレイ》がいたことも知っているのかもしれない。

「準備をせよ」

固まっている暁蕾《シャオレイ》に構うことなく董艶《トウエン》妃は女官に指示を出した。広間の真ん中に丸机が運び込まれて、暁蕾《シャオレイ》と甘淑《カンシュク》が立っている間に置かれた。次に女官が持ってきた品物を見て暁蕾《シャオレイ》は目を見張った。

――竹で編んだ籠。

暁蕾《シャオレイ》にも見覚えがあるその籠は、慈善販売会で購入した商品を入れる籠だった。

女官は籠を丸机の上に置くと、籠の中に手を入れ何かを取り出した。

――金メッキの香炉と銀盒《ぎんごう》。

まさか！　暁蕾《シャオレイ》は机に置かれたふたつの品をつぶさに観察した。香炉に刻まれたブドウの紋様が目に入る。銀盒《ぎんごう》の蓋に目をやると中央に翼を持った鹿、周囲につる草模様が刻まれているのがわかった。もう疑いようがなかった。この二つの品は暁蕾《シャオレイ》が骸骨男に売ったものだ。

「どうして……ここに？」

「どうやら見覚えがあるようじゃのう。手に入れるのにずいぶんと苦労したのじゃぞ。何しろ闇《やみ》の市場に出回っておったのじゃからな」

「闇の市場！」

暁蕾《シャオレイ》は絶句する。安慶《あんけい》の都に盗品や密輸品を売買することができる裏の市場がある。そんな噂を暁蕾も耳にしたことがあった。

「本来なら……」

ここで董艶妃は広間全体に呼びかけるような調子で話し始めた。広間の空気がピリリと張り詰める。

「わらわが直々に甘淑《カンシュク》めを尋問してやるところじゃが、わらわはこの宦官《かんがん》とこれ以上口をききたくない。そこでじゃ。暁蕾《シャオレイ》、紅玉宮《こうぎょくきゅう》の翠蘭《スイラン》に奉じたその才で甘淑《カンシュク》の口を割らせよ！　こやつがここに来た目的を語らせるのじゃ」

(は？　いったい何を言い出すの？　意味がわからない)

あまりのムチャぶりに暁蕾《シャオレイ》はあきれを通り越して、笑いさえ込み上げてきた。甘淑《カンシュク》を尋問してここに来た目的を喋《しゃべ》らせる？　そんなことできるわけがない。そもそも甘淑《カンシュク》は董艶《トウエン》妃が危ない発注書を皇城《こうじょう》に提出したから、その真意を探りに来たと言っていたではないか。それ以上でも以下でもないだろう。ご機嫌取りに最適な慰《なぐさ》み者として派遣されたのではないのか？

……いや、待て。なぜ、高位の宦官《かんがん》がわざわざやってくる必要があるのだ？　暁蕾《シャオレイ》の万能記憶が高速で回転を始めた。

(甘淑《カンシュク》、甘淑《カンシュク》、どこかにこの男の情報はないかしら？)

もう一度、目の前にいる美形の宦官《かんがん》に関する情報を検索してみる。ひとつの情報が暁蕾《シャオレイ》の頭に浮かんで来た。それは皇城《こうじょう》の役人が作成した覚書《おぼえがき》だった。

『甘淑《カンシュク》、律令格式を熟知しており詭弁《きべん》を弄《ろう》するので注意。悪魔のごとき舌を持ち、相手を言い負かす』

何となくこの男が送り込まれてきた理由がわかってきた。この男――甘淑《カンシュク》は交渉の専門家なのだ。特殊な性癖はあるもののおそらくは宦官《かんがん》の中で、いや溏《とう》帝国で一番口がうまい男なのかもしれない。董艶《トウエン》妃の反応から見て、甘淑《カンシュク》のようなタイプは苦手なのだろう。毒を持って毒を制す。おそらく木偶《もくぐう》事件で暁蕾《シャオレイ》が占い師の正体を見破ったことを聞きつけた董艶《トウエン》妃が、面白い見せ物として、甘淑《カンシュク》と対決させることを思いついたのではないか？　暁蕾《シャオレイ》はそう考えた。

「ご褒美をいただけますか？」

甘淑《カンシュク》は董艶《トウエン》妃を上目遣《うわめづか》いで見上げると甘えた声で言った。

「董艶《トウエン》様のお望みとあらば、この甘淑《カンシュク》。この娘を全力で打ちまかしましょう。ですが、ご褒美があればもっともっと力が湧《わ》くのです！」

「何が望みじゃ？」

董艶《トウエン》妃は甘淑《カンシュク》の方に視線を向けることもなく、吐き捨てるように言った。

「決まっておりまする～っ。炎陽宮《えんようきゅう》に必要ない武器の類《たぐ》いではなく、我々が董艶《トウエン》様にご提供できる品をご注文くださることです」

甘淑《カンシュク》が発する言葉は妙な節回しに乗せられており、聞いていると変な気持ちにさせられる。さすがの董艶《トウエン》妃も調子を狂わせてしまうのかもしれないと暁蕾《シャオレイ》は思った。

「もうよい、お前の望む通りにしてやる」

董艶《トウエン》妃はこれ以上耐えられないというように片手をあげて制した。

「さてと、董艶《トウエン》様のお許しも出たことだしやるとするか。それで……俺に何が聞きたい？　小娘」

満面の笑みから一瞬で無表情に戻った甘淑《カンシュク》が暁蕾《シャオレイ》に尋ねる。

そうだ、まずは質問を考えなければならない。死んだ骸骨男が宦官《かんがん》であったのは間違いない。ならば空き家で起こった事件について甘淑《カンシュク》が知っている可能性は高いだろう。だが、今日の前には骸骨男が購入したふたつの品物が並べられている。まずはこの品物について聞くべきか。暁蕾《シャオレイ》は考えをまとめていく。

「この香炉と銀盒《ぎんごう》は私が宦官《かんがん》の方に売ったものです。ご存知でしたか？」

「もちろん知ってるさ。お前が相場よりも安く売ってこいつは闇の市場で高く売るつもりだった。そして死んだ。お前は人助けのつもりでやったことかもしれないが、結果的に悪事に利用された。責任を感じるだろう？」

広間にざわざわとしたどよめきが広がる。甘淑《カンシュク》が「知らない」と否定するだろうと思っていた暁蕾《シャオレイ》は虚をつかれた。

「今、甘淑《カンシュク》様は『売るつもりだった』とおっしゃいました。死んだ宦官《かんがん》がやろうとしていたことは彼と彼からそのことを聞いた人間しか知らないはずです。あなたは彼とお知り合いだったのですか？」

「はっはーっ、小娘。お前は俺が死んだ宦官《かんがん》と仲間だったのかと聞きたいのだろう？　ないな、ないない。そいつはもともと掖庭《えきてい》に目をつけられていたワルだ。俺はこう見えても上位の宦官《かんがん》だからな。掖庭《えきてい》から情報は入ってるんだよ」

まさに『ああ言えばこう言う』で即座に言い返してくる。まことにうっとうしい。もしかしたら自分も相手にこう思われているのではないか？　暁蕾《シャオレイ》は少しだけ反省の気持ちを感じていた。

「この商品を買った宦官《かんがん》は殺されたのだと、私は考えています。甘淑《カンシュク》様はどう思われますか？」

暁蕾《シャオレイ》は少しだけ切り込んでいくことにした。甘淑《カンシュク》の赤い唇が歪んだ。

「ほう、物騒なことを言う娘だ。俺の意見を聞く前にお前がそう考える根拠を言ってみよ」

秀英《シュイン》の部下は骸骨男の検視をした結果、薬物中毒で死んだと結論づけた。宦官《かんがん》の捜査機関である掖庭《えきてい》も同じ結論に達したはずだ。暁蕾《シャオレイ》が殺害説をとる理由はふたつあった。

まずひとつ目は、空き家から薬物やその痕跡が見つからなかったことだ、もし骸骨男が自分で所有している薬物を飲んで死んだのなら残りの薬物やその入れ物が見つかるはずだ。そしてもうひとつは男が持っていたはずのふたつの品物がなくなっていたことだ。現場には慈善販売会の籠だけが残されていた。

薬物も品物も誰かが持ち去った可能性が高い。骸骨男以外の誰かがあの空き家にいたのだ。そしてその誰かが骸骨男に薬物を飲ませて殺したのではないか。

「ある方から得た情報によると、宦官《かんがん》の死因は薬物中毒とのことです。そして現場からその薬物や入れ物は見つからなかったのです。また今ここにあるふたつの品物も現場からなくなっていました。宦官《かんがん》に薬物を飲ませて殺害した人物が持ち去ったと考えるのが自然ではないでしょうか？」

秀英《シュイン》の名前こそ出さなかったが、空き家を最初に捜索したのは御史台《ぎょしだい》だ。暁蕾《シャオレイ》には自分の発言が、自分と御史台《ぎょしだい》がつながっていることを認めた危険なものだという自覚があった。

甘淑《カンシュク》の目が細められた。瞳に動揺の色は浮かんでいないが、口の端がわずかに上がったように見えた。

「おいおい、お前はどこからそれらの情報を得たのだ？　ははーん。御史大夫《ぎょしたいふ》だな？　お前あいつの女だろ？」

（あいつの女ですって！）

暁蕾《シャオレイ》は顔がかっと熱くなるのを感じた。暁蕾《シャオレイ》が黙っていると、甘淑《カンシュク》はニヤニヤと嫌らしい笑みを浮かべた。

「御史大夫《ぎょしたいふ》、胡《フー》 秀英《シュイン》。堅物で有名なあいつが情報を漏らすとは思えんが、あいつも男だからな。しかしもしそうならあいつの女の趣味は……なんというか……フフッ」

そう言って甘淑《カンシュク》は暁蕾《シャオレイ》の全身を舐《な》め回すように見てくる。暁蕾《シャオレイ》は思わず身震いした。広間には再びヒソヒソ話が広がりつつあった。

「嘘《うそ》でしょ。御史大夫様《ぎょしたいふ》があんな娘を相手にされるはずないわ」

「そうよ、あんな冴《さ》えない娘が御史大夫様《ぎょしたいふ》と釣り合うわけないのにね」

嫉妬《しっと》とあざけりがないまぜになった言葉がいやでも聞こえてくる。気がつくと暁蕾《シャオレイ》は懐《ふところ》に忍ばせている魚符《ぎょふ》に手を当てていた。秀英《シュイン》と自分はそんな関係ではない。秀英《シュイン》は自分のことを仮の妹だと言ったのだ。

それでも甘淑《カンシュク》から「御史大夫《ぎょしたいふ》の女」と言われた時に感じたこそばゆいような気持ちは否定できない。決してイヤではなかったのだ。

（ダメよ！　それこそが甘淑《カンシュク》の狙いに違いないわ）

暁蕾《シャオレイ》は心の中で頭を振り、邪念を振り払う。

「何のお話でしょう？　御史大夫様《ぎょしたいふ》が私のような下賤《げせん》の女官を相手にされるはずがありません。それよりも私は自分の考えをお伝え致しました。次は甘淑様《カンシュク》のお考えをお聞かせください」

「聞きたいか？　小娘ぇーっ」

もったいぶる甘淑《カンシュク》にムカッとしてくる。

「ぜひお聞かせください」

「人が殺された場合、まずいちばんに疑う必要があるのは誰だ?」

こちらの質問に対して質問で返してくるあたりめんどくさいことこの上ない。暁蕾《シャオレイ》は気持ちを落ち着かせるために深呼吸をする。

「被害者の身内、知り合いでしょう」

「無難な答えだ。つまらんつまらん」

甘淑《カンシュク》は目の前に置かれた机に両手をつくと前のめりになった。

「普通に生活していて殺されたのなら、それもあるやもしれん。だが、奴《やつ》は空き家で死んだのだ。普段人気《ひとけ》のない場所だ。いるかどうかわからない第三者を疑うよりもやることがあるであろう?」

甘淑《カンシュク》の言いたいことは暁蕾《シャオレイ》にはよくわかった。骸骨男を追って狭い路地へ入り込んだ暁蕾《シャオレイ》が空き家に向かうのを止めたのは誰だ。突然現れた秀英《シュイン》だ。狐のお面を被った秀英《シュイン》は少し強引《ごういん》すぎではなかったか?

秀英《シュイン》と御史台《ぎょしだい》の役人達が空き家へ突入していった後、いったい何が起こったのか?　その真相を知っているのもまた秀英《シュイン》とその部下達だけなのだ。

「第一発見者を疑えとおっしゃるのですね?」

「いいことを教えてやる。お前は無意識のうちにその可能性を排除した。なぜだかわかるか?」

暁蕾《シャオレイ》が黙っていると、甘淑《カンシュク》はそのまま続ける。

「お前は自分の見たいものしか見ようとしないからだ。董艶《トウエン》様の靴を咥える俺を見てお前は可哀想《かわいそう》だと思った。おそらく卑しい宦官《かんがん》であっても自分が救わねばならぬ、とでも考えたのだろう。あの靴はいったい何であったか？　あの靴は董艶《トウエン》様の『愛』なのだ。おお、いけない、いけない、宦官《かんがん》の分際でまたもや『愛』を語ってしまった」

甘淑《カンシュク》はチラリと董艶《トウエン》妃へ目をやるが、反応はない。

「俺は董艶《トウエン》様とふたりきりで話をすることが許されておらぬのだ。もしあの靴を咥えたまま董艶《トウエン》様の側まで行くことができたら、靴を履かせて差し上げることができたら、ふたりだけの会話を交わすことができたやもしれん。お前はその機会を奪ったのだ」

今度は暁蕾《シャオレイ》が董艶《トウエン》妃へ目を向ける番だった。甘淑《カンシュク》が今言ったことの真偽を確かめたかったからだ。董艶《トウエン》妃はいつの間にか団扇《うちわ》で顔を隠していた。これでは表情を読み取ることができない。

だがもし、甘淑《カンシュク》が言うように彼が董艶《トウエン》妃へ靴を履かせる間、董艶《トウエン》妃が顔を団扇で覆っていたのなら、周囲に悟られずに言葉を交わせたかもしれないと暁蕾《シャオレイ》は思った。

「そんな……」

口を開きかける暁蕾《シャオレイ》に構わず甘淑《カンシュク》は言葉を続ける。

「お前が御史大夫《ぎょしたいふ》を疑わないのはなぜか？　お前のなかに、御史大夫《ぎょしたいふ》は善であり宦官《かんがん》は悪であるという考えがあるからだ。もし死体を発見したのが我々、宦官《かんがん》であったならお前は真っ先に犯人として疑ったであろう……」

甘淑《カンシュク》はそこで一旦、言葉を切る。やがて、暁蕾《シャオレイ》にねめつけるような視線を送りながらゆっくりと言った。

「それを偏見《へんけん》という」

偏見、偏見……、甘淑《カンシュク》の発した言葉が暁蕾《シャオレイ》の頭のなかをぐるぐると回る。誰もが平等に幸せになることができる公平な世の中をつくる。そのためにはまず自分自身が他人を公平に扱わないとならないはずだ。それなのに……。

後宮へ送り出してくれた、父さん、母さん、学問を教えている近所の子供達。いろいろな顔が浮かんでは消える。

「ごめんね、みんな」

暁蕾《シャオレイ》はゆっくりと腰を落とすと床に片膝をついた。拳を突き出すと拱手《きょうしゅ》の礼をとる。

「失礼致しました。甘淑《カンシュク》様。あなたのおっしゃる通りです。私は自らの目で物事を判断できるようになろうと、様々な書物を読み学んでまいりました。ところが知識を得たことで知らず知らずのうちに慢心していたようです。いらぬ駆け引きはもうやめましょう。甘淑《カンシュク》様が董艶《トウエン》様へお伝えされようとした話、私へお聞かせいただけますでしょうか。私から董艶《トウエン》様へお伝え致します」

甘淑《カンシュク》の顔に勝ち誇ったような笑みが広がっていく。

「もう降参かぁー。小娘ぇー。まだ何も明らかになってないぞ」

暁蕾《シャオレイ》は黙ってうつむいている。

「董艶《トウエン》様ぁ～っ。この通り小娘は降参致しました。ご褒美をいただけますかぁー」

董艶《トウエン》妃は、団扇で顔を覆ったまま微動だにしない。

「あっ、そうだ！」

不意に暁蕾《シャオレイ》が顔を上げて叫んだ。

「ここにあるふたつの品についてですが……」

甘淑《カンシュク》は急に喋り出した暁蕾《シャオレイ》を鬱陶しそうな目で見下ろした。

「私は慈善販売会で売る値段をつけるのにとても悩んだのです。ですので闇の市場でどれほどの値段で売られていたのかとても気になります。甘淑《カンシュク》様、ぜひともお教えください」

「お前はいくらの値段をつけたのだ？」

「香炉が30貫、銀盒《ぎんごう》が25貫です」

甘淑《カンシュク》はフンと鼻を鳴らした。

「さあな、小娘ぇーっ。俺は死んだ宦官《かんがん》がそれらの品を高値で売ろうとしていたことは知っておるが、いくらで売られておったのかは知らん。どうせ俺に答えさせて、どうして知っているのですかーっなどと揚げ足を取ろうと思ったんだろう。そんな手には乗らんぞ」

「そうですか。甘淑《カンシュク》様が売るように命じられたのではないのですね？」

暁蕾《シャオレイ》はなんでもないことのように軽い調子で言った。暁蕾《シャオレイ》の言葉に甘淑《カンシュク》はポカンと口を開けたがみるみると眉が吊り上がっていった。それはそうだろう、偏見を持っていましたごめんなさいと言ったばかりなのに、またしても偏見まみれの言葉を吐いたのだから。

「全然反省してねーなー！　この偏見まみれのドブネズミがぁー！」

憎悪のこもった瞳を暁蕾《シャオレイ》に向けながら甘淑《カンシュク》は叫んだ。

「30貫？　25貫？　どうでもいいねーっ！　お前は翠蘭《スイラン》様の品を売って小銭稼ぎしただけだろーっ。庶民の金を巻き上げて何が慈善だ。迷惑なんだよ。見たこともない品で小銭稼ぎしましたかーって、濡《ぬ》れ衣《ぎぬ》を着せようとしやがって」

「――見たことがない？」

暁蕾《シャオレイ》の顔から表情が消える。すぅーっと立ち上がった暁蕾《シャオレイ》は董艶《トウエン》妃の方へ向き直った。

「董艶《トウエン》様、お願いがあります。私の作業部屋から持ってきてもらいたいものがあるのです！　部屋にいる玲玲《リンリン》という女官に手紙を書かせてください」

「よかろう。準備してやれ」

団扇越しに董艶《トウエン》妃の声が聞こえた。すぐさま紙と筆が用意され、暁蕾《シャオレイ》の目の前に置かれた。暁蕾《シャオレイ》は筆を持つとサラサラと文章をしたためる。女官が暁蕾《シャオレイ》から手紙を受け取ると広間を出ていった。

「董艶《トウエン》様〜っ、この娘は一旦私に降参するようなことを言いながらこのような悪あがきをするとは納得いきませせぬぞ」

「なんじゃ？　お前の舌にかかれば小娘の浅知恵なぞ怖くはなかろうと思うたが違うのか？」

「もちろん怖くなぞございません。大丈夫です。お任せくだされ〜。ただ、くれぐれもご褒美のことお忘れにならないでくださいね？」

「くどいぞ！　そこの椅子に座って大人しくしておれ」

甘淑《カンシュク》は董艶《トウエン》妃と話せたことがうれしかったらしく、上機嫌で椅子に腰掛けた。暁蕾《シャオレイ》も机を挟んだ向かい側の椅子に腰掛ける。作業部屋へ向かった女官が帰ってくるまで少し時間があった。広間に集まった女官達から暁蕾《シャオレイ》への非難の声が聞こえてきた。

「何をするつもりなのかしら。董艶《トウエン》様を待たせるなんて図々しいったらありゃしない」

「甘淑《カンシュク》様に言い負かされたくせに、往生際が悪い娘ね」

暁蕾《シャオレイ》は自分が持っていた偏見については素直に反省していた。その上でこれが偏見でないことを証明せねばならないと感じていた。広間の扉が開き木の箱を持った女官が入ってきた。

「玲玲《リンリン》という女官からこの箱を預かってまいりました」

「暁蕾《シャオレイ》、受け取って中身を確かめるがよい」

菫艶《トウエン》妃の言葉に促《うなが》されて、暁蕾《シャオレイ》は箱の蓋を開けて中身を取り出した。銀でできた円筒《えんとう》の入れ物、木製の小さな刷毛《はけ》、磨かれた水晶、絹の手袋、必要なものは全《すべ》て揃《そろ》っている。

「皆様、お待たせ致しました。始めます」

まず、暁蕾《シャオレイ》は絹の手袋を両手にはめる。それから目の前にあるふたつの品、香炉と銀盒《ぎんごう》をそっと持ち上げると自分の手元に引き寄せた。次に円筒形の入れ物の蓋を取った。刷毛の先を入れ物のなかに突っ込んでから引き出すと刷毛の先に白い粉が付着しているのが見えた。

暁蕾《シャオレイ》は刷毛でふたつの品の表面を優しく撫で始めた。品物の表面に白い紋様が浮かび上がる。目の前の少し離れた場所から甘淑《カンシュク》が何事かと睨《にら》み付けている。広間にいる誰もが暁蕾《シャオレイ》が何をしようとしているのか理解できていない様子であった。

「これらの品を菫艶《トウエン》様にもご覧になっていただきたいのです」

「よいぞ、お前が持ってまいれ」

菫艶《トウエン》妃の言葉で取手のついたお盆が用意された。暁蕾《シャオレイ》は慎重な手付きでふたつの品を盆に乗せると菫艶《トウエン》妃が腰かけている長椅子の前まで進み出た。長椅子の前に用意された机に盆を載せると片膝をつく。優雅な所作で菫艶《トウエン》妃は立ち上がると盆に顔を近付けた。

「それで浮き上がっておるこの紋様はなんじゃ？」

「それは人の指先にある紋様でございます」

「指の紋様じゃと？」

菫艶《トウエン》妃はさらに顔を近づけて目を細めた。

「確かにそれっぽく見えんこともないが、小さくてよく見えんのぉー」

「ではこちらの水晶をお使いください」

暁蕾《シャオレイ》は中央部が膨らんだ透明な水晶を差し出す。まるで董艶《トウエン》妃の反応を予測していたかのような素早さであった。

「この水晶は何じゃ？」

「放大鏡《ファンダージン》です。かざすと小さいものが大きく見えます。こうやって二つの指でつまみ拡大したい部分にあてて調整するのです」

暁蕾《シャオレイ》から使い方を教わった董艶《トウエン》妃は、水晶を香炉の表面に近づけたり、遠ざけたりしながらよく見えるように調整し始めた。

「ほう、これはよいな。ほうほう、よく見えるぞ！」

「その香炉の表面には、香炉を素手で触った人間の指の紋様がベタベタとついているのです」

「何だか汚いのう。もっと我が宮の備品も綺麗に拭かせねばならん。まあよい、説明を続けよ」

「かしこまりした。重要なのはその紋様が人によって必ず違う紋様になるということです。また紋様は生まれてから生涯変わることがないのです。つまり、その紋様が誰の紋様かわかれば、誰がその香炉を触ったのかわかるということなのです」

暁蕾《シャオレイ》はここで一旦言葉を切り、甘淑《カンシュク》の方を見る。甘淑《カンシュク》は相変わらず憎悪に満ちた目で暁蕾《シャオレイ》の方を睨みつけていたが、瞳にともる光がわずかに揺らいでいるのがわかった。

「董艶《トウエン》様、大変おそれ多いのですが、先ほど甘淑《カンシュク》様が口で咥えた靴をお貸しいただけるでしょうか？」

「控えよ！　董艶《トウエン》様に失礼であるぞ」

董艶《トウエン》妃のかたわらに控える侍女が叱りつけるように声を上げるが、董艶《トウエン》妃はそれを手で制した。

「ほう、お前が何をしたいのかわかってきたぞ。面白い、試すがよい。靴を脱がせよ」

侍女がひざまずいて董艶《トウエン》妃の靴に手を伸ばそうとする。

「お待ちください！　それでは侍女の方の紋様がついてしまいます。私が承ります」

「おお、そうであったな。では暁蕾《シャオレイ》、お前が受け取るがよい」

衣装の端から形のよい脚が持ち上げられて先ほどの靴が姿を現す。金メッキの施された香炉と違い、靴は動物の革でできている。光沢のある凹凸の少ない素材ではあるものの、何ヶ所か刺繍が施されており紋様はつきにくいはずだ。暁蕾《シャオレイ》は不安を感じた。

甘淑《カンシュク》が口に咥えた靴を董艶《トウエン》妃はそのまま履いた。侍女が靴を拭いたり、別の靴に履き替えたりしなかったのは、おそらく自分の力を見せつけるための一連の流れを途切れさせたくなかったのだろう。そういった意味で運は自分に向いている、暁蕾《シャオレイ》はそう自分に言い聞かせた。

（お願い、ちゃんとついていて）

絹の手袋をした手で慎重に靴を脱がせる。董艶《トウエン》妃の足から何ともいえない甘い香りが漂ってきた。無事に靴を脱がせることに成功して盆にそっと置く。すぐさま侍女が董艶《トウエン》妃のもう片足の靴を脱がせると両足に別の靴を履かせた。刷毛をもう一度、筒のなかに入れて白い粉をつけると、董艶《トウエン》妃の靴を慎重に撫でた。

靴の側面に紋様が浮かび上がった。成功だ。香炉と違い、紋様の数が少ない。これなら判別は容易そうだと暁蕾《シャオレイ》は安堵《あんど》した。

「董艶《トウエン》様、水晶を御返しいただけますでしょうか？」

「その白い粉はどういうものなのじゃ？」

暁蕾《シャオレイ》に水晶を返しながら董艶《トウエン》妃が尋ねた。

「これは明礬《みょうばん》（※）といわれる石の粉です」

暁蕾《シャオレイ》は、慈善販売会を開催するにあたってあることをとても恐れていた。それは商品の盗難だ。万が一盗まれた場合のことを考えて対処法をいろいろ考えた。

そのひとつが指の紋様を使って盗品であることを証明すること、そして犯人を特定することだった。この手法は遥か西方の国からごく最近伝わったものである。溏《とう》帝国においても知っているものはほとんどいない最先端の技術であった。

幸い明礬《みょうばん》は溏《とう》帝国で染料として使われていたため、青鈴《チンリン》に頼んで入手してもらった。水晶については暁蕾《シャオレイ》が文書の細かい字を見るときに使っていたものだ。

「石とな？　不思議な石もあるものじゃ」

董艶《トウエン》妃は感心したように言った。暁蕾《シャオレイ》は靴についた指の紋様を水晶で観察した。ふたつの紋様がついている。貴妃は自らの身の安全のため身に着けるものは特定の侍女にしか触らせない。したがって靴についている紋様のひとつはその侍女のものだ。そしてもうひとつは先ほど靴を触った甘淑《カンシュク》のものとなる。

「董艶《トウエン》様、ひとつ質問させていただいてよろしいでしょうか？」

「よいぞ、何なりと聞くがよい」

「董艶《トウエン》様に靴を履かせた侍女は、こちらにあるふたつの品に触れてはおりませんね？」

（※）アルミニウムを含む化合物のこと

「わらわの靴を担当する侍女とそれらの品を取り扱った侍女は違う侍女じゃ」

董艶《トウエン》妃の答えを聞いて暁蕾《シャオレイ》は小さくうなずいた。

「ありがとうございます。これで甘淑《カンシュク》様ともう一度話ができます」

暁蕾《シャオレイ》は、香炉と銀盒《ぎんごう》、それから董艶《トウエン》妃の靴、水晶が載ったお盆を持って再び広間中央の机に向かう。

「ずいぶんと待たせてくれたな、小娘」

机の向こう側には苛立たしげな様子の甘淑《カンシュク》がいた。

「申し訳ありません、甘淑《カンシュク》様。あなた様のおっしゃる通り私は宦官《かんがん》の皆様に対して偏見を持っておりました。偏見をなくすために必要なものはなにか？　それは客観的な事実でございます」

甘淑《カンシュク》は黙って暁蕾《シャオレイ》を睨み付けている。ただその額にはうっすらと汗がにじんでいた。

「さて甘淑《カンシュク》様、こちらにある董艶《トウエン》様の靴に明礬《みょうばん》をふりかけましたところ、ふたりの人物の指の紋様が浮かび上がりました」

暁蕾《シャオレイ》は手のひらで靴を指し示す。

「ひとつは、董艶《トウエン》様の侍女のもの、そしてもうひとつはあなた様のものです」

甘淑《カンシュク》の眉間にシワが寄る。

「さっきから黙って聞いていれば、指の紋様だー？　そんなものが何になる？　そもそもそんな紋様の話なぞ聞いたことがねーなー」

「ご自分の指の紋様をご覧になったことはありませんか？　ここまでハッキリとではなくても汚れた指で何かを触った時に指の跡が付いたことがあるはずです」

「俺はなー綺麗好きなんだよ。汚れた指で何かに触れることなんぞないね」

甘淑《カンシュク》の声は広間によく響く。しかも甘淑《カンシュク》は宦官《かんがん》の中でも一、二を争うほどの美貌の持ち主だ。平凡な容姿の宦官《かんがん》がこのような粗暴な言動をすれば幼稚な人間として嫌われるのだが、甘淑《カンシュク》の場合は容姿と言動のずれが魅力的に思えてくるから不思議だ。

おそらく甘淑《カンシュク》は自分が他人からどう見えるのか徹底的に研究しているのだろうと暁蕾《シャオレイ》は思った。顔の表情の作り方、声の調子、仕草、その全てが計算されており訓練されている。

「甘淑様《カンシュク》！　その生意気な娘をやっつけて！」

「董艶様《トウエン》も甘淑様《カンシュク》を試しておられるのに違いないわ」

（おい、おい、この宦官《かんがん》はさっきまで董艶様《トウエン》の靴を犬のように咥えていたんだけど）

目先の展開で簡単に心が動かされてしまう女官達に暁蕾《シャオレイ》はあきれるほかない。

「静まれ！」

董艶妃《トウエン》の声だった。ざわざわとしていた広間が一瞬で静かになる。

「暁蕾《シャオレイ》、続けよ」

董艶妃《トウエン》の助け舟に乗って話を再開する。

「皆さん、ご自分の指をよくご覧ください。渦《うず》のような紋様が刻まれていませんか？」

女官達の一部は自分の指先をまじまじと眺める。そんなこと知っているとばかりに鬱陶《うっとう》しそうな視線を向けてくるものもいる。

「この紋様は人によって形が違うのです。たとえ双子であろうと必ず違う紋様なのです。皆さんお一人お一人必ず違う模様、皆さんの個性なのです」

何人かの女官が、ほうーとうなずくのが見えた。少しでも反応があれば上々といえる。

「ごく最近のことですが、遥か西方の異国よりある技法が伝えられました。その技法とは、人が触れてついた指の紋様を誰のものか判別できるようにするというものです。先ほど甘淑《カンシュク》様にお伝えしましたように墨などが指について何か白いものに触れてしまえば指の紋様は付きます。ただそれでは指の紋様はつぶれてしまい判読困難な場合が多いでしょう。では指に何も付いていないときには触れたものに紋様は付かないのでしょうか？」

暁蕾《シャオレイ》はここで一旦言葉を切る。先ほどより多くの女官が興味深そうに耳を傾けている。

「実は目には見えなくても触れたものに指の紋様が付いているのです。なぜなら皆さんの指先には普段から少しの油がついているからです。皆さんが無意識に髪の毛や顔に触れたときに油分がついているのです。この油が触れたものに指の紋様となって跡を付けているのです」

「まてまて、小娘ーっ！　油だとー。指に油など付いていたら滑ってしまうだろうが。適当なことを言うな」

甘淑《カンシュク》が芝居がかった声音で反論する。

「今から、皆さんにもご覧いただきます！」

暁蕾《シャオレイ》は大きな声で呼びかける。急いで刷毛を取り上げて筒に突っ込み白い粉を付けた。目の前にあるふたつの品のうちまだ粉がついていない方、金メッキの銀盒《ぎんごう》の表面を刷毛でなぞった。いくつもの紋様が白く浮かび上がった。だが銀盒《ぎんごう》は小さな円形の化粧箱であり離れている女官達には見えないだろう。

「董艶《トウエン》様、蠟燭を消して部屋を暗くしていただけますか？　全部消すと危ないので薄暗くなる程度で大丈夫です」

「言われた通りにしてやれ」

広間を明るく照らしていた、たくさんの蠟燭のうち半分程度が吹き消された。同時に暁蕾《シャオレイ》は香炉と銀盒《ぎんごう》をそれぞれ片手に持つと頭上に高く掲げた。

広間が一気に暗くなり、女官の息をのむ声が聞こえた。暗くなったことによる不安の声と共に目の前の光景に驚いた声も混ざっていた。香炉と銀盒《ぎんごう》の表面には黄緑色の点がいくつも浮かび上がっていた。

「何なの？　怖い」

「どんな幻術を使ったの？」

広間の女官達の間に不安と驚きがじんわりと広がっていくのが暁蕾《シャオレイ》にはわかった。まだまだこれでは弱い。仕上げに移る必要がある。お盆に香炉と銀盒《ぎんごう》、靴、拡大鏡《ファンダージン》の水晶、そして机に敷かれていた綿麻《めんあさ》の敷物を載せる。

「誰か、足元を照らしてくださりますか？」

反応はない。暗闇《くらやみ》をひとりで進むしかない、そう思った時、背後から蠟燭が差し出され足元が照らされた。驚いて背後を振り向くと細く鋭い目が暁蕾《シャオレイ》に向けられていた。背の高い飾り気のない顔の女官、いつも炎陽宮《えんようきゅう》の門で暁蕾《シャオレイ》を出迎えてくれる侍女だった。

「さあ参りましょう」

「え、あ、ありがとう」

（董艶《トウエン》妃から指示されたのかな？　いや今はそんなことどうでもいい、助かったわ）

暁蕾《シャオレイ》は、女官に足元を照らしてもらいながら広間の中央から壁に沿って立っている女官達のもとへ歩を進める。最初から反応の良かった女官を選んで声をかけた。

「さあ、ご自分の目でご覧になってください。この水晶を使えばより大きくして見ることができます。まずやってみましょう！　お盆を持っていただけますか？」

女官にお盆を預けると自由になった両手を使って水晶の使い方を実演してみせる。

「うわーっ、すごーい！　大きくはっきり見えるわ！」

女官は興奮して歓声を上げた。

「さあ、この布を頭から被って光を遮《さえぎ》りましょう。もっともっとよく見えますよ！　品物には触れないでくださいね。紋様が消えてしまうので」

暁蕾《シャオレイ》はお盆から綿麻の布をとると広げて指名した女官の頭に覆い被《かぶ》せた。補助役の女官に布の端を持っておいてくれと指示すると、受け取ったお盆を持って布の下に潜り込む。光は遮断され暗闇が女官と暁蕾《シャオレイ》を包み込んだ。香炉、銀盒《ぎんごう》、靴、それらについている指の紋様がぼんやりとした光を放って浮かび上がった。

「この白い粉には、光を放つ粉も混ぜられているのです。このように暗い場所だと浮かび上がります」

ふたりして頭からすっぽりと布を被っているので、いわばふたりだけの世界である。目の前にはボンヤリと浮かび上がる紋様があり、幻想的な雰囲気となっていた。

「すごーい！　不思議だわー！」

最初から興味を持っていた女官だけあって上々の反応だ。

「さあ、この水晶でよく見てください」

「うん、確かに渦のようにぐるぐるしているけど形が違うわね」

「靴についている紋様をよく見てください」

「どれどれ、うーんよくわからないけど、ふたつの種類があるような気がするわ」

女官の興奮が冷めないうちに強い印象をつける必要がある。暁蕾《シャオレイ》は冷静に女官の反応を観察する。

「では、香炉に同じ紋様がないか探してみてください。間違い探しですよ！」

女官は同じ紋様を必死になって探している。

「見つけた！　ここよ、ここに同じ紋様があるわ！」

「さすがです。品物に触れないように教えてください」

暁蕾《シャオレイ》は女官から水晶を受け取ると女官が指し示す紋様を確認する。靴と香炉を交互に見ると確かに同じ紋様がある。品物に何か印を付けておきたいところだが方法がない。暁蕾《シャオレイ》は紋様の形とついた場所を記憶する。

（あまり時間をかけられないわ。紋様の跡が崩れてしまう可能性がある）

「ありがとうございました。他の方にも見てもらいましょう、協力していただけますか？」

風を起こさないように注意しながら被った布を取り払う。

「見つけたわ。同じ紋様があったの！　みんなも見た方がいいわよ」

女官が興奮して周りの同僚達に向けて叫んだ。

いつの間にか暁蕾《シャオレイ》と女官の周りには興味を持った他の女官が集まっている。

「次は私が見るわ！」

「いいえ、私に見せなさいよ！」

次はあまり反応が良くなかった女官に見てもらう必要がある。周りに影響を与えるのは予想される結果ではなく、大きな変化が起こった場合だからだ。そのことを暁蕾《シャオレイ》はよく知っている。

「皆さんには後で順番に見てもらいます。とりあえず先にあとひとり見ていただきます」

暁蕾《シャオレイ》達を取り囲んでいる女官達の輪の一番外に、気になる女官がいた。暁蕾《シャオレイ》が指の紋様を読み取る実演を開始してからずっと不機嫌そうに顔をしかめている。

「あんなのインチキに決まっているじゃない。バカみたい」

周りの女官達に否定的な言葉を吐いていたのを暁蕾《シャオレイ》は見逃さなかった。それでも野次馬根性で取り囲んでいる女官達の輪に加わっているのは仲間はずれが怖いからだ。後宮において孤立するのはそれほどに恐ろしいことなのだ。北宮《ほくぐう》の女官達が南宮《なんぐう》の女官達を差別するのはちゃんと理由がある。差別する対象をあえて作ることで自分達がすぐれた集団の一員であることを確認するのだ。

「そちらの方、代表でご覧ください！」

暁蕾《シャオレイ》は、あえて否定的な態度の女官を指名した。周囲の視線が一斉にその女官に集まった。

「いや、私は……その」

暁蕾《シャオレイ》は明らかに戸惑っている女官のもとにお盆を持って近寄る。

「あんたも見た方がいいよ。私、同じ紋様を見つけちゃった」

最初に紋様を見た女官が煽《あお》るように言った。

「早く見なよ！　みんな待ってるんだから」

「そうだよ。あんたの意見を教えてよ。あんた、いつもは自分の意見をはっきり言うじゃん」

ここぞとばかりに女官がはやし立てる。普段、毒舌を吐いて敵を作っているのかもしれない。

「わかった……見るわ。どうすればいいの？」

暁蕾《シャオレイ》と反応の悪い女官の頭へ布を被せた。

女官の言葉を待っていたかのように、補佐役の女官が、暁蕾《シャオレイ》と女官はお盆を挟んで向かい合う。

暗闇の中で、暁蕾《シャオレイ》と女官はお盆を挟んで向かい合う。

「なんで私を指名するのよ。本当に迷惑だわ。このインチキ女」

「それはあなた様が公平な目を持った優秀な方だからです」

「南宮《なんぐう》の女官ごときに何がわかるっていうの。本当に生意気ね」

「本当に董艶《トウエン》様を守ることができるのは、あなたのような真っ直ぐな方です。さあ、これでご覧ください」

言葉とは裏腹に女官は水晶を受け取ると、靴とふたつの品についた指の紋様をじっくりと観察し始めた。

「董艶《トウエン》様はあなたを信用しているように見える、それは確か。でも甘淑《カンシュク》様も董艶《トウエン》様を喜ばせようと本心から動いているように見えるのも事実だわ。だから私は自分の見たものを信じる。あんたは私が他の女官に流されて同じ意見を言うと思っているらしいけど、バカにしないで」

女官が紋様を見比べている間、暁蕾《シャオレイ》は何も言わなかった。

「もういいわ、布から出して」

女官は布から顔を出すとふっーっと嘆息した。

「ねえ、どうだった？　同じ紋様あったの？」

「見つかったの？　見つからなかったの？」

取り囲んだ女官が口々に聞いた。

「……正直、わからない」

女官は首を横に振った。

「えーっ」

失望の声が上がる。

「でも……とてもよく似た紋様はあったと思う」

女官の表情はなぜか晴れ晴れとしていた。

「残念だったわね。あんたの味方はできないわ」

女官は暁蕾《シャオレイ》に言った。周りの意見に流されず自分の考えを言えたことで気分がスッキリしたのだろう。

「いえ、大変助かりました。ありがとうございます」

暁蕾《シャオレイ》は思った通りのことを言葉にした。

「皆さん、今ふたりの方に見ていただいた結果、この靴と品物に同じ紋様が付いている可能性が高まりました。そしてこの靴に触れたのは、董艶《トウエン》様の靴を担当する侍女の方、――そして甘淑《カンシュク》様だけなのです！」

広間内にざわめきが広がっていく。

「え？　どういうこと？」

「まさか、甘淑《カンシュク》様が？」

暁蕾《シャオレイ》の目は暗がりにだいぶ慣れてきたところだったので、甘淑《カンシュク》も自分達を取り囲む輪の中まで入っているのを見逃さなかった。

「さあ、甘淑《カンシュク》様、あなたの番ですよ！　こちらへどうぞ」

ちょうど明かりの陰になっているので甘淑《カンシュク》の表情は読み取れなかった。ただ重たい足取りながら甘淑《カンシュク》は暁蕾《シャオレイ》の正面までやってきた。

「さっさとしろ。小娘」

そう言うと甘淑《カンシュク》は自ら麻布を被る。暁蕾《シャオレイ》との身長差があるため少し入りにくかったが、女官達が手伝ってくれたのでちょうどいい空間となった。

「どういうつもりだ？　小娘。こんなことをしてお前に何の得がある？」

布に覆われているので小声で話せば、外に会話の内容が漏れることはないだろう。甘淑《カンシュク》の言葉遣いは明らかに変化している。

「まずはご覧ください。甘淑《カンシュク》様。ご自分の紋様を」

暁蕾《シャオレイ》が差し出した水晶を受け取ると甘淑《カンシュク》は、靴とふたつの品物を見比べ始めた。暁蕾《シャオレイ》の持つ盆の高さに合わせて前屈みになっている。

「そこではありません。そうです……いや、もう少し左です」

甘淑《カンシュク》のものと思われる指の紋様がある場所を、暁蕾《シャオレイ》は完璧《かんぺき》に記憶している。自分の紋様を探して視線を彷徨《さまよ》わせる必要がないため、いやでも同じ紋様であることがわかってしまう。甘淑《カンシュク》は何も言わず、水晶を暁蕾《シャオレイ》に突き返した。

「こんなもの、今すぐ袖《そで》で拭ってしまえば消えてしまうだろう。いや今間違って触れてしまったことにしてもいい」

「そんなことをしては甘淑《カンシュク》様のお名前に傷がつくだけです。すでにふたりの女官が紋様を確認しております。今そのようなことが起こって紋様が見れなくなったとなれば、甘淑《カンシュク》様が自分の紋様がついていると認めたようなものです」

甘淑《カンシュク》は口をつぐんだ。長いまつ毛の下であやしげな瞳の色が揺れている。

「靴に付いている紋様はふたつだ。そして董艶《トウエン》様の靴に触れた侍女はここにある品物には触れていない。したがって靴と品物その両方についている紋様は俺のものであるというわけか？　よく考えたな小娘。ああ褒めてやってもいい。だがな、あくまでそれは論理的に考えて導き出された結論でしかない」

甘淑《カンシュク》が歪んだ笑みを浮かべているように暁蕾《シャオレイ》には見えた。

「もしかしたら俺の指には紋様がないのかもしれない。触れた部分にうまく紋様が付かなかったのかもしれない。そして靴と品物にはたまたま誰かの紋様が付いていたのかもしれない。何とでも言い逃れできる。論理だけでは人を納得させることはできない」

「甘淑《カンシュク》様……」

暁蕾《シャオレイ》はゆっくりと口を開いた。

「あなたの実際の指の紋様をとり見比べればいいのです」

「ふん！　誰が紋様など取らせるものか――いや待てっ！」

甘淑《カンシュク》は暁蕾《シャオレイ》がもつお盆に手を伸ばそうとした。先ほど使った水晶を素手で触っていたことに気が付いたからだ。

「水晶ならもうここにはありません。袋に入れ外の女官にお渡ししました。そして水晶はお渡しするたびに表面を綺麗に拭き取っているのです。それでも不足なら広間の中央にある机はどうでしょう。あの机は運ばれた後、女官が綺麗に拭いているのを見ました。そして甘淑《カンシュク》様、あなたは机に手をついておられた」

「汚いぞ……小娘」

甘淑《カンシュク》は絞り出すような声で言った。

「甘淑《カンシュク》様、このことを御史台《ぎょしだい》に伝えたらどうなるでしょう？　この手法はまだそれほど知られてはおりませんが、彼らは徹底的に利用して調べようとするでしょう」

「いったい何が望みだ？　小娘」

「私は事実が知りたいのです。なぜ宦官《かんがん》が殺されたのか？　そしてあなたが炎陽宮《えんようきゅう》に来た目的は何なのか？　教えていただけますか？」

甘淑《カンシュク》はしばらくして口を開いた。

「……いいだろう、教えてやる。そのかわりこの場をうまくおさめよ。俺が不利にならないようにだ。それから董艶《トウエン》様と話をさせろ、俺は董艶《トウエン》様とふたりきりで話すことができない。お前が同席して三人で話をするのだ」

「承知しました。ではお耳を貸してください」

暁蕾《シャオレイ》は屈んだ甘淑《カンシュク》の耳元に口を近づけるとコソコソと何かを説明し始めた。

「ねえねえ、麻布の下で何を話しているのかしら？」

「もー気になるーっ！　まさか何かいやらしいことをしているんじゃないでしょうね」

「ありうるわ。あの甘淑《カンシュク》様のことですもの。あの女官を口で惑わしていいなりにしてたりして、キャーー！」

周りを取り囲んだ女官達が勝手な妄想を膨らませていたちょうどその時、さっとふたりを覆っていた布が取り払われた。甘淑《カンシュク》と暁蕾《シャオレイ》は少し距離をとって向かい合っている。コホンと咳払《せきばら》いをひとつすると、甘淑《カンシュク》が声を発した。

「くそっ！　このような小細工を弄《ろう》するとはこしゃくな小娘めー！」

どこか棒読みの口調で甘淑《カンシュク》が言った。

「もう白状したらどうですか？　ここにある美しい香枦と銀盒《ぎんごう》、どちらも甘淑《カンシュク》様は見たことがあるのですね？」

「ああ、せっかく董艶《トウエン》様に喜んでいただこうと秘密にしておったのに台無しじゃー」

「董艶《トウエン》様、灯りをつけていただけますでしょうか？」

暁蕾《シャオレイ》は董艶《トウエン》妃に向かって声を上げた。返事はなかったが女官達があちこちに移動して蠟燭に火をつけた。

明るくなった時、暁蕾《シャオレイ》は真っ先に董艶《トウエン》妃の方に目をやった。董艶《トウエン》妃は、団扇から顔を覗《のぞ》かせて愉快げな視線を暁蕾《シャオレイ》に向けていた。

「皆さん！　お聞きください！」

女官達の視線が暁蕾《シャオレイ》に集まった。ここからは演技力が重要となる。暁蕾《シャオレイ》は息を大きく吸い込むとはっきりとした口調で続ける。

「私は先ほど布の下で、甘淑《カンシュク》様から真実をお聞きしました。こちらの品はある事情で悪人の手に渡り闇の市場に売られてしまったのです。もともとは紅玉宮《こうぎょくきゅう》の翠蘭《スイラン》妃が安慶《あんけい》の民に使ってもらおうと売ることを許された品。安慶《あんけい》の事情に大変気を配られている董艶《トウエン》様は、なんとか取り戻せないかと探しておられたのです」

「ええっ！　そうだったの？」

「お優しい董艶《トウエン》様らしいわね」

女官達の一部が声を上げた。かなり素直な部類の女官達だろう。

「ですが品物はなかなか見つかりません。時間ばかりが過ぎていきました。そこで甘淑《カンシュク》様の登場です。そのことを知った甘淑《カンシュク》様は闇の市場へ自ら足を運び、品物を探し続けました。そしてとうとうこれらの品を見つけることに成功したのです。ですが甘淑《カンシュク》様はそのことを秘密にしておられました。自分が見つけたことを董艶《トウエン》様がお知りになったら、受け取ってくださらないとお考えになったからです」

「それで品物のことを知らないとおっしゃっていたのね」

「そんなに董艶《トウエン》様のことを思われているのね」

甘淑《カンシュク》に同情的な声がほうぼうで聞こえ始めた。何としてもこの茶番を最後まで続けるしかない。

暁蕾《シャオレイ》は次の一手を繰り出す。

「ところがです。ここで話は終わりません。さすがは董艶《トウエン》様です。甘淑《カンシュク》様が自分のために求めていた品を手に入れたことに気づいておられました。董艶《トウエン》様は、気づかないふりをして受け取るようなお方ではありませんでした。なんとか甘淑《カンシュク》様の努力を皆に知らせることができないかとお考えになったのです」

（さあ、ここでとどめを刺すしかないわ！）

「董艶《トウエン》様、皆様に真実をお伝えしてよろしいですね？」

董艶《トウエン》妃の口元は布で隠されているため表情は読み取れない。ただその口元は笑みをたたえていたに違いなかった。

「――好きにするがよいぞ。わらわは寛大じゃからな」

よく通る美しい声音が広間に響いた。

「皆様、董艶《トウエン》様のお許しが出ました。もうおわかりでしょう。本日、紅玉宮《こうぎょくきゅう》に仕える私がこちらに呼ばれた訳を。甘淑《カンシュク》様が炎陽宮《えんようきゅう》を訪れた本当の訳を。董艶《トウエン》様が自分の靴を甘淑《カンシュク》様に拾わせた理由を。全てが明らかになるように舞台が用意され、董艶《トウエン》様のご指示通りに私が動くことで甘淑《カンシュク》様が董艶《トウエン》様を思う心も、それを無駄にさせまいとする董艶《トウエン》様の心も報われたのです！」

暁蕾《シャオレイ》の演説が終わると、広間は一瞬の静寂に包まれた。一瞬ののち、あちこちから歓声が上がった。

「董艶《トウエン》様、素敵！」

「甘淑《カンシュク》様もご立派ですわ！」

意外な展開についていけなくなるのでは、と暁蕾《シャオレイ》は内心ドキドキしていたのだが、一旦広がった感動に近い波は収まらなかった。これほどにも人は流されやすいのか？　いや、これは自分の力ではない。卓越した演技力を持つ甘淑《カンシュク》、そして何より董艶《トウエン》妃の絶大な人気によるものに違いない、暁蕾《シャオレイ》はそう思った。

「静まれ！」

再び董艶《トウエン》妃の声が響き、ピタリと喧騒がおさまる。

「これにて閉幕じゃ。速やかに解散して仕事に戻るがよい。暁蕾《シャオレイ》、お前は香炉と銀盒《ぎんごう》を翠蘭《スイラン》へ返してやれ」

董艶《トウエン》妃の号令で侍女や女官達は広間を片付け始めた。暁蕾《シャオレイ》は助手を務めてくれた女官の元へ歩み寄る。

「ありがとうございました。本当に助かりました」

「礼にはおよびません。私はあなたのお手伝いをすることが、董艶《トウエン》様のためになると思ったのでお手伝いしたのです」

女官は相変わらず無表情だったが、その口調には幾分かの柔らかさが加わっていた。

「お話し中のところ申し訳ない。そこの女に用があるのでね」

突然、話に割り込んできたのは甘淑《カンシュク》だった。甘淑《カンシュク》は、つかつかと暁蕾《シャオレイ》に歩み寄ると耳元で言った。

「董艶《トウエン》様が別室で待っているので、俺とお前で一緒に来いとの仰せだ」

「わかりました、参りましょう。約束は守ってくださいね、甘淑《カンシュク》様」

甘淑《カンシュク》の赤い唇が艶《なま》めかしく光を反射した。

「なかなかいい芝居だったぞ、小娘。そうだ、お前のことを嘘つき女と呼ぶことにしよう。ぴったりだな」

ヒヒヒと甘淑《カンシュク》の笑い声が響く。

(屁理屈女の次は嘘つき女か、いろいろ呼んでくれるわね)

迎えの侍女に連れられて炎陽宮《えんようきゅう》の薄暗い廊下を歩く。白檀《びゃくだん》の香りがまた強くなった。廊下の突き当たりに扉があった。扉には植物の茎や葉が渦のように描かれており炎陽宮《えんようきゅう》の中でもことさらに異質な雰囲気だった。

「董艶《トウエン》様、おふたりをお連れしました」

「入れ」

侍女とともに部屋へ入る。部屋の壁は真っ白だった。真っ白な壁に鮮やかな色とりどりの幾何学的な紋様が描かれている。床には珍しい毛織物の絨毯が敷かれており赤い長椅子に董艶《トウエン》妃は腰掛けていた。

「待っておったぞ。さあ入るがよい」

暁蕾《シャオレイ》と甘淑《カンシュク》は、片膝をつくと拱手《きょうしゅ》の礼をとる。

「お前は下がってよいぞ」

董艶《トウエン》妃のその言葉は侍女に向けられたものだ。案内人の侍女はうやうやしく礼をすると部屋を出て行った。

「ラーシア　マッファザーイ　イラ」

董艶《トウエン》妃が理解不能の言葉を発した。

「ははーっ」

甘淑《カンシュク》が頭を深く下げた。

（えっ！　今の言葉理解できたの？）

「面《おもて》を上げて、楽にせよと言ったのじゃ、頭を下げてどうする」

董艶《トウエン》妃はうんざりした口調で言ったが、甘淑《カンシュク》はうれしそうに顔を上げた。

「後ろに机と椅子を用意してある。そちらへ移動するがよい。わらわも同席してやるぞ」

長方形の机を挟んで暁蕾《シャオレイ》と甘淑《カンシュク》が向かい合って腰を下ろす。ふたりを横から見渡せる位置に董艶《トウエン》妃も腰を下ろした。

「甘淑《カンシュク》よ、やりたくもない芝居をして助けてやったのじゃ。そこにいる暁蕾《シャオレイ》の問いに答えてやれ」

「承《うけたまわ》りました」

甘淑《カンシュク》は暁蕾《シャオレイ》に視線を戻すと鋭い視線を送る。

「よいか小娘、今から話すことを聞いたらお前はもうただの下賤《げせん》な女官ではない。我々、宦官《かんがん》と同じ穴のムジナだ。覚悟せよ」

宦官《かんがん》と同類になる覚悟など全くなかったが、暁蕾《シャオレイ》はうなずいた。

「全てを説明するには時を遡《さかのぼ》らねばならない。今から13年前、宮城《きゅうじょう》内で大事件が起こった。当時の皇后である蘭喬《ランキョウ》様が自死されたのだ。蘭喬《ランキョウ》様は宮城《きゅうじょう》の官吏《かんり》と密通していたことが発覚し、罰せられる前に自ら命を絶ったといわれている。さらにご子息である皇太子、朱翼《シュヨク》様は、人質として砂狼国《さろうこく》へ送られた。現在の皇太后、遥麗《ヨウレイ》様は、当時四人いる后妃のひとりにすぎなかったのだが、宦官《かんがん》の後押しによって新しい皇后に選ばれた。ここまでは知っているな?」

暁蕾《シャオレイ》の脳内に保管されている溏《とう》帝国の内部情報には当然その事件に関する情報もあったが、安慶《あんけい》の都でも噂で持ち切りとなり、幼かったころの記憶としてもうっすらと覚えている。

「はい、承知しています」

暁蕾《シャオレイ》が答えるのを確認してから甘淑《カンシュク》は話を続ける。

「やがて新しい皇后である遥麗《ヨウレイ》様のご子息が新しい皇太子に選ばれた。それが現皇帝陛下の朱《ジュ》　楚成《ジングル》様だ」

甘淑《カンシュク》はここで一旦話を切って、董艶《トウエン》妃の方に視線を向けた。董艶《トウエン》妃が話を続けろというように軽くうなずいた。

「さて、ここまではよくある権力争いの話だ。問題は亡くなった蘭喬《ランキョウ》様にはもうひとり娘、つまり公主《こうしゅ》がいたという点なのだ。公主のお名前は冥水《メイスイ》様といったが、皇太子、朱翼《シュヨク》様とは別に火舎《かしゃ》国へ送られた。朱翼《シュヨク》様も冥水《メイスイ》様も表向きは人質として送られたのだが、その実は国外追放だった。それぞれの国でもよい待遇は望めず、いずれ命を落とすだろうと誰もが思っていた」

暁蕾《シャオレイ》は万能記憶を検索する。確かに朱翼《シュヨク》様が砂狼《さろう》国、冥水《メイスイ》様が火舎《かしゃ》国へ人質として送られた記録はある。だが暁蕾《シャオレイ》が訪れた書庫、天三閣《てんさんかく》にあった蔵書にはふたりがその後どうなったか、何も書かれていなかった。そこまで考えてはたと気が付いた。目の前にいる董艶《トウエン》妃は砂狼《さろう》国の出身なのだ。もしかしたら董艶《トウエン》妃は何か知っているのかもしれない。暁蕾《シャオレイ》がいろいろと思案していると甘淑《カンシュク》の目が細くなった。

「冥水《メイスイ》様は――我が溏《とう》帝国にとって最も危険な存在となった」

（えっ！　どういうこと？）

暁蕾《シャオレイ》は声こそ出さなかったものの、目を見開いた。

「火舎《かしゃ》国では、以前より無明道《むみょうどう》という宗教が信仰されていた。どういう経緯かはわからないが冥水《メイスイ》様は無明道《むみょうどう》の教祖となった。無明道《むみょうどう》は驚くべき勢いで勢力を拡大し、やがて火舎《かしゃ》国の政治を支配することになったのだ」

「そんな情報はどこにも書かれていません！」

とうとう暁蕾《シャオレイ》は、声を出してしまった。それほど信じがたい話だったからだ。

「当然だ、追放した公主が生きていて他国を支配しているなど不都合極まりないからな。このことは極秘となっている。それに無明道《むみょうどう》は決して政治の表舞台には出てこないのだ。火舎《かしゃ》国の民でさえ自国が支配されているなどとは思ってもいないだろう」

「では、我が国にとって危険とはどういう意味なのです⁉」

「槃麻《はんま》という麻薬のことを知っているか？」

甘淑《カンシュク》は暁蕾《シャオレイ》の質問には答えず、逆に尋ねた。

「知っています。亡くなった宦官《かんがん》の死因は、槃麻《はんま》による中毒だと聞きました」

甘淑《カンシュク》は、誰から聞いたのかとは言わず、ただ皮肉な笑みを浮かべた。

「槃麻《はんま》は我が国のなかで急速に広がりつつある。巧妙にそして目立たないようにだ。もともと我が国に槃麻《はんま》は存在していなかったのだ」

「槃麻《はんま》の拡大に冥水《メイスイ》様が関係しているとおっしゃるのですか？」

暁蕾《シャオレイ》の問いに甘淑《カンシュク》は厳しい表情になった。

「おそらくな。槃麻《はんま》と同時に無明道《むみょうどう》の信者も増加している」

暁蕾《シャオレイ》には訳がわからないことばかりだ。記憶の検索を行うと無明道《むみょうどう》の情報が出てきた。火舎《かしゃ》国で古くからある宗教だが信者の数は少ない。信者の中心は貧しい農民でその教えは健康で長生きするための生き方を説くものだったらしい。

「我が国を追放された冥水《メイスイ》様は、無明道《むみょうどう》の教えに感銘を受け入信し、火舎《かしゃ》国の全土を回りその教えを説いたという。少しずつ信者の数は増えていき、やがて教祖となった冥水《メイスイ》様は火舎《かしゃ》国の政治を動かすまでになったそうだ」

甘淑《カンシュク》は話を続ける。

「火舎《かしゃ》国は我が国の技術や制度を学びたいと、さかんに留学生を送ってきた。おそらくそいつらのなかに無明道《むみょうどう》の信者を紛れ込ませていたんだろう。そして槃麻《はんま》をエサに信者を集めていた可能性がある」

「それが冥水《メイスイ》様の指示によるものだとお考えなのですね？」

「自分の母親を死に追いやり、兄妹もろとも国を追い出した溏《とう》帝国を、冥水《メイスイ》様は恨んでいるだろう。復讐を企てたとしても不思議はなかろう」

甘淑《カンシュク》の語った話は筋道が通っているように思える。だが暁蕾《シャオレイ》の疑問に答えるものではなかった。冥水《メイスイ》様が溏《とう》帝国への復讐を考えたとしてそれが、宦官《かんがん》の死とどう結び付くのか？　そもそも甘淑《カンシュク》が炎陽宮《えんようきゅう》にやってきた本当の目的は何か？　甘淑《カンシュク》は核心に触れることを避けているのではないか？　そんな思いが暁蕾《シャオレイ》の胸に湧《わ》き上がった。

「甘淑《カンシュク》様、何かとても重要なことを私に隠しておいでですね？　そのことに触れずに話を進めようとされているように感じます。香炉と銀盒《ぎんごう》、あのふたつの品はなぜ炎陽宮《えんようきゅう》に来たのでしょう？　宦官《かんがん》が死んだ空き家では何が起こったのでしょう？　お答えくださいますか」

甘淑《カンシュク》の表情に逡巡《しゅんじゅん》のようなものが混ざった。視線が一瞬、菫艶《トウエン》妃の方へと向けられた。

「教えてやれ、甘淑《カンシュク》」

穏やかな声で菫艶《トウエン》妃が命じた。

「我々宦官《かんがん》はそのほとんどが下賤な生まれだ。小娘、お前のことを下賤な女官と言ったがお前はまだましな方だ。干ばつや冷害により暮らしていけなくなった田舎の村から、口べらしとして差し出された子供が人買い業者によって浄身《じょうしん》され都に連れてこられている。当然それらの者は学もなければ財産もない。皇城《こうじょう》から支給される給金はわずかなものだ。生活に困り盗みを働くもの、逃亡するものが続出した」

甘淑《カンシュク》は淡々とした口調で話す。だが暁蕾《シャオレイ》は宦官《かんがん》の身の上について深く考えたことがなかった。広間での甘淑《カンシュク》とのやり取りで指摘されたように偏見が邪魔をして思考停止に陥《おちい》っていたのかもしれない。

「これにある貴妃が目をつけた。困窮する宦官《かんがん》を救う仕組みを考えたのだ。ただ表立って宦官《かんがん》に金品を与えることはできない。それはたとえ善意から行われた行為だとしても宦官《かんがん》に対する賄賂《わいろ》となってしまうからだ。貴妃は貴妃宮に納入される備品を利用することにした。通常、貴妃宮で使う蠟燭や油などの日用品は女官を通じて役所である皇城《こうじょう》へ発注される。納品された品物は宦官《かんがん》によって後宮の倉庫へ搬入される。これについてはよく知っているだろう？」

「知っています。私達備品係の仕事です……でもそれはつまり……？」

どす黒い雲のような不安が暁蕾《シャオレイ》を包み込む。『宦官《かんがん》の片棒を担いでいるのはそなた達じゃ』初めて会った時に董艶妃《トウエン》が発した言葉がよみがえってきた。動揺する暁蕾《シャオレイ》に構わず甘淑《カンシュク》は話を続ける。

「皇城《こうじょう》へ持ち込まれた発注書は、納入業者である劉家《リュウ》傘下の商人へ持ち込まれる。発注書に従って商品が皇城《こうじょう》へ発送されるが、問題はここからだ。それらの品物は本来、宦官《かんがん》が受け取り後宮へ搬入されなければならない、だが商品が全て搬入されることはない。一部の品物は商人がそのまま買い戻すからだ。買い戻した代金は宦官《かんがん》の手に渡る、後日、請求書が貴妃宮へ送られ支払いが完了というわけだ。請求書の金額に貴妃が異議を唱えない限りこの取引が表面化することはない」

貴妃宮から直接、宦官《かんがん》へ金品を渡すことなく備品を経由して間接的に渡す仕組み。そんな仕組みが存在する。そして暁蕾《シャオレイ》達備品係はその仕組みの一端を担っているのだ。

「この仕組みを考案した方は……翠蘭《スイラン》様ですね」

暁蕾《シャオレイ》の絞り出すような問いに甘淑《カンシュク》は小さくうなずいた。今思えば紅玉宮《こうぎょくきゅう》からの発注書は数が多すぎた。侍女である青鈴《チンリン》がわざわざ南宮《なんぐう》まで発注書を持ってくるのも不自然だった。そしてさらなる疑念が暁蕾《シャオレイ》の脳裏に浮かび上がった。

「私と玲玲《リンリン》の前任者は病気で仕事ができなくなったと聞いています。本当は違うのではないですか？」

「お前達の前任者は、少し真面目《まじめ》すぎたようだ。倉庫への搬入確認をしなくていいと言われたにもかかわらず数を記録し搬入された数が少ないことに気がついたのだ。そして行方《ゆくえ》不明となった。以来、備品は後宮全体の倉庫には搬入されず、宦官《かんがん》が貴妃宮へ直接、搬入することになった」

「行方不明!?」

自分達の上司である氷水《ビンスイ》はそのことについて何も教えてくれなかった。暁蕾《シャオレイ》は背筋に冷たいものが走るのを感じていた。

「甘淑《カンシュク》様、この仕組みは宦官《かんがん》の方達を救うためのにあるのでしょう？　これほどまでに手間のかかる方法を取る必要がありますか？」

「物事にはふたつの側面がある。確かに生活に困っている宦官《かんがん》を援助するという目的もあるだろう。だがもうひとつの目的は宦官《かんがん》を支配し言いなりにさせることだ。翠蘭《スイラン》妃の賢いところはこの仕組みを自分だけのものとせず後宮全体に広げたところなのだ」

（後宮全体にですって！）

暁蕾《シャオレイ》は言葉を失った。それが本当なら自分達が処理している大量の発注書は、そのほとんどが宦官《かんがん》へ賄賂を渡すための指示書だということになる。

（はっ！　まさか董艶《トウエン》様も？）

暁蕾《シャオレイ》は、反射的に董艶《トウエン》妃へ視線を向けそうになるのをなんとか思いとどまった。

「くだらん仕組みじゃ。こざかしいのおー」

まるで暁蕾《シャオレイ》の心を見透かしたように董艶《トウエン》妃が言った。

「董艶《トウエン》さまーっ。もうお戯《たわむ》れはよいでしょう。この甘淑《カンシュク》、董艶《トウエン》様へお願いしたいことがありまする。申し上げてよろしいでしょうか?」

甘淑《カンシュク》は突然、董艶《トウエン》妃へ向かって頭を下げた。

「申してみよ」

董艶《トウエン》妃は短く答えた。

「董艶《トウエン》様からの発注書、確かに受け取りました。今まで董艶《トウエン》様は我々宦官《かんがん》と距離を置いてこられた。先ほどご説明した仕組みも決して利用されることがなかった。ですがいただいた発注書の内容はまことに挑発的でございました。さすがは董艶《トウエン》様、誰も真似できぬ大胆さっ!」

「甘淑《カンシュク》様、話を先に進めてください」

董艶《トウエン》妃の眉根が寄るのを見た暁蕾《シャオレイ》が口をはさんだ。

「……失礼。13年前の事件のとき我々宦官《かんがん》は一枚岩でした。今の皇太后、遥麗《ヨウレイ》様を後押しすることによって事件の収束を図ったのです。結果、遥麗《ヨウレイ》様は新しい皇后となり、ご子息である朱《ジュ》　楚成《ジングル》様が次の皇帝になられた。ところが皇帝陛下は皇太后様の意にそぐわぬ方を、皇后に選ばれた。それまで全く候補にも上がっていなかった范恋《ハンレン》様です」

——皇后、范恋《ハンレン》。

木偶《もくぐう》事件の犯人、華月《カゲツ》の主人だ。

暁蕾《シャオレイ》の頭に范恋《ハンレン》皇后の情報が浮かび上がった。皇帝陛下によって皇后に指名されたときの身分は婕妤《しょうよ》、後宮での身分は四夫人、九嬪《きゅうひん》のさらに下、董艶《トウエン》妃と同じではあるが、董艶《トウエン》妃のように特別扱いされていたわけではない。甘淑《カンシュク》は話を続ける。

「その直後、宦官《かんがん》の中に范恋《ハンレン》様を支援する勢力が現れたのです。そして奇妙なことに後宮の貴妃様からの『支援金』は皇后派の宦官《かんがん》ばかりに流れるようになりました。さらにはその資金がどうやら槃麻《はんま》の購入に使われているらしいと判明しました。槃麻《はんま》は宦官《かんがん》の間でどんどん広がり皇后派の宦官《かんがん》が皇太后派の宦官《かんがん》を槃麻《はんま》漬けにし操《あやつ》る始末です」

「お前の話とは、宦官《かんがん》どもの醜い権力争いが起こっているので、わらわになんとかせいということか？」

「滅相もございません。董艶《トウエン》様にそのような厄介事をお願いするわけがございませぬ。董艶《トウエン》様への使者として私が選ばれたのは皇太后派、皇后派そのどちらにも属していないからなのです。つまりは自由に動ける身ということでございます」

「つまりはどちらにも取り入って利用しているのだな」

「ははは、董艶《トウエン》様もお口が悪い。私は平和主義者なのです。このままでは13年前と同じ悲劇が繰り返されるでしょう。しかしながらそれは私にはあずかり知らぬこと。問題はもうひとり私を頼っている男がおるということです」

「頼っているじゃと、そやつにも取り入ろうとしとるのか？　誰じゃ？」

甘淑《カンシュク》は、ははーっと平伏した後、上目遣いになって答える。

「御史大夫《ぎょしたいふ》の胡《フー》　秀英《シュイン》でございますー」

（秀英《シュイン》ですって！）

暁蕾《シャオレイ》は、目を見開いて甘淑《カンシュク》の方を見た。甘淑《カンシュク》は、暁蕾《シャオレイ》の視線に気がつくとニヤリと意地悪な笑いを返す。

「董艶《トウエン》様が買い戻された、香炉と銀盒《ぎんごう》、あれは御史大夫《ぎょしたいふ》から押し付けられたものなのです」

（えっ！　今なんて言ったの？）

「あの空き家事件の日、私は御史大夫《ぎょしたいふ》と行動を共にしておりました。御史台《ぎょしだい》の単独捜査を嫌がった掖庭《えきてい》は御史台《ぎょしだい》の一員としてこの私を加えることを要求したのです。私が御史台《ぎょしだい》の連中と一緒に空き家へ踏み込んだ時、あの宦官《かんがん》は大量の槃麻《はんま》を自ら飲み込んだ後でした。おそらく自分が追い詰められたことを悟ったのでしょう」

暁蕾《シャオレイ》は、空き家に踏み込む深緑の袍服《ほうふく》を着た男達のことを思い出していた。あの中にこの甘淑《カンシュク》もいたというのか？　男達は頭巾で顔を覆っていたので気が付かなかった。

「そして死んだ宦官《かんがん》は私達に向かって言ったのです……ああ」

甘淑《カンシュク》は喘《あえ》ぐように言葉を詰まらせた。何か恐ろしいものを見たように瞳を震わせている。

「何と言ったのだ？　申せ！」

董艶《トウエン》妃の鋭い声音が響いた。

「溏《とう》帝国は終わりだ。お前達はみな死ぬのだ――冥水《メイスイ》様、万歳！　と」

「なぜです！　なぜそのことを秘密にしているのです⁉」

暁蕾《シャオレイ》は甘淑《カンシュク》へ詰め寄って叫んだ。秀英《シュイン》は自分達が踏み込んだ時、骸骨男はすでに死んでいたと言った。暁蕾《シャオレイ》に嘘を言ったのだ。

「さあな、俺は事の次第を掖庭《えきてい》へ報告した。だが宦官《かんがん》が最後に叫んだ一言だけは報告しなかった。つまりは『冥水《メイスイ》様、万歳！』の部分だ。御史大夫《ぎょしたいふ》から頼まれたのでな」

「なぜ、御史大夫様《ぎょしたいふ》がそのようなことを頼むのです？」

「俺が知るか、小娘。気になるならお前が直接聞けばいいだろう。お前はあいつのお気に入りなんだろ」

甘淑《カンシュク》は吐き捨てるように言った。

「それだけじゃあない、御史大夫《ぎょしたいふ》は俺に香炉と銀盒《ぎんごう》の処理を依頼してきやがった。仕方なく俺は宦官《かんがん》から受け取った誰かが闇の市場へ売ったように偽装したというわけだ」

（そんな……なぜ？）

暁蕾《シャオレイ》の脳裏に秀英《シュイン》の琥珀色の瞳と端正な顔立ちが浮かんだ。不安と困惑で頭がぐちゃぐちゃになりそうだった。

「つまり甘淑《カンシュク》様と秀英《シュイン》様は取引をされたのですね」

なんとか気持ちを落ち着かせると、暁蕾《シャオレイ》は尋ねた。

「その通りだ。我々宦官《かんがん》は身内に無明道《むみょうどう》の信者がおり槃麻《はんま》を広げていたなどとはとても公《おおやけ》にはできない、一方、御史大夫《ぎょしたいふ》にもこのことが公になっては困る事情があったのだろうな」

「それで、お前がわらわにお願いしたいこととは何なのじゃ？　いっこうに話が見えんぞ」

「よろしいですか、董艶《トウエン》様。私は今非常に危険な立場に置かれておるのです。皇后派、皇太后派それぞれから、備品を使って宦官《かんがん》を援助する仕組みに董艶《トウエン》妃にも加わってもらうよう説得せよと命じられています。さらに加わってもらったら自分達の派閥へ援助をしてもらうようにせよとも命じられました」

「両方とも引き受けてしまわれたのですか？」

暁蕾《シャオレイ》は思わず口を挟んだ。

「仕方ないだろう。どちらを断っても裏切り者として命がないのだ」

「口は災いのもとという言葉を知らんのか？」

董艶《トウエン》妃があきれたように言った。

「申し訳ございません。まだあるのでございます。董艶様《トウエン》ーっ」

甘淑《カンシュク》は懇願するような口調になっていた。整った顔をくしゃくしゃにしているのをみていると何だか可哀想に思えてくる。これがこの宦官《かんがん》の得意技なのだろう。

「今、この場で空き家事件の顚末《てんまつ》をお伝えしてしまいました。掖庭《えきてい》、そして御史大夫《ぎょしたいふ》、その両方を裏切ってしまったのですー。もう命がいくつあっても足りませぬー」

「まさかとは思うが、わらわに助けてくれと申すのではあるまいな？」

「もう董艶《トウエン》様におすがりするしかないのです。その寛大なお心で、なにとぞお救いくださいませーっ！」

甘淑《カンシュク》は、ひざまずくとまたもや額を床に擦り付けた。

（もう、こいつには自尊心というものがないのかしら？）

董艶《トウエン》妃は長いため息をついた。怒りを通り越してあきれ果てたという感じだ。

「仕方がないのー、暁蕾《シャオレイ》、なんとかしてやれ」

（えっ！　今なんと？）

暁蕾《シャオレイ》は耳を疑った。董艶《トウエン》妃が自分に丸投げ？　そんなばかな。

「わらわの見たところ、お前達は案外良い組み合わせではなかろうかと思うてな、どうじゃ？　ふたりで協力してこの難局を乗り切るというのは」

暁蕾《シャオレイ》は董艶《トウエン》妃が何を言っているのかよく理解できなかった。たまらず抗議の声を上げようとした時、正面の甘淑《カンシュク》が先に声を発した。

「ご、ご冗談をぉぉーっっ！　この嘘つき娘と協力するですとぉーっ！　いくら董艶《トウエン》様でも、お戯れがすぎますぞー」

「先ほどはその嘘つき娘に救われたのであろう。もう忘れたのか？」

「そ、それは……」

痛いところを董艶《トウエン》妃に指摘されて甘淑《カンシュク》は絶句した。

「よく聞け甘淑《カンシュク》。お前が自分の口から生じさせた災いを、わらわを利用して切り抜けようなどと思わぬことだ。生き残りたいのであれば、全てを捨ててわらわに忠誠を誓え。それができぬとあらば今すぐここを立ち去るがよい」

董艶《トウエン》妃の声音には何の感情も乗っていなかった。だがその淡々とした口調がかえって恐ろしさを倍増させている。甘淑《カンシュク》の顔から笑みが消えた。自分の得意技である弁舌が通用しないことを悟ったのかもしれない、と暁蕾《シャオレイ》は思った。じりじりとする時間がすぎていく。緊張から暁蕾《シャオレイ》の喉《のど》がゴクリと鳴った。

「……お誓い……申し上げる」

ゆっくりとした口調で甘淑《カンシュク》が言葉をひねりだした。

「董艶《トウエン》様に忠誠をお誓い申し上げる」

董艶《トウエン》妃は軽くうなずいた。

「では暁蕾《シャオレイ》、そちは御史大夫《ぎょしたいふ》のところへ行け。あやつが何を考えておるのか探るのじゃ」

董艶《トウエン》妃に言われなくても暁蕾《シャオレイ》は秀英《シュイン》のところへ行くつもりだった。いったいどんなつもりで秀英《シュイン》が自分に嘘を言ったのかどうしても確かめたかった。

「よかったな、小娘」

そう言って甘淑《カンシュク》はヒヒヒと笑う。

「何を言っておる、お前も一緒に行くのだ。甘淑《カンシュク》」

「へっ？」

甘淑《カンシュク》は間の抜けた声を出した。

「董艶《トウエン》様、もし今、私があの男のところへ行きましたならば、あやつは私を殺すでしょう。なにしろあいつの秘密をバラしたのですからな」

「だろうな。だが、わらわはそこまで鬼ではない。御史大夫《ぎょしたいふ》あての書状をしたためようぞ。もし殺されそうになったら渡すがよい」

「そ、そうですか。それは心強い」

言葉とは裏腹に甘淑《カンシュク》の顔は青ざめている。先ほど忠誠を誓ったことをすでに後悔しているのかもしれない。暁蕾《シャオレイ》は暁蕾《シャオレイ》で、甘淑《カンシュク》と一緒に秀英《シュイン》のところへ行くのは気が進まない。だが秀英《シュイン》に真実を語らせるならこれぐらいの荒療治は必要だとも思えた。

董艶《トウエン》妃が侍女を呼び、紙と筆を持ってこさせた。さらさらと文章を書きつけると封をして暁蕾《シャオレイ》に渡す。

「こいつが殺されそうになったら、御史大夫《ぎょしたいふ》へ渡すがよい。まあ、お前がその気なら渡さずともよい

愉快極まりないといった感じだ。

「がな」

董艶《トウエン》妃はカラカラと笑った。甘淑《カンシュク》の顔は青ざめている。苦手だった甘淑《カンシュク》の弱みを握ることができて愉快極まりないといった感じだ。

御史台《ぎょしだい》へは翌日、出向くことに決まり、暁蕾《シャオレイ》は作業部屋へ戻ることを許された。部屋に戻ると玲玲《リンリン》がいきなり抱きついてきた。

「暁蕾《シャオレイ》ーっ！　心配したーっ！」

小柄な玲玲《リンリン》の顔が暁蕾《シャオレイ》の胸にぐいぐいと押し当てられる。玲玲《リンリン》の話によると炎陽宮《えんようきゅう》の女官がいきなりやってきて暁蕾《シャオレイ》からの手紙を読むように言ったとのことだった。玲玲《リンリン》が指の紋様を調べるための道具一式を手渡すとすぐに出て行ったという。何の説明もなかったとのことで心配でたまらなかったようだ。

「ごめんね、玲玲《リンリン》。心配かけて。この通り大丈夫だから」

暁蕾《シャオレイ》は玲玲《リンリン》の頭を優しく撫でながら言った。

第七章　秀英、真実を語る

翌日、暁蕾《シャオレイ》と甘淑《カンシュク》は、御史台《ぎょしだい》へと向かった。御史台《ぎょしだい》は皇城《こうじょう》の一番東側にある。後宮からは一番遠い場所なので甘淑《カンシュク》と歩く距離も自ずと長くなる。

「行きたくない。行きたくないぞ。小娘……じゃない暁蕾《シャオレイ》。やはり今日はやめんか。明日にすればよかろう」

先ほどからぐちぐちと弱音をはく甘淑《カンシュク》を、暁蕾《シャオレイ》は鬱陶しそうな目で見た。

「甘淑《カンシュク》様、見苦しいですよ。もとはといえばあなたの口が招いた災いなんですから少しは潔《いさぎよ》くしてください」

「へっ！『潔い』は、俺《おれ》が一番嫌いな言葉なのだ。そもそもなぜ秀英《シュイン》に会わねばならぬ。奴《やつ》に用事があるのはお前だろう？　俺は関係ないのだ」

「あのですね。甘淑《カンシュク》様は今、三方を敵に囲まれているんですよ。助かるにはそのひとつを味方に変えてしまうしかないでしょう？」

「お前は、あの御史大夫《ぎょしたいふ》を味方にできると思っているのか？」

信じられないという感じで甘淑《カンシュク》は聞いた。

「私の知っている御史大夫《ぎょしたいふ》様なら物の道理がおわかりになる方です。きっと私達の話に耳を傾けてくださるでしょう。ただその前にハッキリさせないといけないことがあるのです」

暁蕾《シャオレイ》は懐《ふところ》に忍ばせた魚符《ぎょふ》に手を当てた。秀英《シュイン》は自分を仮の妹と言ったのだ、その気持ちが偽りでないことを祈りたい。

皇帝陛下がいる宮城《きゅうじょう》への入り口、青龍門《せいりゅう》。鮮やかな朱色の柱や凝った装飾は今日も変わらぬ美しさだ。だが暁蕾《シャオレイ》は視界の端でとらえるだけで眺める気分にはなれなかった。ふたりはやがて、白壁に囲われた御史台《ぎょしだい》の門へ着いた。顔見知りの門番はふたりを見てギョッとした。

「えっと、甘淑《カンシュク》様と暁蕾《シャオレイ》さん。ふたりはご一緒ですか？　たまたま一緒になられたとかではなくて？」

「はい、そうです。御史大夫《ぎょしたいふ》様へお取り次ぎいただけますか？」

暁蕾《シャオレイ》はキッパリと答えると魚符《ぎょふ》を差し出した。甘淑《カンシュク》は気まずそうに顔を逸《そ》らしている。

「すっかり顔馴染みのようだな。大したもんだ」

門番が取り次ぎのため奥へ引っ込むと甘淑《カンシュク》は皮肉っぽく言った。

「御史大夫《ぎょしたいふ》様がお会いになるそうです。どうぞお入りください」

戻ってきた門番がそう告げて、ふたりは御史台《ぎょしだい》へと入った。回廊の入り口に案内役とおぼしき若い役人が待っていた。ご案内しますと告げて役人は歩き出す。暁蕾《シャオレイ》と甘淑《カンシュク》は役人の後をついていくが何かがおかしい。いつも通る通路とは違うのだ。

(おかしいわ。秀英《シュイン》様の執務室とは違う方向へ向かっている)

甘淑《カンシュク》も異変に気がついたようで、暁蕾《シャオレイ》の腰のあたりを指でついて訴えている。

(これはマズイぞ。なんとかしろ)

甘淑《カンシュク》は声を発さず口をパクパクさせてそう言っているようだ。

(変な動きしないで！　役人に気づかれるでしょ！)

暁蕾《シャオレイ》は甘淑《カンシュク》を睨《にら》みつけてパクパクと言い返す。先導する役人は後ろを気にする様子もなく回廊を進み、母屋から少し離れた場所にある建物へ続く渡り廊下を渡った。

「こちらです。どうぞお入りください」

「ここはどこですか？」

案内されたのは、緑の木々に囲まれた灰色一色の地味な建屋だった。

「御史台《ぎょしだい》の武道場ですよ」

役人はにこやかに答える。武道場という響きに暁蕾《シャオレイ》は不穏な空気を感じた。

「中で御史大夫《ぎょしたいふ》様がお待ちです。では私はここで」

ここから先は自分達で行けということだろう。質素な木の門をくぐると、四角形の建屋に囲まれた芝生の空間が広がっている。ここで御史台《ぎょしだい》の役人達が剣や武道の鍛錬を行うのだろうか？　そう思って暁蕾《シャオレイ》はあたりを見回したが人の気配はない。

「おい、あいつはなんでこんなところに俺達を呼び出したのだ？　嫌な予感がするぞ」

甘淑《カンシュク》も周りを見回して不安げな声を出した。暁蕾《シャオレイ》が答えようとしたとき扉が開く鈍い音が聞こえた。

背の高い人影がこちらに向かって歩いてくるのが見える。

深緑の袍服《ほうふく》に銀の帯。――秀英《シュイン》だ。秀英《シュイン》は無表情でこちらへ近づいてくる。

「また、別の男と一緒にいるのか？　いや男ではなかったか」

立ち止まった秀英《シュイン》は皮肉っぽく言った。

「秀英《シュイン》様、あなたに聞きたいことがあります！」

単刀直入な暁蕾《シャオレイ》の問いに、秀英《シュイン》は口元をゆがめてわずかに笑った。

「口の軽さは命取りだぞ。甘淑《カンシュク》」

秀英《シュイン》は、暁蕾《シャオレイ》の問いかけには答えず甘淑《カンシュク》に向かって言った。

「御史大夫《ぎょしたいふ》よ。俺をどうするつもりだ？　俺はお前の望みを叶《かな》えてやっただけだ。この娘と話がしたかったのだろう？」

秀英《シュイン》の目が細くなった。

「俺の望みだと。わかったようなことをいうな。お前は何もわかっていない。だが甘淑《カンシュク》、お前の望みなら手に取るようにわかるぞ。お前は暁蕾《シャオレイ》を利用して命乞いに来たのだ」

「秀英様《シュイン》！　私は——！」

「暁蕾《シャオレイ》、少し黙っていろ。まず片付けることがある」

秀英《シュイン》の口調には有無を言わせぬものがあった。

「命乞いだと。やはり俺を殺すつもりだな。俺を殺しても一文の得にもならんぞ」

「甘淑《カンシュク》、お前に助かる機会をやる。自分の始末は自分でつけろ」

そう言うと秀英《シュイン》は広場の端にある武器置き場へ歩み寄った。

「あいにく宮城《きゅうじょう》内での殺生はゆるされていない。だが武道の鍛錬であれば問題なかろう。お前の得意な得物を選べ。俺はこれを使う」

秀英《シュイン》は並べている武器の中から木刀を手にした。甘淑《カンシュク》は秀英《シュイン》の様子を目で追っていたが、ふうっと息を吐き出した。

「何の茶番だこれは？」

「もし、お前が俺を打ち倒すことができたら俺を裏切ったことを見逃してやると言っているのだ」

秀英《シュイン》はともかく、口だけの印象が強い甘淑《カンシュク》が武道の心得があるとはとても思えない。当然断るだろうと暁蕾《シャオレイ》は甘淑《カンシュク》の方を向いた。甘淑《カンシュク》は秀英《シュイン》を睨みつけていたが、武器置き場へ向かってゆっくりと歩き始めた。

「甘淑《カンシュク》様、まさか秀英《シュイン》様と戦うおつもりですか？」

「はは一っ、暁蕾《シャオレイ》。俺が口だけの役立たずだと思っているのだろう？　偏見を持つなと言っただろう」

からかうような口調で言うと、置いてある武器から槍のような長い棒を手に取った。暁蕾《シャオレイ》の万能記憶が動き出す。皇城《こうじょう》で行われた武術大会の記録。そこに記録された棒術の優勝者。名前は記載されていない。優勝者以外にもところどころ名前の記載がない出場者がいるようだ。記憶を高速で検索すると身分の低い出場者の名前は削除されていることがわかった。

（まさか、甘淑《カンシュク》様の名前も削除されているの？）

信じがたいことだが甘淑《カンシュク》の自信ありげな態度からみて、相当な技量をもっているのかもしれない。

秀英《シュイン》と甘淑《カンシュク》は手に持った武器を構えて向き合う。

「ずいぶんと偉そうな口をきくな、暁蕾《シャオレイ》に対して」

「気に食わぬか？　心配するな。こんな女に何の興味もない」

甘淑《カンシュク》の言葉に秀英《シュイン》の眉《まゆ》がピクリと動いた。次の瞬間、秀英《シュイン》は片足を鋭く踏み込むと木刀による突きを放った。甘淑《カンシュク》も即座に反応して左側へ体を傾けてかわした。休むことなく秀英《シュイン》は最小限の振りかぶりの後、木刀を打ち込んだ。

乾いた音が響き、甘淑《カンシュク》の棒が秀英《シュイン》の木刀を受け止めた。秀英《シュイン》の攻撃は続く。左、右、左と次々に木刀を打ち込み、そのたびに甘淑《カンシュク》が受け止め続ける。

一旦《いったん》、秀英《シュイン》は攻撃を休止して甘淑《カンシュク》の右に回り込んだ。次の瞬間、空気を切り裂くような音が響く。甘淑《カンシュク》の棒が秀英《シュイン》の側面を襲ったのだ。棒のしなりを利用した速い攻撃だった。秀英《シュイン》は体勢を大きく崩しながらすんでのところでかわした。

（嘘《うそ》でしょ！　すごいんだけど）

暁蕾《シャオレイ》は声をあげることもできずふたりの動きを目で追っていた。秀英《シュイン》も甘淑《カンシュク》も間違いなく武術の達人だ。だからこそ秀英《シュイン》は甘淑《カンシュク》に試合を申し込んだのだろう。秀英《シュイン》が武術の心得がない甘淑《カンシュク》に無茶な要求をしたのではないことがわかり暁蕾《シャオレイ》はほっとしていた。秀英《シュイン》にはそんな卑怯《ひきょう》な行いをしてほしくない。そう願っていた自分の気持ちを自覚していた。

体勢を立て直そうと距離をとる秀英《シュイン》を甘淑《カンシュク》が追撃する。棒の先をしならせると左右から打ち込む。今度は秀英《シュイン》が防戦に追われていた。木刀を盾のように左右に移動させて棒を受け止め続ける。

人気《ひとけ》のない武道場にふたりの武器がぶつかり合う音が響く。秀英《シュイン》と甘淑《カンシュク》、両者が一斉に踏み込んだ。棒と木刀がぶつかってふたりの前進を押しとどめる。足を踏ん張って相手を全力で押し込んでいく。

「うおっー！」

秀英《シュイン》が声を上げた。

甘淑《カンシュク》の足がずるずると滑り後退していく。秀英《シュイン》も線の細い優男なのだが、それでも宦官《かんがん》の甘淑《カンシュク》に比べれば筋肉がついているように見える。力勝負であれば秀英《シュイン》に有利だと思われた。ふわりと秀英《シュイン》の体が浮いた。暁蕾《シャオレイ》も何が起こったのか一瞬わからなかった。甘淑《カンシュク》が身をかがめて自分の足で秀英《シュイン》の足を払ったのだ。意表をつかれた秀英《シュイン》は身をよじりながら地面に叩《たた》きつけられた。

「甘いぞおおー、秀英《シュイン》！」

振り下ろされた甘淑《カンシュク》の棒が秀英《シュイン》の顔をかすめる。甘淑《カンシュク》の次の一撃を転がりながらかわした秀英《シュイン》は距離をとって立ち上がった。秀英《シュイン》のほおには棒がかすった傷跡が刻まれていた。うっすらと血が滲《にじ》んでいる。

「やはりお前はクズだ」

「よもや卑怯などというのではないだろうな？　俺にとって『卑怯』は褒め言葉なんだよ」

秀英《シュイン》は木刀を構えるとぴたりと動きを止めた。ふうーっと長い息を吐く。明らかに秀英《シュイン》の雰囲気が変わった。

（えっ！　何なのこの感じ？）

暁蕾《シャオレイ》は記憶をたどる。――狐のお面。あの時と同じだ。骸骨男を追って狭い路地に入り込んだあの時。秀英《シュイン》に背後から腕をつかまれたあの時。秀英《シュイン》の気配は全く感じなかった。

「休んでいる場合かあー!!」

隙ありと思ったのだろう、甘淑《カンシュク》が棒を構えて猛然と秀英《シュイン》へ突進した。

（ダメ！）

暁蕾《シャオレイ》が心の中で叫ぶ。胸に当てた手のひらが懐の魚符《ぎょふ》を握りしめていた。甘淑《カンシュク》の一撃は何もない空間に突き刺さった。秀英《シュイン》が目の前から消えた。

秀英《シュイン》は甘淑《カンシュク》の背後にいた。秀英《シュイン》の動きは暁蕾《シャオレイ》には全く見えなかった。甘淑《カンシュク》がはっとした様子で振り返るがそこに秀英《シュイン》の木刀が振り下ろされた。

木がへし折れるイヤな音が響いた。とっさに甘淑《カンシュク》が差し出した棒が秀英《シュイン》の木刀で真っ二つに割られた。木材の破片が飛び散る。凄《すさ》まじい衝撃で甘淑《カンシュク》は地面に転がされた。

無表情の秀英《シュイン》が甘淑《カンシュク》を見下ろしている。甘淑《カンシュク》はまだ立ち上がることができない。秀英《シュイン》が木刀を大きく振りかぶった。

秀英《シュイン》が木刀を振り下ろそうとしたその瞬間——秀英《シュイン》の足元に人影が飛び込んだ。

「やめて！　お兄様」

不意をつかれた秀英《シュイン》はよろめき自分の足にすがりつく女を呆然《ぼうぜん》と見下ろす。自分を兄と呼んだ声の主《あるじ》は暁蕾《シャオレイ》だった。

「私はこんなことを望んでいません。もうおやめください！」

秀英《シュイン》の顔は青ざめていた。暁蕾《シャオレイ》は秀英《シュイン》の腰に自身の顔を強く押し付けた。自分でもなぜこんな大胆なことをしているのか訳がわからなかった。ただこうするしか秀英《シュイン》を止める方法を思いつかなかったのだ。

振り上げた木刀が力なく下ろされ、秀英《シュイン》の手から離れると地面に転がった。秀英《シュイン》の両手が暁蕾《シャオレイ》の頭の後ろに回された。細く滑らかな指先が暁蕾《シャオレイ》の髪を優しく撫でる。

「すまなかった、許してくれ」

秀英《シュイン》の声は震えていた。

「俺はお前に何もしてやれなかった」

その言葉は暁蕾《シャオレイ》に向けたものではなかった。秀英《シュイン》は今、大きな後悔の念に襲われているのだろう。自分が秀英《シュイン》の心の傷を呼び覚ましてしまったのだと暁蕾《シャオレイ》は思った。暁蕾《シャオレイ》の首筋にあたたかい感触があった。思わず秀英《シュイン》を見上げると秀英《シュイン》は泣いていた。秀英《シュイン》の琥珀色の瞳《ひとみ》から流れ出た涙が暁蕾《シャオレイ》の首筋を濡《ぬ》らしたのだ。どれくらいの時間が経《た》っただろうか？　暁蕾《シャオレイ》は秀英《シュイン》の手から離れるとゆっくりと立ち上がった。力なく立ち尽くしたままの秀英《シュイン》と向かい合う。

「秀英《シュイン》様。先ほどの言葉はあなたの大切な方へ直接、お伝えください」

暁蕾《シャオレイ》の言葉に秀英《シュイン》の瞳が揺らぐ。暁蕾《シャオレイ》はふところから魚符《ぎょふ》を取り出して、秀英《シュイン》へ差し出した。秀英《シュイン》の肩がピクリと波打つ。

「これを本当に渡したかったのは、秀英《シュイン》様の妹である冥水《メイスイ》様ですね？」

「そうだ、その通りだ」

何か吹っ切れたように秀英《シュイン》は言った。

「もしよろしければ、何があったのか教えていただけますか？」

秀英《シュイン》はうなずいた。近くで成り行きを見守っていた甘淑《カンシュク》が「俺も聞いていいのか？」と尋ねると秀英《シュイン》は「ああ」と答えた。


今から13年前――と秀英《シュイン》は話し始める。先帝の皇后であった蘭喬《ランキョウ》が自死した。皇帝以外の男性と密通した嫌疑がかけられ追い詰められていたのだ。蘭喬《ランキョウ》には皇帝との間にふたりの子供がいた。男子である皇太子、朱翼《シュヨク》と女子である公主《こうしゅ》、冥水《メイスイ》である。その皇太子、朱翼《シュヨク》こそが自分であると秀英《シュイン》は打ち明ける。ふたりは殺されることはなかったが人質として別々の異国へ送られることになった。

秀英《シュイン》は董艶《トウエン》妃の母国である砂狼《さろう》国へ、冥水《メイスイ》は帝国と南で隣接する火舎《かしゃ》国へ送られた。秀英《シュイン》は冥水《メイスイ》と離れ離れになる前に自分の魚符《ぎょふ》へ「生きよ」と文字を刻み渡そうとした。しかし妹と一切《いっさい》の面談を禁じられてとうとう渡すことができなかった。それからこの魚符《ぎょふ》を見るたびに後悔していたのだという。

砂狼《さろう》国では住民と肌の色も風習も何もかもが違った。異国から来た人間ということで差別を受け、

失意の中何となく生きていたという。そんな中で唯一、秀英《シュイン》に普通に接してくれたのが王の妾《めかけ》の子であるハウラ姫であった。そのハウラ姫が現在の董艶《トウエン》妃であった。ハウラ姫と秀英《シュイン》は兄弟のように仲良く育った。ハウラ姫は、秀英《シュイン》によくこんなことを言った。

「あなたと私は似た者同士。どこでも必要とされず居場所がない。でもね、いずれ私は自分の居場所をつくる。その時は私に力を貸しなさい」

数年後、別れの時がやって来た。ハウラ姫が異国に人質として送られることになったのだ。送り先は秀英《シュイン》の故郷、溏《とう》帝国だった。表向きは人質の交換ということだろう。

「待っているぞ」

そう言い残してハウラ姫は旅立った。秀英《シュイン》はまた孤独になった。ある時、秀英《シュイン》あてに書状が届いた。どうやら溏《とう》帝国からのようだ。いったい誰《だれ》が？　もしかしたらハウラ姫からかもしれない。秀英《シュイン》の胸は期待で高鳴った。

だが書状の差出人は意外な人物だった。溏《とう》帝国の現皇帝、朱《ジュ》　楚成《ジングル》、書状にはそう記されている。新しく皇后になった遥麗《ヨウレイ》の息子。つまりは自分と腹違いの弟ということになる。新しく皇帝に選ばれたという話は風の噂に聞いていた。しかし今になってこの俺に何の用があるというのだ。

朱《ジュ》皇帝からの書状には、宦官《かんがん》により支配され腐敗した宮城《きゅうじょう》の現実が記されていた。また有能な官吏は次々と左遷《させん》され自分の味方はいなくなってしまったと訴えていた。誠に身勝手な願いながら、まだ故郷を思う気持ちが残っているのであれば戻ってきてほしいと書かれていた。

秀英《シュイン》は悩んだ。いまさら溏《とう》帝国に何の未練もなかった。皇帝がいかに困ろうが知ったことではない。だが……頭に浮かぶのはハウラ姫の顔と彼女が残した言葉だった。

「待っているぞ」

そう、あいつは俺を待っている。一緒に居場所をつくるために。秀英《シュイン》は溏帝国《とう》へ帰る決心をした。

13年という月日は秀英《シュイン》の外見を大きく変えていた。溏《とう》帝国の皇太子時代は小さく弱弱しい少年だったが、背はとても高くなり母親譲りの整った顔立ちとなった。瞳の色も砂漠の国の強い太陽の光のせいで、薄い茶色から狼のような琥珀色へと変わっていた。

長い旅路の末、秀英《シュイン》は再び溏《とう》帝国の土を踏んだ。朱皇帝は、胡《フー》 秀英《シュイン》という名前の偽の戸籍を準備していた。秀英《シュイン》が先帝の息子、朱翼《シュヨク》と同一人物とは誰も気が付かなかった。

秀英《シュイン》が最初に行ったのは花鳥史《かちょうし》として帝国内を見てまわり、現状を把握することだった。安慶《あんけい》の都は一見華やかに見える。だが富を得ているのは貴族や大商人といった一部の人間で、それ以外の庶民の暮らしは秀英《シュイン》がいた頃より厳しくなっているように思えた。

朱《ジュ》皇帝の評判も芳《かんば》しくない。本人の人柄は真面目《まじめ》で誠実であるが、宦官《かんがん》や一部の大商人とつながった貴妃の言いなりになっているとの悪評が立っていた。そんなある日のこと、安慶《あんけい》の外れを歩いていた秀英《シュイン》は一軒の民家から子供達の元気な声が聞こえてくるのに気がついた。

ふと気になって窓から中の様子を見てみる。部屋の中では長机に座った大勢の子供達の前で、黒髪の少女が何やら話をしていた。聞き耳を立ててみるとどうやら溏《とう》帝国の歴史を教えているらしい。少女の顔がこちらを向いた。秀英《シュイン》は悟られぬよう慌てて身を隠したが、少女の顔がはっきりと見えた。

——冥水《メイスイ》！

少女の顔は妹の冥水《メイスイ》にとてもよく似ていた。いや、顔だけでなく細身のすらっとした体軀《たいく》、聡明な眼差《まなざ》しと澄んだ声もそっくりだった。少女の歳《とし》のころは15か16歳だろう。年齢からいって明らかに別人なのだが秀英《シュイン》は胸の鼓動を抑えることができなかった。

少女のことが気になって仕方ない秀英《シュイン》は、少女について調べてみることにした。少女は尚書省《しょうしょしょう》の下級役人、曹《ツァオ》 傑倫《ジェルン》の娘で名は暁蕾《シャオレイ》というらしい。近所では評判の才女であり、子供達に文字や歴史を教えているのだという。

悩んだ結果、秀英《シュイン》は暁蕾《シャオレイ》を後宮へ呼ぶことにした。妹に似ている少女を自分の近くにおきたいという気持ちに抗《あらが》うことができなかった。だが花鳥史《かちょうし》として少女の才能を認めたのも確かであった。

話し終わった秀英《シュイン》は、今まで見たことのない優しい表情で暁蕾《シャオレイ》を見ていた。真実を話すことができて心の重荷がなくなったのだろう。

「秀英《シュイン》様――」

暁蕾《シャオレイ》はゆっくりと口を開いた。

「私は冥水《メイスイ》様の代わりにはなれません」

ひとこと、ひとことにはっきりとした意志が感じられる言葉だった。

「すまなかった」

うな垂れる秀英《シュイン》に、暁蕾《シャオレイ》は懐から取り出した二通の書状を差し出す。

「一通は董艶《トウエン》様から、そしてもう一通は前の諫議大夫《かんぎたいふ》、徐《シュー》 泰然《タイラン》様からです」

董艶《トウエン》妃という言葉に秀英《シュイン》の瞳が揺らぐ。ふたりの過去を知ってしまった暁蕾《シャオレイ》の心にもさざなみがたった。

「董艶《トウエン》様からの書状はこの場でお読みください。本当は甘淑《カンシュク》様が危なくなったらお渡しするようにとのことだったのですが間に合いませんでしたね。泰然《タイラン》様の書状はどうか秀英《シュイン》様から皇帝陛下へお渡しくださいますでしょうか」

「わかった」

短く答えると秀英《シュイン》は董艶《トウエン》妃からの書状を読み始める。


『御史大夫《ぎょしたいふ》、胡《フー》 秀英《シュイン》殿。初めて文を差し上げます。本当はお会いして直接お話ししたいところですが、何分、後宮に捕らわれの身ゆえ無礼をお許しください。御史大夫《ぎょしたいふ》殿……いやもうこんな空々《そらぞら》しい話はよかろう。朱翼《シュヨク》よ。わらわはずっと待っておった。どんなにお前が変わっても、お前のことを見間違うことはないぞ。お前と話す時、わらわはハウラ姫のままじゃ。この国は今死にかけておる。砂漠の国で出会った我らじゃが、今はここが我らの国じゃ。ここにわらわとお前の居場所を作ろうではないか。お前の前におる、女官、暁蕾《シャオレイ》と宦官《かんがん》、甘淑《カンシュク》。このふたりをお前の部下とせよ。お前の好き嫌いは知らん。わらわが有能と見定めたふたりじゃ。文句は言わせん。協力してこの国の危機を救え。また会ってゆっくり話ができるとよいな。お前の盟友、ハウラより』


——盟友か。

秀英《シュイン》は思わず口元を緩ませた。彼女らしい言い回しだと思った。思えば自分はいつも妹の幻影を追いかけてきた。ハウラ姫、そして暁蕾《シャオレイ》の姿に妹の姿を重ねていた。自分はどこかで間違っていたのかもしれない。ハウラ姫も暁蕾《シャオレイ》も自立した立派な女性だ。自分が守れなかったものへの後悔を忘れるために彼女達を利用してはならない。自分のこの弱い心を今こそ断ち切らねば。

「暁蕾《シャオレイ》、お前の夢を教えてくれ」

琥珀色の瞳に再び鋭い光が宿っている。

「誰でも平等に学問ができる場所をつくること。誰もが己《おのれ》の才能を生かせる公平な世の中をつくること、それが私の望みです」

「この国は今、危機を迎えている。俺のためではない。お前の夢を実現するために俺と一緒に働いてもらえないだろうか？」

暁蕾《シャオレイ》の答えを待たずに、秀英《シュイン》は甘淑《カンシュク》の方へ向き直った。

「甘淑《カンシュク》、お前が俺との約束を破り口止めした内容をもらしたことには正直、腹がたった。だがそんなことはもうどうでもよい。お前を董艶《トウエン》様、そして暁蕾《シャオレイ》が有能と認めたのだ。俺の部下として働けば俺がお前を守ってやる。どうだ、悪い話ではなかろう？」

「小娘が俺を有能と認めただと？　そうなのか？」

「私にはできない芸当をやってのける。その点は認めます。それから私は小娘ではありません。暁蕾《シャオレイ》です」

「いいぜ。よくわからないが面白《おもしろ》そうだ。まだ死にたくはないしな」

暁蕾《シャオレイ》は初めて秀英《シュイン》という人間が少しだけ理解できたような気がした。この人と一緒なら自分の夢を実現できるかもしれない。そう思うと心が温かくなる。

「めでたく三人の利害が一致したということですね。これからよろしくお願いします」

「はは、利害の一致か。さすが屁理屈姫だ」

「屁理屈姫？　嘘つき姫だろう？」

「ふたりともいい加減にしないと、董艶《トウエン》様にお願いしてこの話はなしにしてもらいますよ！」

武道場の広間に三人の楽しげな笑い声が響いた。

落ち着いた後、秀英《シュイン》から暁蕾《シャオレイ》に空き家事件のことで説明があった。甘淑《カンシュク》が暁蕾《シャオレイ》に説明したように秀英《シュイン》たち御史台《ぎょしだい》の職員と甘淑《カンシュク》が空き家に踏み込んだとき、骸骨男はまだ生きていた。おそらく空き家で、買った品物と槃麻《はんま》を交換するはずだったのだ。

取引を悟られたと察知した麻薬の売人は、骸骨男を切り捨てて現れなかったのだろう。無明道《むみょうどう》の狂信者である骸骨男は槃麻《はんま》を大量に飲み込み、自分の口を封じたのだ。だが骸骨男は自分たち無明道《むみょうどう》が溏《とう》帝国に深く入り込んでいること、教祖である冥水《メイスイ》のためなら命を惜しまないことを知らしめたかったのだろう。「冥水《メイスイ》様、万歳！」と叫んでことされた。

秀英《シュイン》はどうするべきか悩んだ。ここで起こったことをありのままに報告するべきか？　朱《ジュ》皇帝は麻薬を徹底的に取り締まり、もし異国が裏で糸をひいているのであれば戦争も辞さない構えだ。無明道《むみょうどう》の信者が我が国内で麻薬の売買を行い、「冥水《メイスイ》様、万歳！」と叫んで死んだとなれば、皇帝は火舎《かしゃ》国に宣戦布告するかもしれない。そうなれば自分は実の妹と戦うことになるのだ。冥水《メイスイ》とはいずれ向き合うときが来るだろう。その覚悟はできている。だが戦争は避けねばならない。秀英《シュイン》はそう考えたのだ。

骸骨男は麻薬の過剰摂取という事故で死んだ。そう報告するしかない。それに慈善販売会で購入した商品がここに残っているのはよくない。まもなくここに掖庭《えきてい》の宦官《かんがん》達がやってくる。やつらがこれらの品を見つければ当然、品を売った暁蕾《シャオレイ》に疑惑がかかるだろう。つまりは暁蕾《シャオレイ》を守るためだったのだが、この部分について秀英《シュイン》は暁蕾《シャオレイ》に言わなかった。

秀英《シュイン》は空き家で起こった事件について、事故と報告することにした。さらに骸骨男が残したふたつの品を処分するように甘淑《カンシュク》へ依頼したのだった。

「せっかく処分してやったのに、董艶《トウエン》様が見つけ出してきてな。おまけに暁蕾《シャオレイ》が余計なことをしてくれたせいで俺《おれ》は一生、董艶《トウエン》様に頭が上がらなくなったぞ」

甘淑《カンシュク》は恨めしそうに秀英《シュイン》へ言った。

「余計なこととは何です？　甘淑《カンシュク》様が素直に本当のことを言わないから面倒なことになったのではありませんか？」

暁蕾《シャオレイ》は不満げに口をとがらせた。

「ははは っ！　甘淑《カンシュク》が言い負かされるところはさぞ愉快だったろうな。見ることができなかったのは残念だ」

「おい、暁蕾《シャオレイ》。こんな性格の悪い男はやめた方がいいぞ」

「何の話ですか？　意味がわかりません」

（こいつ、余計なことというのはあんたの方でしょ）

ひと通りみなで言いたいことを言い合って少し落ち着いてから、秀英《シュイン》が真面目《まじめ》な口調で切り出した。

「我が国にはすでに多くの無明道《むみょうどう》信者が入り込んでいる。やつらは槃麻《はんま》を使って信者を増やし薬漬けにすることで支配していく。だが、いくらやつらでも単独ではここまでのことはできないはずだ。必ず協力者がいる。そいつを見つけなければならない。協力してくれるな」

暁蕾《シャオレイ》と甘淑《カンシュク》がうなずくのを確認してから、秀英《シュイン》は話を続ける。

「だがその前に、今目の前にある危機をなんとかせねばならん。国境で略奪を行っている纏黄国《てんおうこく》との交渉についてだ。俺はこれにも何か裏があるのではと考えている。纏黄国《てんおうこく》が求めているであろう食料と家畜の餌を届けて必ず和平を成立させる。お前達には交渉に同行してもらう。事前に交渉に役立つであろう情報を集めてくれ」

こうして三人は同士として初めて同じ目的に向かって走り始めた。帝国を救うという目的に向かって。

※※※※※

纏黄国《てんおう》は、遊牧民の国だ。いくつも部族が血のつながりを元に集まり豊かな牧草地を巡って争ってきた。部族同士が同盟を結ぶことがあっても目先の利益《りえき》によって一時的に手を組むのであって、くっついたり離れたりを繰り返す。まとまりがないという意味で溏《とう》帝国の脅威ではなかった。だがある時、部族のひとつに十代の部族長が彗星のごとく誕生した。彼は神の生まれ変わりといわれ、その武力とカリスマ性により瞬く間にまわりの部族を従えていった。

やがて全《すべ》ての部族を統一した彼は、王となり自らを迦楼羅汗《カルラハン》と名乗った。もともとの部族にあった黄色い頭巾を頭に纏《まと》う習慣から国の名前も纏黄国《てんおう》とした。

強力な騎馬軍団を持つ纏黄国《てんおう》が本気で攻めてくれば、いかに巨大な溏《とう》帝国といえどもタダでは済まない。秀英《シュイン》が言ったように目の前にある脅威となったのだ。

迦楼羅汗《カルラハン》との交渉は、溏《とう》帝国の北、纏黄《てんおう》国との国境付近で行われることになった。秀英《シュイン》と交渉団は馬車に支援物資である食料と家畜の餌を積み、護衛の兵士とともに交渉場所へ到着した。暁蕾《シャオレイ》と甘淑《カンシュク》は目立たないように交渉団の雑用係として同行していた。

纏黄《てんおう》国の住居は移動式のテントでゲルと呼ばれる。来客用に組み建てられたゲルで迦楼羅汗《カルラハン》と秀英《シュイン》は向かい合って座っていた。椅子《いす》はなく丸い座布団の上に胡坐《あぐら》をかいている。

王は、立ち襟《えり》の長衣を身に着けていた。鮮やかな青色で裾《すそ》と袖《そで》が長く腰には金色の帯を巻いている。ゆったりとした服を着ていても胸板が厚く筋肉質なのがわかった。顎のとがった精悍な顔に切れ長の目、吊り上がった眉《まゆ》が意志の強さを表している。

王は、秀英《シュイン》の目をじっとみつめると口を開いた。

「秀英《シュイン》殿、お主《ぬし》は狼の目を持っておる。狼は我々、遊牧の民にとって敬《うやま》う存在であると同時に恐れる存在でもある。わしはお主がそのどちらであるか見極めなければならん」

秀英《シュイン》は琥珀色の瞳《ひとみ》を持っており、狼のような目と言われることがよくあった。溏《とう》帝国では珍しがられる目であったが、王にとっては特別な意味があるようだった。

「敬っていただく必要はありません。私の望みは纏黄《てんおう》国の民と、我が溏《とう》帝国の民がともに力を合わせ国を豊かにしていくこと。そのために貴国をお助けできればと食料、家畜の餌を持参した次第です」

「そのために貴国の施しを受けよと？」

秀英《シュイン》は、やはりそう来たかと思った。纏黄《てんおう》国が困っているのは確かだ、だが他国から援助を受けるということは弱みを見せ借りを作ることにもなる。ましてやカリスマ性の高さで民の人気を集める王が、溏帝国《とう》に屈服すると受け取られかねない提案を素直に受けるとは思えなかった。

王が待っているのは「望む品を差し出すので略奪をやめてほしい」という秀英《シュイン》の言葉だ。その言葉を引き出すことができれば溏《とう》帝国が王の前に平伏《ひれふ》したことになる。そもそも朱《ジュ》皇帝、本人が来なかったのはあくまで溏《とう》帝国が上の立場であるということを他国に表すためだ。これはいわばギリギリの外交交渉なのだ。

「施しなどではありません。これらの品は我が国の貴妃、翠蘭《スイラン》妃が私財を売って購入したもの。翠蘭《スイラン》妃の生家は黒河州《こくが》の大商人、劉《リュウ》家なのです」

淡々と事実を述べる秀英《シュイン》から王は目を逸らさない。まるで品定めをしているようだった。

「黒河《こくが》州は我が国と国境を接しているのだったな。そして我々の侵入によって被害を受けている。つまりは翠蘭《スイラン》妃、いや劉《リュウ》家とやらの略奪をやめてほしいという望みを叶《かな》えよというのか？」

「お察しの通りです」

しばらく黙っていた王は、手元の呼び鈴を鳴らした。すぐにゲルの入り口から兵士が顔を覗《のぞ》かせ、「お呼びですか？」と言った。

「馬乳酒《ばにゅうしゅ》を用意しろ」

王が命じると間もなく酒甕《さかがめ》を持った兵士がやって来て、王と秀英《シュイン》の腕に白濁した液体を注《そそ》いだ。先に王がグイッと椀をあおり一気に酒を飲みほした。毒が入っていないことを示したのだ。秀英《シュイン》は馬乳酒を飲んだことがないが王と同じく一気に飲みほす。強い酸味と苦みを感じてせき込みそうになる。

「上品な味ではないが、俺はこの酒が好きだ」

王は秀英《シュイン》の反応に口もとを緩めて言った。

「癖《くせ》になる味ですね」

秀英《シュイン》も笑みを返す。

「お主は交渉役としては正直すぎるようだな。先ほどからの言葉は全て皇帝からの言葉であろう。お主の目は狼というよりは羊だ、感情が手に取るようにわかる。勘違いするな、わしは気に入った男としか馬乳酒は飲まん。一緒にこの酒を飲んだ相手のことは信用することにしている。だが……」

王の顔から笑みが消えた。

「わしが見極めなければならないのは、お主ではなくお主に望まぬ言葉を語らせる皇帝だろう。朱《ジュ》楚成《ジングル》に自ら出向けと伝えろ。話は終わりだ」


立ち上がりゲルを出ていく王を秀英《シュイン》は呆然《ぼうぜん》と見送ることしかできなかった。秀英《シュイン》がいるゲルを出た王は、自分の執務室となっている少し離れたゲルへと向かう。自分の直感は秀英《シュイン》を信用しても良いと告げている。この和平交渉が決裂して困るのは溏《とう》帝国よりもむしろ自分の国だということはよく理解していた。だが溏《とう》帝国の皇帝を信用できない理由があるのだ。

重い足取りで歩いていると、向こうにあるゲルの方から聞き覚えのある笑い声が聞こえてきた。その声はだんだんと大きくなり近づいてくる。王は立ち止まって様子を窺《うかが》った。近づくにつれて声の主が自分の妻、エルデニであることがわかった。エルデニのそばには侍女や護衛の他に溏《とう》帝国の衣装を身に着けた男と女が付き従っている。

エルデニは王の姿を見つけると、満面の笑みを浮かべ早足で近づいてきた。王はエルデニの姿を見て嫌な予感がした。エルデニは凝った刺繍の入った光沢のある長衣を身に着けている。靴も帽子も異国から取り寄せた特注品だ。そしてエルデニの胸元《むなもと》には今、光り輝く真珠のネックレスが新たに加わっていたのだ。

「あなた、この素晴らしい真珠を見て！」

装飾品にあまり興味のない王から見ても大粒で形の揃《そろ》った真珠が大変貴重な品であることはわかった。

「よく似合っているな、エルデニ」

妻の機嫌を損なわないよう、王は妻の求めている言葉を返す。

「私のために溏《とう》帝国の皇帝が、西の異国から取り寄せてくださったそうよ。ああなんて美しいんでしょう！」

エルデニに付き従っていた見知らぬ男が、背負っていた袋から大きな鏡を取り出すともう一人の女とふたりで持ち、エルデニに自分の姿が見えるよう掲げて見せた。

「どうですか、お后様《きさき》。我が国の後宮にも、これほど真珠がお似合いになる女性はおりません。この真珠は遥か何千里も旅してまいりました。お后様につけてもらうことをこの真珠が求めておったのです」

よく見ると男はかなりの美形であり、男が放つ言葉には妙な説得力があった。

「お后様の輝くような美しさだけではありません。遥か西の異国では、真珠は貞操、純真、惜しみない愛の象徴とされています。そのような内面を持つ女性が身に着けることによって、初めて真珠は光り輝くのです」

背が高い黒髪の女がよどみなく付け加えた。エルデニは決して単純な女ではない。対立していた部族長のじゃじゃ馬娘を王が口説いて妻にしたのだ。薄っぺらいお世辞に騙《だま》されることはないだろう。そして纏黄《てんおう》国の全てを動かすことのできる王にとって唯一、気を使う必要があるのがエルデニだった。

エルデニの頰《ほお》は赤く紅潮し、うっとりと鏡を見つめている。

「そいつらの言う通りだ。お前はその真珠を身に着けることができる唯一の女だ」

王には次の展開が予想できた。もしこれが秀英《シュイン》の考えた計略なのだとしたら自分はあの男の力量を見誤ったのだ。

エルデニはうやうやしくひざまずくと、上目遣《うわめづか》いに王を見上げた。見知らぬ男女も一緒にひざまずく。

「偉大なる王に申し上げます。我が国は内陸の国ゆえ海を持ちません。故に海からのものは他国からしか入手できません。また我が国が誇る毛皮や家畜の乳から作るアロール《チーズ》は他国の民にも大いに買ってもらうべきもの。溏《とう》帝国と我が国はともに豊かになれる兄弟、どうかいま一度、使者のいるゲルへお戻りください」

「いや……」

王が何か言おうと口を開きかけるとエルデニが低い声で言った。

「どうか……お戻りください」

王が道を間違ったと判断した時、エルデニが見せる有無を言わせぬ表情であった。王はそれ以上何も言わず踵《きびす》を返して秀英《シュイン》のいるゲルへと向かった。

秀英《シュイン》は誰《だれ》もいないゲルでひとり座っていた。あとはあのふたりに任せるしかない。暁蕾《シャオレイ》と甘淑《カンシュク》の調査によって迦楼羅汗《カルラハン》の唯一の弱点が妻のエルデニであることはわかっていた。またエルデニが装飾品に目がないこと、纏黄国《てんおうこく》で真珠はまず手に入らないこと。その情報を元に董艶《トウエン》妃から砂狼《さろう》国の特産品である真珠を譲ってもらった。だが一番重要なのはエルデニが夫である王を愛していることだ。

いかにエルデニが真珠に心を動かされたとしても、夫を助けようとする真心がなければ動くことはあるまい。また王も、妻の進言が自分と国を本心から慮《おもんぱか》るものでなければ受け入れないだろう。王と妻の愛にかけるしかない。そんなロマンティックな考えを自分がしていることに秀英《シュイン》はおかしくてならなかった。自分は愛を持っているのだろうか？　持っているとすれば誰に対する愛なのか？　その問いに対しての答えを考えるのが怖かった。

ゲルの入り口を覆《おお》う布が開いた。入ってくる王の気まずそうな表情を見て、秀英《シュイン》は部下のふたりが見事にやり遂げたことを知った。

「あのふたりは何者だ？」

敷物にどっかと腰を下ろすと王は尋ねた。

「私の優秀な部下で、甘淑《カンシュク》と暁蕾《シャオレイ》といいます」

王は酒甕から再び馬乳酒を、秀英《シュイン》と自分の椀にそそぐ。今度はふたり同時に酒を飲みほす。秀英《シュイン》は今度もむせそうになった。

「フハハハハ！」

王の豪快な笑いがゲルのなかに響いた。

「交渉は事前の準備で決まる。お主はわしが席を立つことを予想していたのであろう。『将を射んと欲すればまず馬を射よ』とはよく言ったものだ。我が妻は馬ではないがな。お主のことだ、交渉の条件もお互いに利があるものであろう。聞かせてくれ」

「ありがとうございます」

ゲルに骨付きの羊肉や揚げた肉まん、野菜のスープ、チーズなどが運びこまれ酒宴が始まった。秀英《シュイン》が正統な交渉相手と認められた証《あか》しであった。

秀英《シュイン》はまず、纏黄《てんおう》国でとれる毛皮やチーズと、溏《とう》帝国で生産される食糧や家畜の餌を適正な価格で売買する仕組みをつくることを提案した。事前の調査で纏黄《てんおう》国からの毛皮が溏《とう》帝国に密輸されており値段が大きく下がっていることがわかったからだ。

「まず毛皮の密輸を取り締まり、適正な価格へと戻します。その上で十分な食料や家畜の餌が貴国に供給されるよう取り計らいます」

王は満足げにうなずいた。

「秀英《シュイン》どの、わしが朱《ジュ》皇帝と直接話したかったのには訳があるのだ。お主を信じると決めたからにはその理由を話す必要があろう」

王はそう言うと何があったのか語り始めた。纏黄《てんおう》国を大寒波が襲い、家畜の餌が不足し始めたのと同時に、自国でとれる毛皮の値段が下がり始めた。溏《とう》帝国との交易により安い食料や家畜の餌を手に入れることに慣れていた纏黄《てんおう》国の民はすでに自給自足の生活を忘れており、生活が苦しくなった。

そんな時、溏《とう》帝国からの使者を名乗る男が王に面会を求めてやってきた。男は病的に痩せておりまるで骸骨のようであった。不気味に思った王ではあったがとりあえず男の話を聞くことにした。男は言った、自分は溏《とう》帝国で悪政を行っている朱《ジュ》皇帝に対して反政府活動を行っているものである。王様、あなたに忠告がある。纏黄《てんおう》国の毛皮は溏《とう》帝国に密輸されており、そのため正規品の値段が下がっている。密輪を指示しているのは朱《ジュ》皇帝自身であり、あなたの国を弱らせいずれ侵略する計画なのだと。男はそれだけ言うといつの間にかいなくなった。

王は初め男の話を信じていなかった。ところが同席していた将軍のひとりが暴走し、国境を越えて溏《とう》帝国に侵入し商人を襲ってしまった。驚くことに商人が運んでいた積み荷からうまく隠された毛皮が発見された。毛皮を没収したところ、毛皮の値段が上がった。王は男の話を信じるしかなかった。

その後も毛皮の密輪は続き、そのたびに毛皮の値段が下がる。いつしか密輪の取り締まりと称して溏《とう》帝国に侵入し略奪が行われるようになった。溏《とう》帝国に対する不満が高まっていたところに秀英《シュイン》がやって来たのだった。

「お主が先ほど約束したこと、果たされるかどうかしばらく様子をみよう。その間貴国での略奪はやめる。だが約束が果たされぬ場合は貴国との戦争も覚悟せねばならん」

王は静かに言った。秀英《シュイン》は自分が背負った責任の重さを感じて身を固くした。

「ひとつ聞かせてください。その痩せた男からは何か匂《にお》いがしませんでしたか？」

秀英《シュイン》の質問に王は「うむ」と考え込んだが、やがて思い出したように口を開いた。

「そうだ……思い出した。あれは白檀《びゃくだん》の香りであった」

秀英《シュイン》、暁蕾《シャオレイ》、甘淑《カンシュク》の三人は急いで安慶《あんけい》へ戻った。御史台《ぎょしだい》にある秀英《シュイン》の執務室に集まった三人は纏黄《てんおう》国での出来事について話し合う。

「迦楼羅汗《カルラハン》に偽の情報を流したのは、やはり死んだ骸骨男でしょうか？」

「おそらくそうだろう。やつは誰かの命令で汚れ仕事を請け負う工作員だったのだ。報酬として麻薬を受け取っていたが、我々の調査が及ぶことを知った雇い主に見限られて、自ら命を絶ったと考えるとつじつまが合う」

暁蕾《シャオレイ》の問いに秀英《シュイン》は考えながら答えた。

「これからどうするんだ?」

甘淑《カンシュク》が聞いた。

「俺は密輸の取り締まりを行って、毛皮の価格を安定させる。暁蕾《シャオレイ》と甘淑《カンシュク》は、骸骨男を操《あやつ》っていた黒幕に関する情報を集めてくれ」

三人はそれぞれ次の仕事に取り掛かることになった。事態は思ったよりも複雑で絡《から》みあっている。それでもひとつひとつ解きほぐしていくしかない。自分の持てる力を全て使おうと暁蕾《シャオレイ》は思った。

※※※※※

秀英《シュイン》が纏黄国《てんおう》との交渉を成功させたことはすぐに大きな話題になった。同時に翠蘭妃《スイラン》が私財をなげうって援助物資を買う資金を作ったことで、国を思う素晴らしい貴妃だと評判になった。紅玉宮《こうぎょくきゅう》の悪い噂もすっかり消えうせ、皇后に次ぐ后妃には翠蘭妃《スイラン》がふさわしいと言われるまでになった。

紅玉宮《こうぎょくきゅう》には連日のように貴族や商人が訪れ、次々と贈り物が届けられる。今のうちに翠蘭妃《スイラン》に取り入っておこうと誰も彼も必死なのだ。しばらくして紅玉宮《こうぎょくきゅう》から暁蕾《シャオレイ》に仕事の依頼があった。以前やったことのある倉庫整理の仕事をまたお願いしたいとのことだ。

もとはといえば、倉庫に眠っている不用品を民に安く売って、その資金で纏黄国《てんおう》へ援助物資を送るというアイデアは暁蕾《シャオレイ》が考案したものだ。もちろんそんなことは公《おおやけ》にはできないので国民は翠蘭《スイラン》妃の知恵と優しさを褒めたたえる。結果として翠蘭《スイラン》妃の暁蕾《シャオレイ》に対する信用も高まり、次の仕事が舞い込んだのだろう。暁蕾《シャオレイ》が紅玉宮《こうぎょくきゅう》を訪れると、宮のあちらこちらに贈り物の山ができていた。送られる量が多すぎて整理できていないのだ。侍女である青鈴《チンリン》が暁蕾《シャオレイ》の姿を見つけると小走りで近づいてきた。

「あぁっ、いいところに来たわ。これからなん組もお客様がいらっしゃるから、応対で私達は手いっぱいなの。早くその贈り物を片付けてちょうだい！」

青鈴《チンリン》は、贈り物の山を指差して言った。

「あの……青鈴《チンリン》様、どちらへ運べばよろしいのでしょうか？」

「いつもの倉庫へ運んで！　倉庫もまた散らかってるからそれも片付けるのよ」

そう言い残すと慌ただしく青鈴《チンリン》は立ち去ってしまった。女官から鍵《かぎ》を受け取り倉庫の扉を開ける。廊下に積み上げてある贈り物が入った様々な大きさの箱を倉庫の中へ少しずつ運び入れた。次に箱を開けて中に入っている品物を取り出す。豪華な装飾品や調度品が次々と出てきた。倉庫にある品を安い値段で売った翠蘭《スイラン》妃だったが、結局それを遥かに上回る量の品々を手に入れることになった。

（皮肉なものね）

何が良くて何が悪いのか。全ては後になってみないとわからない。幸運と不運は表裏一体なのかもしれない。

さて次は品物の目録を作ろう。暁蕾《シャオレイ》は万能記憶能力を使って品物の名前、送り主の名前を次々と書き出していく。もともと倉庫に置いてある品も忘れず書き込む。

（あれっ？　何か変ね）

暁蕾《シャオレイ》は違和感を覚えた。あるべきものがない。棚に置かれた品物と品物との間にぽっかりと隙間《すきま》ができている。ここにあったのは——

——金メッキの香炉と銀盒《ぎんごう》だ。

骸骨男が慈善販売会で買っていき、甘淑《カンシュク》によって闇《やみ》の市場へ売られたふたつの品。これらは董艶妃《トウエン》によって見つけ出され、暁蕾《シャオレイ》の手によって翠蘭妃《スイラン》へ返却された。翠蘭妃《スイラン》は品物が戻ってきたことにとても驚き、そして喜んでいた。

「こやつらは、わらわのところへ戻ってきたかったのやもしれん。あの倉庫が居心地よかったのじゃろう。元の場所へ戻してやれ」

翠蘭妃《スイラン》はそう言ったのだ。言いつけ通りに暁蕾《シャオレイ》は、香炉と銀盒《ぎんごう》を新しい箱へ入れ倉庫の棚へ置いた。それなのに今はどちらも棚から消えている。もしかして箱から取り出して使っているのだろうか？　紅玉宮《こうぎょくきゅう》を全て見て回ったわけではないが、少なくとも暁蕾《シャオレイ》が見ることができる範囲には見当たらなかった。

（そういえば……）

暁蕾《シャオレイ》の頭に浮かんだのは、一緒に倉庫整理をした女官、美麗《メイリン》の言葉だ。この倉庫とは別に、日々使う品を入れる倉庫があると美麗《メイリン》は教えてくれた。その倉庫へ移されたとしたらどうだろう？　でもいったい何のために？　暁蕾《シャオレイ》が高速で作業を進めたことで贈り物はかなり片付いた。様子を見に来た青鈴《チンリン》に暁蕾《シャオレイ》は思い切って聞いてみた。

「青鈴《チンリン》様、倉庫にもともとあった品が見当たらないのです。もしかしたらもうひとつの倉庫に間違って移されたのかもしれません。確かめたいのですがダメでしょうか？」

「それは無理ね。あの倉庫は勝手に入ってはダメだと言われているの。私でも何年か前に一度入ったことがあるだけなんだから」

「何か重要なものを入れているんでしょうか？」

「さあ、わからないわ。あなたが頭がいいのは認めるけどあまり余計なことに首を突っ込まない方が身のためよ」

青鈴《チンリン》が珍しく暁蕾《シャオレイ》を認める発言をしたことに暁蕾《シャオレイ》は少し驚いた。だがこれ以上食い下がっても仕方ないと思い暁蕾《シャオレイ》は作業を続けることにした。暁蕾《シャオレイ》は今まで得た情報をもとに考えを巡らせていた。骸骨男を操っていた黒幕は誰か？　男は無明道《むみょうどう》の信者であったのだから当然、教祖である冥水《メイスイ》の指示に従うだろう。だが冥水《メイスイ》がいる火舎《かしゃ》国から遠く離れたこの国にいる信者に直接、命令を下せるとは思えない。

おそらく我が国の内部に侵入した信者もしくは信者ではないが敵に協力している人間から指示を受けていたのだろう。まず考えられるのが同じ宦官《かんがん》から指示を受けていた可能性だ。これについては甘淑《カンシュク》がいま調査している。

もうひとつの可能性は皇族や役人から指示を受けていたというものだ。こちらについては秀英《シュイン》によると御史台《ぎょしだい》が調査中とのことだ。上記ふたつの可能性について暁蕾《シャオレイ》ができることはない。そして最後のひとつが、この後宮内に指示役がいるというものだ。翠蘭《スイラン》妃をはじめほとんどの貴妃が宦官《かんがん》に賄賂を贈っている。それによって宦官《かんがん》を操っているもののもいるだろう。槃麻《はんま》を手に入れてお金の代わりに槃麻《はんま》を渡すことで操っているものがいるのだろうか？

もう一度、自分の脳が覚えているであろう様々な情報を呼び出してみる。槃麻《はんま》の情報はないので、槃麻《はんま》以外の麻薬について情報はあるだろうか？　溏帝国《とう》では法律で禁制となった麻薬がいくつかある。そのいずれもが大変高額で取引されており異国から密輸されていた。

――密輸か。

暁蕾《シャオレイ》は纏黄国《てんおう》から溏帝国《とう》へ毛皮が密輸されているという話を思い出した。そういえば近所の子供達に溏帝国《とう》の歴史を教えていた時、溏帝国《とう》より昔に大陸を支配していた王朝が異国に侵略されそうになったことがあると教えた記憶がある。

その時も侵略を企《たくら》んだ異国から、麻薬が王朝の領土内に密輸され多数の国民が麻薬中毒になってしまった。国民が高額な麻薬を買うためのお金はどこから来たのか？　他の異国へ自国の特産品である、お茶を売って得たお金が使われていたのだ。侵略者である異国は麻薬を売ったお金で武器や兵士の食料を買っていた。驚くべきことにお茶を異国に売っていた商人と、武器や食料を異国に売っていた商人は同じで、王朝で一番の大商人であった。

――歴史は繰り返す。

暁蕾《シャオレイ》の頭の中にこの言葉が浮かび上がった。冥水《メイスイ》がこの歴史を知っていたとしたら？　知っていて利用することを思いついたとしたら？　冥水《メイスイ》は自分にとても似ていると秀英様《シュイン》は言った。もちろん見た目や雰囲気が似ているからといって歴史に興味があるとは限らない。だが秀英《シュイン》が子供に歴史を教えている自分を見て無意識に自分と冥水《メイスイ》を重ね合わせてしまったのは偶然ではないのかもしれない。

（今すぐ、確かめなきゃ！）

暁蕾《シャオレイ》は作業部屋を飛び出して一目散に御史台《ぎょしだい》へ向かった。幸い秀英《シュイン》は執務室で作業中だった。

「秀英様《シュイン》！　教えてください」

肩で息をしながら暁蕾《シャオレイ》は言った。

「いったいどうしたのだ？　まあ落ち着け」

「冥水《メイスイ》様は歴史がお好きでしたか？」

説明するのももどかしく単刀直入に尋ねる。

「なんだって？」

「ですから歴史が好きだったかとお聞きしています！」

秀英《シュイン》の目は驚きで見開かれた。

「確かに歴史が大好きでよく天三閣《てんさんかく》で歴史書を読んでいたな。だがなんでお前がそんなことを知っている？」

「歴史は繰り返す、です！」

秀英《シュイン》の表情に困惑が加わったが暁蕾《シャオレイ》は構わず続ける。

「秀英《シュイン》様、天三閣《てんさんかく》へ行きましょう！　今すぐに」

「なんだかわからんが、後で説明しろよ」

暁蕾《シャオレイ》の勢いに負けて秀英《シュイン》は天三閣《てんさんかく》へ一緒に行くことに同意した。天三閣《てんさんかく》は皇城《こうじょう》にある書庫だ。様々な書籍や公文書が収められている。暁蕾《シャオレイ》は泰然《タイラン》に依頼されて一度訪れたことがあった。建物の門に続く石畳は上から竹に覆われている。屋根付きの門を越えて入ると前回訪れた時と同じ衛兵がいた。

「御史大夫《ぎょしたいふ》様、お勤めご苦労様です！」

緊張した面持ちで衛兵は拱手《きょうしゅ》の礼をとった。普段、偉い役人が来ることがないので驚いたのだろう。

「調べたいことがあるのだ。入るぞ」

衛兵は暁蕾《シャオレイ》の方をチラリと一瞥《いちべつ》したものの、何も言わなかった。前回の訪問で書庫が項目ごとに分かれているのがわかった。暁蕾《シャオレイ》は歴史の棚に進む。各時代の歴史がまとめられた書籍が順番に並んでいる。溏《とう》帝国の最新刊からさかのぼって表紙を見ていく。溏《とう》帝国の前の王朝、その前と探していき該当する部分に差し掛かった。

「ありません！」

暁蕾《シャオレイ》は叫んだ。順番に並んでいる歴史書のうち一冊だけなくなっていた。それは溏《とう》帝国の前の王朝時代、異国から密輸された麻薬によって国が滅びかけた時のことが記された部分だった。

「説明してもらえるか？」

「昔、今の溏《とう》帝国に起きていることと同じことがこの大陸で起こったのです。ここにあった歴史書にはそのことが書かれていたはずです。冥水《メイスイ》様は歴史書を読んでその事実を知っていた。そして自らにひどい仕打ちをした溏《とう》帝国への復讐のため過去の歴史と同じことを起こそうと考えた。この書庫にあった歴史書はそのために冥水《メイスイ》様が持ち去ったのでしょう」

暁蕾《シャオレイ》は、異国が昔の王朝に麻薬を密輸し、国民を麻薬中毒にすることで滅ぼそうとしたこと、国民が高価な麻薬を買うために特産品のお茶を輸出したお金を使ったこと。侵略者である異国が麻薬を売って儲けたお金で武器や兵士の食料を買っていたことを説明した。

「今の状況に置き換えると、侵略者の国というのは冥水《メイスイ》がいる火舎《かしゃ》国だな。お茶ではなく密輸で値段が下がった毛皮と家畜の餌を売買して利益をあげている相手が迦楼羅汗《カルラハン》の纏黄《てんおう》国というわけか」

秀英《シュイン》はなるほどという感じで言った。

「そしてもっと重要なことがあります。侵略者の国に武器を売っていたのも、異国にお茶を売っていたのも、どちらもその国一の大商人だったのです」

この国で一番の大商人。溏《とう》帝国においてその地位にあるのは翠蘭《スイラン》妃の生家、劉《リュウ》家だ。

「もし歴史通りに事が進んでいるとすれば、纏黄《てんおう》国の毛皮を密輸して儲けた資金で火舎《かしゃ》国から麻薬を買い、国民に安く売りさばく。火舎《かしゃ》国へは麻薬の代金と交換で武器や兵士の食料を売りつける。ということになる」

あまりにおぞましい取引を想像して秀英《シュイン》は眉根《まゆね》を寄せた。

「だが、劉《リュウ》家が関《かか》わっているという確証はどこにもない。歴史書を持ち出したのが冥水《メイスイ》だというのもお前の想像でしかない」

「おっしゃる通りです。事情を知っている骸骨男が死んだ今、その骸骨男に麻薬を売っていた売人を探すしかありません。そうです、あの空き家に来るはずだった人物です。その人物を捕まえて劉《リュウ》家との関係を白状させることができれば彼らの陰謀をあばくことができるかもしれません」

「そのことなんだが、実は毛皮の密輸に関わっていた男をひとり捕えることに成功したのだ。その男を尋問したところ顔を隠した女から密輸の仕事を依頼されたと自白した」

「そうなんですか！　なぜそのことをすぐに教えてくださらないのですか！」

「言う暇なんかなかっただろ」

秀英《シュイン》は肩をすくめた。暁蕾《シャオレイ》は自分が遥かに身分の高い男を無理矢理連れ出したことに改めて気付き、肝《きも》が冷えるような気持ちになった。

「申し訳ありません、秀英《シュイン》様、自分の考えで頭がいっぱいで周りのことが見えておりませんでした」

「皇城《こうじょう》を御史大夫《ぎょしたいふ》と女官がふたりで歩いていたのだ。噂になるやもしれんな」

晓蕾《シャオレイ》の頭は真っ白となった。そんなことは全く気に留めていなかった。いくら后妃候補から外れている南宮《なんぐう》の女官とはいえ、自分も後宮の女官なのだ。若い男と、それも御史大夫《ぎょしたいふ》とふたりで歩けば何を言われるかわからない。

「うわーっ! とんでもないことを。どう致しましょう」

晓蕾《シャオレイ》は天を仰《あお》いだ。晓蕾《シャオレイ》の顔を上から覗き込む琥珀色の瞳と目が合う。

「噂になるのはそんなにいやか?」

(えっ?)

静寂が書庫を包んでいる。自分の呼吸の音が速くなるのを晓蕾《シャオレイ》は感じた。秀英《シュイン》の顔がゆっくりと近づいてくる。その瞳にはあやしい光がともっていた。金縛りにあったように身動きができなくなる。

秀英《シュイン》の瞳に何か特別な力があるのだろうか?

「いや……に……きまって……」

はっきりと拒絶の言葉が出てこない。いや、秀英《シュイン》の力のせいではない。自分自身の心がそうさせているのだ。

(だめ! このままだと……)

秀英《シュイン》の吐息が顔にかかる距離まで近づいたとき、ふいに建物の外で風が吹き、竹林がざわざわと鳴った。とたんに晓蕾《シャオレイ》の体は金縛りから解けた。

「そうだ!」

晓蕾《シャオレイ》はくるりと身を翻《ひるがえ》し、秀英《シュイン》に背を向けた。必死で呼吸を整える。

「私もここにある歴史書を一冊借りていきます」

秀英《シュイン》に背を向けたまま、歴史書を一冊抜きだし手に取った。

「俺は捕らえた男をおとりにして指示役の女に接触するつもりだ。今、お前が言ったことが正しいかどうか女を捕らえて確かめるとしよう」

「わかりました。私も紅玉宮《こうぎょくきゅう》で確かめたいことがあるのです」

暁蕾《シャオレイ》は、紅玉宮《こうぎょくきゅう》の倉庫に入れたはずの香枦と銀盒《ぎんごう》がなくなっていたことを説明した。

「くれぐれも無茶をするんじゃないぞ。後宮に俺は入れないのだ」

秀英《シュイン》は、暁蕾《シャオレイ》が安慶《あんけい》のまちで骸骨男を尾行したことを言っているのだろう。

「承知しました」

暁蕾《シャオレイ》は思い出したように拱手《きょうしゅ》の礼をとった。天三閣《てんさんかく》を後にして、暁蕾《シャオレイ》と秀英《シュイン》は人目を避けて別々に帰ることにした。

翌日、紅玉宮《こうぎょくきゅう》で倉庫整理をする前に暁蕾《シャオレイ》は人を探していた。いきなり現れるくせに探すとなかなかみつからない。探すのを諦《あきら》めて倉庫に贈答品を運び込むことにした。木箱を開けると銀の茶碗が出てきた。茶葉はいまでも溏《とう》帝国の重要な輸出品だ。今では取引の多くを劉《リュウ》家が担《にな》っている。

(纏黄国《てんおう》との交渉がうまくいったことで、ますます劉《リュウ》家の商売が繁盛しちゃったわね)

廊下をこちらに向かってくる軽《かろ》やかな足音が聞こえた。

「またひとりでお仕事?」

声の主は美麗《メイリン》だった。クリクリとした目がこちらを見ている。

「うん、みんなお客様の相手で忙しいみたい」

「手伝おうか?」

「ありがとう」

薄桃色の襦裙《じゅくん》をひらひらさせて美麗《メイリン》は暁蕾《シャオレイ》の隣までやってきた。暁蕾《シャオレイ》が仕事の説明をすると、美麗《メイリン》は次々と箱を開けて中身を取り出した。それを見て暁蕾《シャオレイ》が目録を作っていく。美麗《メイリン》が加わったことで仕事はどんどんはかどる。

「実は美麗《メイリン》のことを探してたんだ」

「知ってるよ」

美麗《メイリン》はフフフと笑う。相変わらずつかみどころのない不思議な娘だなと暁蕾《シャオレイ》は思った。

「以前、紅玉宮《こうぎょくきゅう》にもうひとつ倉庫があるって言ってたでしょ。その倉庫の中を見れないかな？」

「はーん、そちらの不用品も売ろうと思ってるんでしょ？」

「まあ、そんなとこだね」

美麗《メイリン》は少し考えてから口を開いた。

「これは内緒なんだけどね。数日以内に皇帝陛下の渡《わた》りがあるらしいの。その日は陛下のお出迎えで侍女も女官もかかりっきりになるわ。倉庫に忍び込むならその時しかないと思う」

「そっか、ありがとう」

「ねえ、暁蕾《シャオレイ》。もし倉庫を探りにいくなら私も連れていってよ。私、倉庫の鍵がある場所知ってるんだ」

「えっ！　でも美麗《メイリン》も陛下のお出迎えの準備があるんじゃ……」

「大丈夫、大丈夫。私は数のうちに入ってないから」

日ごろから自由奔放に動き回っているので重要な役割は与えられていない、という意味だろうか？

そんなことで紅玉宮《こうぎょくきゅう》を追い出されないのだろうか？

腑《ふ》に落ちない点はあったが美麗《メイリン》の見た目とは違う有能さを知っている暁蕾《シャオレイ》は、美麗《メイリン》の申し出を受けることにした。

数日後、その日は朝から紅玉宮《こうぎょくきゅう》内がざわついていた。倉庫でいつもの仕事を続けていると美麗《メイリン》がやって来て小声で囁《ささや》いた。

「今日、陛下の渡りがあるわ。夕刻、合図の太鼓がなるからその後、作戦開始よ。私は鍵を持ってくるから準備しててね」

皇帝の渡り、つまりは朱《ジュ》皇帝が紅玉宮《こうぎょくきゅう》を訪れて翠蘭《スイラン》妃と一夜をともにする儀式のことだ。ふたりが結ばれて子をなすことになれば、その子が皇太子として次の皇帝候補となる。朱《ジュ》皇帝と現皇后、范恋《ハンレン》の間に子がいないことを考えればその可能性はかなり高いといえた。

もちろん、皇帝を飽きさせぬよう、もともと後宮一の美貌と名高い翠蘭《スイラン》妃を侍女があらゆる手段で磨き上げ完璧《かんぺき》といえるまでの準備をして皇帝を迎え入れる。それ以外の些末《さまつ》なことは忘れさられようとしていた。

そこに暁蕾《シャオレイ》と美麗《メイリン》の付け入る隙があった。美麗《メイリン》は言いたいことを言うといつものようにふわりと立ち去った。

太陽が沈みあたりが薄暗くなってきた頃、ドンと太鼓の音が鳴り響いた。暁蕾《シャオレイ》がいる倉庫は皇帝をお迎えする寝所から離れているので、侍女達の声は聞こえてこない。急いで倉庫を施錠し渡り廊下に目を凝らす。すると思いがけない方向から声を掛けられた。

「こっちよ、暁蕾《シャオレイ》。下りてきて」

美麗《メイリン》は外庭にいた。倉庫や渡り廊下は地面から少し高い位置にあるので、暁蕾《シャオレイ》は上から美麗《メイリン》を見下ろす形になっている。薄暗くなっているので気をつけながら階段を下りた。美麗《メイリン》は提灯を持っているが灯りはついていない。

「灯りはつけないわ。見つかるといけないからね。転ばないように私についてきて、少し遠回りするわ」

「わかった」

早くも歩き出した美麗《メイリン》の後を追いかけていく。美麗《メイリン》は普通に歩いているように見えるのだが、足音がしない。普段通らないような植え込みの間、建物の間の小道をすり抜けていく。暁蕾《シャオレイ》は今自分がどこを歩いているのか全くわからなかった。

思いがけず、目の前が開けて平屋建てで背の高い建物が目の前に現れた。柱は朱色なのだろうが暗くてよく見えない。明かり取りの窓が高い位置にある灰色の壁から倉庫だと思われる。

「提灯をつけるから素早く階段を上がるのよ」

そう言って美麗《メイリン》は火打石を使い器用に提灯に火を入れた。よく見ると提灯には光を通さない傘が取り付けられており足元だけを照らすように工夫されていた。美麗《メイリン》に足元を照らしてもらい建物の扉の前まで来た。

「ここが例の倉庫なの？　まるで通い慣れているみたいね」

暁蕾《シャオレイ》は思わず感じていた疑問を口にした。

「まあね、普段こうやって紅玉宮《こうぎょくきゅう》の中を歩き回っているから」

美麗《メイリン》は鍵穴に鍵を差し込み扉を開けた。

「さあ、急いで中に入って扉を閉めて」

暁蕾《シャオレイ》が扉を閉めると明かりが外に漏《も》れることはなくなった。美麗《メイリン》は提灯についていた傘を外す。提灯の明かりが倉庫の内部を照らしだした。

「えっ！　どういうこと？」

目の前に広がった光景にふたりは顔を見合わせた。木製の陳列棚があるのは暁蕾《シャオレイ》が任されている倉庫と同じだったが、棚の上には何も置かれていなかった。美麗《メイリン》は提灯を左右に移動させて、ぐるっと全体を照らす。見える範囲の棚は全て空だ。

「どうして何もないの？　この倉庫は使われてないってこと？」

暁蕾《シャオレイ》は思わず呟いた。

「ちょっと待って！　奥の方に何かあるわ」

倉庫の一番奥の方で何かがキラリと光るのを見て美麗《メイリン》が言った。ふたりは急いで奥へと向かう。光を反射していたのは、見覚えのある香炉と銀盒《ぎんごう》だった。もともとあった倉庫からなくなっていた品だ。だがその隣にも品物が置いてある。照らしてみると銅の鏡だった。さらにその隣には牛が描かれた銀の盃《さかずき》と金のかんざし。どれも高級品だ。表に置かれた品に隠れて後ろにも金細工や高級な陶器が並んでいた。

（これって、まさか！）

暁蕾《シャオレイ》は混乱していた。そこに並んでいる品には全て見覚えがあった。慈善販売会で自分達が売った品々だったからだ。どういうことだろう。一度売った商品をもう一度買い戻したのだろうか？

暁蕾《シャオレイ》は新婚の夫婦に売った青花磁器の皿を探す。

——ない。

それ以外にも戻ってきていない商品もたくさんあるようだ。暁蕾《シャオレイ》は万能記憶を使って商品の値段を検索する。すぐに結果はでた。ここに戻ってきている商品は全て高額の商品だ。

「どうしたの？　暁蕾《シャオレイ》、考え込んじゃって」

美麗《メイリン》が暁蕾《シャオレイ》の顔を覗き込んでくる。

「ここにある品って全部、私達が慈善販売会で売った商品なんだよ」

「えっ、そうなの？　うん、確かに見たことあるかも。でもなんで？」

美麗《メイリン》は不思議そうに首を傾げていたが、手をポンと叩《たた》いて言った。

「あ、わかったわ！　翠蘭《スイラン》様が売るのが惜しくなって買い戻したのかも」

その可能性はゼロではないが、わざわざそんなことをするだろうか？　もしそうなら纏黄《てんおう》国への支援物資を買った資金は慈善販売会の売上金からではなく、翠蘭《スイラン》妃が自ら手出ししたことになる。

「あーあー、もっと珍しいものがいっぱいあると思ったのに。つまんない。見つからないうちに帰ろうよ」

「そうだね」

あっけらかんとした美麗《メイリン》の態度に苦笑しながら、暁蕾《シャオレイ》はうなずいた。

※※※※※

数日ののち、暁蕾《シャオレイ》、秀英《シュイン》、甘淑《カンシュク》の三人は秀英《シュイン》の執務室に集合していた。それぞれが調べた結果と今後の方針について話し合うためだ。最初に秀英《シュイン》が口を開いた。

「毛皮の密輸犯を使ったおとり作戦が成功した。指示役の女から捕まえた男あてに連絡があり、安慶《あんけい》にある空き家で接触することになった。俺はそこでその女を捕らえるつもりだ」

次に甘淑《カンシュク》が報告を行う。

「俺は宦官《かんがん》から重要な情報を得たぜ。紅玉宮《こうぎょくきゅう》から発注された品物を宦官《かんがん》が倉庫に納めに行くんだが、次回、紅玉宮《こうぎょくきゅう》に皇帝陛下の渡りがあるときに納品が行われるそうだ。渡りにはお付きの宦官《かんがん》が同行するからな。不自然に思われず実行できるってわけだ」

最後に暁蕾《シャオレイ》の話す番となった。

「先日、紅玉宮《こうぎょくきゅう》にあるもうひとつの倉庫の中を見ました。そこには私達が慈善販売会で安慶《あんけい》の民に売った商品のうち、高額なものが置いてありました」

秀英《シュイン》と甘淑《カンシュク》はともに目を見開いた。

「翠蘭《スイラン》妃が買い戻したのか？」

秀英《シュイン》が問う。

「わかりません」

「そりゃないだろ。そんなことする意味がない」

首を横に振った暁蕾《シャオレイ》を見て甘淑《カンシュク》が言った。暁蕾《シャオレイ》は、すうーっと息を吸って秀英《シュイン》、甘淑《カンシュク》の顔を順番に見た。頭の中で今から話すことについて最終確認が行われた合図だった。

「秀英《シュイン》様、甘淑《カンシュク》様、今から話すのはこれまでの情報をもとに私が立てた仮説です。どうぞお聞きください」

目の前のふたりが承諾の意味でうなずくのを見て暁蕾《シャオレイ》は続ける。

「まずは後宮で何が行われているか確認していきましょう。これについては甘淑《カンシュク》様から教えていただいた事実を元にお話しします。おふたりはすでにご存知の事実ではありますが、話を整理するためにお聞きください。秀英《シュイン》様の推薦で後宮に入った私が担当することになった仕事は、後宮で生活されている貴妃の方々が日々お使いになる品々を、一括してお役所へ注文して納品された品物をそれぞれの貴妃様へお届けするという仕事、つまり備品係です。私は仕事を始めてすぐにある違和感を覚えました。注文される備品の数が貴妃様がお使いになられるであろう常識的な数に比べて大幅に多いのです。特に翠蘭《スイラン》様がいらっしゃる紅玉宮《こうぎょくきゅう》の発注量は飛び抜けて多く、発注書も侍女である青鈴《チンリン》様が直接持ってこられておりました。さらに不思議だったのは、ある時点から備品の納入作業が私達備品係の仕事ではなく、宦官《かんがん》の仕事に変わっていたことです。つまり私達は備品の注文をまとめて皇城《こうじょう》へ発注はしますが品物が実際に貴妃様達へ納品されるところは見ていないのです。私は発注書の受付窓口である徐《シュー》　泰然《タイラン》様にそのことを問い詰めました。泰然《タイラン》様の回答は『宦官《かんがん》に関わるな』というものでした。私は違和感を覚えてはいたものの、それ以上追求することはやめました。宦官《かんがん》の方々に関わるとろくなことがないと思ったからです」

「ずいぶんな言われ方だな。ちょっとは気をつかえよ」

甘淑《カンシュク》があきれたように口を挟んだ。

「申し訳ありません、甘淑《カンシュク》様。でもその時はそう思ったのです」

「まあいい、続けてくれ」

「そんなとき、突然提出されたのが董艶様からのとんでもない発注書でした。その発注書には弓矢や槍、さらには火薬の原料などおよそ貴妃様がお使いになるとは思えない品の名前が書かれていたのです。ここまでくるともはや間違えでは済まされません。貴妃宮へ出向いてこんな発注書を出された真意を確認する必要がありました。私は炎陽宮《えんようきゅう》へ伺い、董艶《トウエン》様と直接お話しすることができました。董艶《トウエン》様は私に『お前達は宦官《かんがん》の悪事の片棒を担《かつ》いでいる』とおっしゃいました。さらにはこの発注書を必ず、泰然《タイラン》様へ届けるようにと命じられました」

「董艶《トウエン》妃らしいやり方だな」

秀英《シュイン》が苦笑をもらした。

「私は言われた通りに発注書を泰然《タイラン》様の元へ持っていきました。泰然《タイラン》様がおっしゃるには、以前、泰然《タイラン》様がまだ諫議大夫《かんぎたいふ》だったころ、董艶《トウエン》様から我が国の武器が隣国へ横流しされているとの情報が伝えられたとのことでした。その時に証拠として提出されたのが今回と全く同じ内容の発注書だったのです。泰然《タイラン》様はその情報を元に捜査を開始して、武器横流しの犯人を捕まえることができたそうです。泰然《タイラン》様によれば今回のこの発注書も後宮で行われている悪事を調べろという意味だろうとのことでした。ただし前回と違い泰然《タイラン》様は単なる皇城《こうじょう》の備品窓口の役人にすぎません。表立って調査することのできない泰然《タイラン》様にかわって私が調査を行うことになりました。泰然《タイラン》様の依頼で天三閣《てんさんかく》という皇城《こうじょう》の書庫へ行き我が国と周辺国との関係を調べました」

「その内容を御史台《ぎょしだい》まで報告しに来たってわけだな？」

秀英《シュイン》の言葉に暁蕾《シャオレイ》はうなずいた。

「報告という形をとりましたが、正直なところ調査に行き詰まっていたのです。秀英《シュイン》様が困ったら御史台《ぎょしだい》へ来いとおっしゃられたので、お言葉に甘えました。この後の成り行きはもう説明の必要がないでしょう。秀英《シュイン》様はおそらく私の知らないところで後宮で行われている悪事に気づき動かれていたのですね。私を紅玉宮《こうぎょくきゅう》に女官として送りこむことで情報を探らせようとした。そうでございますね？」

「そうだ……利用して悪かった。だがお前が慈善販売会まで開くとは思っていなかったから少なからず驚いてしまった。まさかそこから纏黄《てんおう》国との交渉まで可能になるとはな。俺はお前に感謝しなければならぬ」

「とんでもございません。私は案を申し上げただけ、現実にしたのは秀英《シュイン》様のお力です。ありがとうございました。」

暁蕾《シャオレイ》は改めて秀英《シュイン》に対して拝礼した。

「さて、お待たせ致しました。ここからが私の推理となります。私が慈善販売会の開催を翠蘭《スイラン》様へ提案したのは、不用品の処分に困っている紅玉宮《こうぎょくきゅう》の問題を解決すると同時に、災害で困っている地域の民を救うという表向きの理由とは別にもうひとつ別の理由があったからです。それは大きなお金を動かすことによって翠蘭《スイラン》様がそのお金を利用しようという動きを見せるのではないかと予想したからです。甘淑《カンシュク》様が教えてくださったように、翠蘭《スイラン》様は貧しい宦官《かんがん》達を救済する目的で備品を使って賄賂を贈る仕組みを後宮につくりました。今や貴妃様達はその仕組みを使って賄賂を贈ることがあたりまえとなっており、いわば暗黙の了解のようになっています。もちろんこのような仕組みは良いことではありません。ありませんが、そのことによって貧しい宦官《かんがん》が救われ、後宮内の秩序が保たれたのもまた事実でしょう。ですが、ここにきて急速に保たれていた均衡が失われ始めました。皇后派の宦官《かんがん》達が他の派閥の宦官《かんがん》達を薬漬けにし、支配し始めたのです」

淡々と語る暁蕾《シャオレイ》の声は少しずつ低くなる。

「私はある仮説をたてました。備品を使って賄賂を贈るこの仕組みが宦官《かんがん》を薬漬けにして支配する仕組みに変化し始めているのではないかと。今、我が国で広がりつつある麻薬、『槃麻《はんま》』は我が国にもともとあった麻薬ではないのです。おそらくは異国から持ちこまれたものでしょう。そして空き家で死んだ宦官《かんがん》が最後に叫んだ言葉『冥水様《メイスイ》、万歳』。これは宦官《かんがん》が無明道《むみょうどう》の信者であり冥水様《メイスイ》を妄信していることを表しています。では、この宦官《かんがん》の役割は何だったのでしょう？　おそらくこの宦官《かんがん》は麻薬の密売人から麻薬を買い取り、買い取った麻薬をさらに仲間達に転売する仲介役だったのではないでしょうか？　冥水様《メイスイ》は天三閣《てんさんかく》から歴史書を一冊持ち出していました。その歴史書には昔、同じように麻薬を使って我が国を支配しようとした異国のたくらみが記されていたのです。冥水様《メイスイ》が歴史書の手法をまねて我が国を支配する仕組みを作ろうとしているとしたら。我が国のなかに冥水様《メイスイ》と共謀して権力を握ろうとする裏切り者がいるとしたら。その裏切り者は異国から麻薬を大量に買い付けるだけの資金力と組織力を持っているものでしょう。また異国が欲しがっている、我が国を攻撃するための武器を売ることができるものでしょう。溏《とう》帝国においてそれが可能なのは、翠蘭妃《スイラン》の生家、劉《リュウ》家だけなのです」

木偶《もくぐう》人形事件で占い師華月《カゲツ》を追い詰めたときのように、暁蕾《シャオレイ》の頭には言葉があふれてきた。世の中を正したいという正義感だけではない。真実を解き明かしたいという欲望があふれるのだ。

「翠蘭《スイラン》様はおそらく人を支配するための仕組みをつくるのが得意なのでしょう。ご本人にそこまでの野望がなかったとしても、翠蘭《スイラン》様を使って権力を手に入れたい劉《リュウ》家、自分達の派閥拡大のために利用したい宦官《かんがん》、強いものの陰に隠れ安心したい後宮の住人達、それら全て人々が翠蘭《スイラン》様の力を求めたことでしょう。歴史書に学び我が国への復讐を計画した冥水《メイスイ》様が翠蘭《スイラン》様の力を利用しようと陰謀を持ちかけたとしても不思議ではありません。麻薬という道具を使って。麻薬取引には備品取引とはけた違いのお金が必要です。備品よりももっと高価な品を使った仕組みが必要となりました。高価な金や銀製品、茶器や食器など骨董品を使った仕組みを翠蘭《スイラン》様は作ろうとしています。私が提案した慈善販売会も麻薬取引につかう品を宦官《かんがん》が安い値段で手に入れるための仕組みとして利用されたのです。翠蘭《スイラン》妃が安い値段で高価な品々を宦官《かんがん》へ売ります。宦官《かんがん》は麻薬の売人と会って、麻薬を買うのですが代金をお金で支払いません。翠蘭《スイラン》妃から買った品物と麻薬を交換してもらうのです。結果として宦官《かんがん》は安い値段で『麻薬』を買うことができるというわけです。麻薬の売人は受け取った品物を劉《リュウ》家の商人へ渡し、劉《リュウ》家の商人は翠蘭《スイラン》妃が支配している宦官《かんがん》へ品物を渡し、受け取った宦官《かんがん》は皇帝の渡りにあわせて品物を紅玉宮《こうぎょくきゅう》の倉庫へ戻す。代わりに倉庫から取り出された別の品が安値でまた別の宦官《かんがん》へ売られる。これを何回も繰り返すことで宦官《かんがん》を麻薬中毒にして支配するのです。おそらく麻薬は火舎《かしゃ》国から劉《リュウ》家へ売られ、その代金で火舎《かしゃ》国は劉《リュウ》家から武器を買うという取引が行われているはずです。火舎《かしゃ》国は『麻薬』を我が国に売ることによって武器を手に入れ、なおかつ、我が国の民を麻薬中毒にすることができる。劉《リュウ》家は、火舎《かしゃ》国には武器を売り、我が国の民には麻薬を売ることにより莫大な富を得ると同時に宦官《かんがん》を使って国の政治を操ることができる。これが私の考えた陰謀の全てです」

御史台《ぎょしだい》の執務室を重苦しい空気が包み込んだ。

「もしお前の推理が正しいとすれば、我が国は大変な危機に陥《おちい》っていることになる」

淀んだ空気を振り払うように秀英《シュイン》が口を開いた。

「翠蘭《スイラン》様を追及するには証拠が必要だぜ」

甘淑《カンシュク》が試すような目で暁蕾《シャオレイ》を見てくる。

「そうですね。このままでは私の推論にすぎませんね」

暁蕾《シャオレイ》がそっけなく答えると甘淑《カンシュク》はニヤリと笑って言った。

「何が策があるんだろう？　暁蕾《シャオレイ》様・」

「もちろん現場を押さえるんですよ」

「誰が？」

「私と甘淑《カンシュク》様に決まってるじゃないですか」

甘淑《カンシュク》は口をあんぐりと開けて固まった。

「甘淑《カンシュク》、すまぬがお前に頼むしかない。俺は後宮には入れぬのだ」

「おいおい頭脳派の俺にそんな危ない仕事をさせるつもりか？　他の宦官《かんがん》を使えばいいだろう」

露骨にイヤな顔をする甘淑《カンシュク》の肩に秀英《シュイン》はぽんと手を置いた。

「お前ほどの棒使いはいないぞ。暁蕾《シャオレイ》を頼む」

秀英《シュイン》は暁蕾《シャオレイ》の方を向いて真剣な顔になった。

「すまない。ここはお前達に任せるしかないようだ。宦官《かんがん》どもも、後宮内で手荒な真似はしないだろう。だが危なくなったらすぐに逃げるのだぞ」

「ええ、あとは甘淑《カンシュク》様に任せて逃げますのでご心配には及びません」

「おい、お前達なんだか似てきたな。夫婦にでもなったか？」

暁蕾《シャオレイ》の脳裏に天三閣《てんさんかく》での出来事がよみがえった。琥珀色の瞳に見つめられて体が動かなくなり、秀英《シュイン》の顔が近づいてくる光景を思い出す。顔が紅潮するのを必死で抑えた。

「全然似てませんし、そのような関係でもありません」

秀英《シュイン》は咳払《せきばら》いをして目をそらす。甘淑《カンシュク》はヒヒヒと下衆な笑いを漏らした。

第九章 暁蕾、奮闘する

その空き家は安慶《あんけい》の都にある大通りから幾筋か入った路地にあった。先日、骸骨男が死んだ空き家とはちょうど通りを挟んで反対側に位置していた。近頃、借金から逃れるため夜逃げする市民が増えて、空き家が目立つようになった。時を同じくして苦しみからの救済を説く無明道《むみょうどう》の信者が辻説法をする姿も度々見かけられるようになった。

空き家は粗末な平屋建てで白い壁のあちらこちらがはげ落ちていた。室内には同じく粗末なつくりの机と椅子《いす》が無造作に置かれ、若い男が居心地悪そうに腰かけている。男の正体は変装した秀英《シュイン》であった。捕まえた密輸犯に女とやりとりさせ、この空き家で会う約束をとりつけたのだ。

前回の二の舞は踏まない。骸骨男の事件では見張っていることを気づかれて指示役の女を取り逃がしてしまった。秀英《シュイン》にとって痛恨の極みであった。今回は御史台《ぎょしだい》の部下は誰《だれ》も連れてきていない。それどころか誰にもこの空き家のことは話していない。情報が漏《も》れないよう細心の注意をはらった。くたびれた綿の服を身に着け髭《ひげ》を伸ばし、髪もぼさぼさだ。

女は現れるだろうか？　空き家の引き戸が少しだけ開くのがわかった。警戒されないよう扉には背を向けておくようにと言われていた。

「良狗《りょうく》はおるか？」

背後から女の声が問う。

「狐狼《ころう》しかおらぬ」

あらかじめ密輸犯から聞き出していた合言葉で答える。さらに扉が開き、女が体を滑りこませてくる気配を感じた。

「振り向くな！」

女の方を見ようとした秀英《シュイン》に冷たい声が飛ぶ。取引相手が変わったことで相当警戒しているようだ。

「机に品を置いて箱を開けよ。振り返らずにな」

秀英《シュイン》は言われた通りに持ってきた木箱を机に置くと蓋を開けた。もし今、背後から襲われたらひとたまりもない。秀英《シュイン》の背筋につめたいものが走る。もうすこしだ。もうすこし引き付けてから自分の能力を使う。

女が箱の中を覗《のぞ》き込もうとしたその時——

秀英《シュイン》の体は女の背後に移動していた。何がおこったのかわからず棒立ちとなった女の被っている頭巾をはぎ取る。驚愕《きょうがく》の表情を浮かべた女の素顔が露《あら》わになった。細く切れ長の目にとがった輪郭。

秀英《シュイン》は女に見覚えがあった。

——後宮の教育係、沈《シェン》　氷水《ビンスイ》。暁蕾《シャオレイ》の上司でもある。

「ちっ！」

氷水《ビンスイ》は袖《そで》から取り出した小刀で秀英《シュイン》に切りかかる。秀英《シュイン》も箱から取り出した小刀で受け止めた。続けざまに氷水《ビンスイ》は木製の椅子を秀英《シュイン》に向かってけり倒す。秀英《シュイン》は椅子を避けながら小刀の柄で氷水《ビンスイ》の肩を打った。

ぐらりと氷水《ビンスイ》の体がよろめいた。休む暇もなく秀英《シュイン》の足払いが氷水《ビンスイ》を襲う。すんでのところでかわした氷水《ビンスイ》が地面に何かを投げつけた。鈍い破裂音とともにもうもうとした煙が部屋いっぱいに広がった。全く何も見えない。秀英《シュイン》は身構えて次の攻撃に備える。だが氷水《ビンスイ》の気配はすでに消えていた。急いで御史台《ぎょしだい》に戻った秀英《シュイン》は氷水《ビンスイ》を捕らえるように命令を下した。

※※※※※

甘淑《カンシュク》がつかんだ情報により、紅玉宮《こうぎょくきゅう》に朱《ジュ》皇帝が訪れる日が判明した。その日、日が暮れたあと暁蕾《シャオレイ》と甘淑《カンシュク》は紅玉宮《こうぎょくきゅう》へ行き倉庫が見える庭の生け垣に身を隠した。やがて皇帝の渡りを告げる太鼓が鳴った。果たして宦官《かんがん》はやってくるのだろうか？

鳥や虫の声がどこからともなく聞こえてくる。庭に身を隠すのは思った以上に苦痛だった。地面に座ることもできず腰が痛くなる。もとより体力の方は自信がない。本ばかり読まずに体も鍛えておけば良かったと暁蕾《シャオレイ》は後悔した。

カサカサと衣擦れのような音が聞こえてきた。渡り廊下を何者かがこちらへ向かってくるようだ。小股ですり足の特徴的な歩き方――宦官《かんがん》だ。多くの宦官《かんがん》がこの歩き方だが、甘淑《カンシュク》は普通に歩いていたことを思い出した。やっぱり甘淑《カンシュク》は普通の宦官《かんがん》ではない。

先頭を提灯を持った宦官《かんがん》、その後ろを袋を持った宦官《かんがん》、一番後ろを黒い衣装を着た宦官《かんがん》が周囲をさぐるような仕草で歩いている。宦官《かんがん》の一団は倉庫の扉の前で立ち止まると鍵《かぎ》を開けようとしている。秀英《シュイン》からは御史台《ぎょしだい》の権限で動いていることを示す札を受け取っているが、果たして効果があるのだろうか？　扉が開き、宦官達《かんがん》は倉庫のなかへ入っていった。

「よし、行くぞ！」

甘淑《カンシュク》と暁蕾《シャオレイ》は生け垣を飛び出し、階段を上って倉庫の入り口へと向かうと中にいる宦官《かんがん》達を提灯の明かりで照らした。

「御史台《ぎょしだい》の取り調べです。動かないでください！」

暁蕾《シャオレイ》の声に宦官《かんがん》達は驚きで目を見開いている。倉庫のなかでは今まさに品物の入れ替えが行われようとしていた。青花磁器の壺や銀の髪飾りといった暁蕾《シャオレイ》の見覚えがある品を抱えた宦官《かんがん》が固まっている。今から棚に並べようとしていたのだろう。一方でもうひとりの宦官《かんがん》が棚に並んでいた金の茶器を箱に入れようとしている。持ち去って劉《リュウ》家の息がかかった店で売りに出すつもりだろう。

「あなた達には賄賂を受け取り特定の貴妃に便宜《べんぎ》を図った疑いがかかっています」

暁蕾《シャオレイ》は御史台《ぎょしだい》の印が押された木札を提灯の明かりで見えるように掲げた。

「その品をどこへ持っていく気だ？　皇帝陛下はこのことをご存知なんだろうな？」

甘淑《カンシュク》が得意の脅し文句を放った。

「ヒイイーッ」

宦官《かんがん》が怯《おび》えた声をあげて後ずさる。怯えたふたりの宦官《かんがん》の背後から黒い服を身に着けた宦官《かんがん》が、ゆらりと進み出た。途端に強い白檀《びゃくだん》の香りが暁蕾《シャオレイ》の鼻をつく。宦官《かんがん》の顔は能面のように無表情で青白い。

（こいつまさか、無明道《むみょうどう》の信者なの？）

黒い宦官《かんがん》は持ってきた細長い箱から何かを取り出した。その何かが光を反射してキラリと光った。宦官《かんがん》が取り出したものの正体は護身用の短刀であった。

後宮への武器持ち込みは、皇帝や貴妃の護衛を除いて禁止されている。にもかかわらずこの宦官《かんがん》は献上品の箱に忍ばせて持ち込んだのだ。このような不測の事態を予想していたのかもしれない。

「後宮での武器使用は重罪ですよ！」

「ここには誰も来ぬ。やってしまおうぞ」

「そうじゃ、やってしまおうぞ」

暁蕾《シャオレイ》の警告にかえってきたのは甲高く敵意に満ちた声だった。黒い宦官《かんがん》が短刀を持ってこちらへ向かってきた。暁蕾《シャオレイ》の前に甘淑《カンシュク》が歩み出て宦官《かんがん》の行く手を塞《ふさ》いだ。宦官《かんがん》が素早く踏み込んで短刀を突き出した。木材が削れるような音が響く。甘淑《カンシュク》がいつの間にか手に持っていた短い棒で刀を弾き返したのだ。甘淑《カンシュク》が片手に持っているのは太鼓のバチであった。

倉庫に来る途中に時を知らせる太鼓のそばに予備で置かれたいたのを拝借し、帯紐《ひも》に結び付けていたのだ。黒い宦官《かんがん》の動きは普通の宦官《かんがん》とは明らかに異なっていた。素早く訓練された動きで無駄がない。次々と甘淑《カンシュク》に攻撃を加えていく。いかに棒術の達人である甘淑《カンシュク》であっても短刀相手では分が悪い。

攻撃を受け止めるたびにバチは削れて傷だらけになっていく。あと何回か刀の攻撃を受け止めたら折れてしまうかもしれない。

（もうやるしかない！）

暁蕾《シャオレイ》は腰に下げた袋から1尺（約30㎝）ほどの筒を取り出した。片膝《ひざ》をつき筒の端を口で咥える。何度も何度も練習した成果を見せなければならない。鼻から息を吸い込み黒い宦官《かんがん》へ狙《ねら》いを定める。

今だ！　思いっきり息を吐き出すと筒の先から小さな矢が飛び出した。矢は黒い宦官《かんがん》の腹付近に突き刺さった。矢の先には唐辛子を煮詰めた汁を塗ってある。戦闘用の吹き矢はもっと強力な毒を塗ったりするのだろうがそんなもので人を傷付けることはしたくない。あくまで相手を足止めするだけでいいと思ったのだ。だが暁蕾《シャオレイ》の予想に反して宦官《かんがん》は矢が刺さった部分を見ることすらなかった。今まで と変わらない素早さで短刀を甘淑《カンシュク》に打ち込んだ。木が裂ける嫌な音がした。今の一撃で甘淑《カンシュク》が持つバチに大きな裂け目が入ったのだ。

（そうだ、足を狙えば！）

暁蕾《シャオレイ》は予備の矢を吹き矢に込めると再び宦官《かんがん》を狙う。胴体と違い足は細く狙うのは難しい。宦官《かんがん》が打ち込み甘淑《カンシュク》がかわす。甘淑《カンシュク》は暁蕾《シャオレイ》の狙いを悟ったのか宦官《かんがん》を挟んで暁蕾《シャオレイ》の反対側に回り込んだ。宦官《かんがん》は向きを変えて甘淑《カンシュク》の方へ向く。必然的に宦官《かんがん》が暁蕾《シャオレイ》に背を向けることになった。

（今だ！）

暁蕾《シャオレイ》が息を吐き出し、矢が飛び出す。幸運なことに矢は宦官《かんがん》の右足ふくらはぎに突き刺さった。一瞬、ほんの一瞬だが宦官《かんがん》の動きが止まる。痛みのせいか右足が曲がり体が傾いた。甘淑《カンシュク》はその隙を見逃さなかった。裂けかけたバチで宦官《かんがん》が短刀を持っている方の肩を打ち据えた。

バチが宦官《かんがん》の骨に当たり真っ二つに折れる。さすがの宦官《かんがん》も倒れるだろうと思った暁蕾《シャオレイ》の予想は見事に裏切られた。宦官《かんがん》は微動だにしなかったのだ。矢が刺さった方の足で繰り出した蹴《け》りが甘淑《カンシュク》を襲う。接近していた甘淑《カンシュク》は腹に蹴りをまともにくらい吹っ飛んだ。

「甘淑《カンシュク》様！」

「来るんじゃねえ！」

駆け寄ろうとした暁蕾《シャオレイ》を制するように甘淑《カンシュク》が叫んだ。甘かった。宦官《かんがん》の中に無明道《むみょうどう》の信者が入り込んでいることは想定しておくべきだった。槃麻《はんま》には痛みを感じさせなくなり、恐怖心を奪う効果もあるという。目の前にいる黒い宦官《かんがん》は無明道《むみょうどう》が作り上げた兵士なのかもしれない。

「やってしまおうぞ」

「やってしまおうぞ」

後ろで縮こまりながら見守っていた宦官《かんがん》が呪文のように唱える。どうすればいいのか？　絶望的な状況の中、暁蕾《シャオレイ》は万能記憶を使って必死に考えた。

（もうこれしかない）

暁蕾《シャオレイ》は腰の袋から小さな皮袋を取り出し片手で持つ。さらに提灯から蠟燭を抜き取りもう一方の手で持った。

「動かないでください！　この袋の中身は明礬《みょうばん》という石の粉です。この粉はとても良く燃えます。燃えるだけではありません。人体に有毒な煙を出すのです」

宦官《かんがん》達の視線が暁蕾《シャオレイ》に集まった。明礬《みょうばん》は倉庫にある品についた指の紋様を取ることもあるだろうと念のために持ってきたものだった。それをこんなことに使うはめになるとは。暁蕾《シャオレイ》が明礬《みょうばん》に火をつけて投げつければ、倉庫のなかにある燃えやすいものに引火して火事を引き起こすだろう。ここにいる誰もが無事では済まない。本来なら十分に脅しとなる言葉だ。

後ろに控える宦官《かんがん》が顔を見合わせてひそひそと言葉を交わした。

「はったりじゃ」

「はったりじゃ」

暁蕾《シャオレイ》にはそれが呪《のろ》いの言葉のように聞こえた。次に聞こえてくる言葉を想像して背筋が寒くなる。

「やってしまおうぞ」

脅しは失敗したのだ。黒い宦官《かんがん》はくるりと向きを変えると暁蕾《シャオレイ》に向かって歩き出した。相変わらず能面のような表情でこちらを見ているが、その眼は焦点があっていなかった。

「やめろ！」

甘淑《カンシュク》が起きあがろうともがいているのが見えた。ああっと暁蕾《シャオレイ》は嘆息する。「誰でも学問ができる平等な世の中をつくる」、自分にはそんな夢があった。ここでその夢も潰《つい》えてしまう。静かに目を閉じる。お父さん、お母さん、学問所の子供達の顔が次々と浮かぶ。玲玲《リンリン》、泰然《タイラン》様、そして……秀英《シュイン》様。胸に当てた手のひらが懐《ふところ》に忍ばせた魚符《ぎょふ》に触れた。

秀英《シュイン》様……私は……。

ひゅんと風を切る音が聞こえた。反射的に目を開けた暁蕾《シャオレイ》は、黒い宦官《かんがん》の肩に矢が突き刺さっているのを見た。矢が飛んできたであろう方向を見ると、倉庫の入り口が開いて男性らしい人影が弓を構えているのが見えた。

「ごめんねー、暁蕾《シャオレイ》ちゃん。遅くなっちゃった」

緊迫した状況に似合わない軽い調子の言葉だ。

「雲嵐《ウンラン》様！」

「ああ、雲嵐《ウンラン》だよ。怪我《けが》はないかい？」

「私は大丈夫です。ですが甘淑《カンシュク》様が――」

「うおおぅーー」

暁蕾《シャオレイ》の言葉をかき消すように黒い宦官《かんがん》が雄叫《おたけ》びを上げた。後ろに控える宦官《かんがん》のひとりが黒い宦官《かんがん》に何かを渡している。その何かを黒い宦官《かんがん》は口に入れてばりばりと噛《か》み砕《くだ》いていた。途端に白檀《びゃくだん》の強い香りが暁蕾《シャオレイ》の鼻を刺激する。黒い宦官《かんがん》が食べたのは麻薬だ。こうやって痛みを感じない戦闘用の宦官《かんがん》を作り出しているのだと暁蕾《シャオレイ》は悟った。黒い宦官《かんがん》は次の瞬間、自分の肩に突き刺さった矢を片手でへし折ると雲嵐《ウンラン》に向かって突進する。これまでとは違う凄《すさ》まじい突進だった。雲嵐《ウンラン》が再び矢を放つが宦官《かんがん》は短刀で矢を弾《はじ》き飛ばした。

「雲嵐《ウンラン》様、危ない！」

暁蕾《シャオレイ》が思わず声を上げた。一瞬にして雲嵐《ウンラン》との距離を詰めた宦官《かんがん》が短刀を振り下ろす。鋭い金属音が響いて短刀が同じ短刀で受け止められた。雲嵐《ウンラン》と黒い宦官《かんがん》の間に割って入ったのは襦裙《じゅくん》を着たとても背が高い女性だった。

女性はまるで舞うような動きで黒い宦官《かんがん》に攻撃を加えていく。宦官《かんがん》の一太刀がまるで空気を切り裂く雷《いかずち》のようであるのに対して女性の攻撃は流れる水のようにしなやかだ。薄暗い上に女性の顔は薄絹で覆《おお》われておりよく見えない。

女性がぴたりと動きを止めた。黒い宦官《かんがん》が凄まじい雄叫びと共に女性に切り掛かる。宦官《かんがん》の短刀が空を切り、体勢を崩してよろめく。一瞬の間に女性は宦官《かんがん》の背後に移動していた。背後から腕を回して宦官《かんがん》の首を締め上げる。

宦官《かんがん》は手足をジタバタと動かして暴《あば》れていたが、手に力が入らないのか短刀が床に滑りおちて音を立てる。女性がさらに締め上げると宦官《かんがん》はぐったりと動かなくなった。雲嵐《ウンラン》が捕縛用の縄を持ってきて宦官《かんがん》を縛りあげるのを暁蕾《シャオレイ》は呆然《ぼうぜん》とながめていた。

「いやー危ないところだったね。間に合ってよかったよ」

にこにこしながらこちらへやってくる雲嵐《ウンラン》を見て暁蕾《シャオレイ》は重大なことを思い出した。

「雲嵐《ウンラン》様、だめです！　ここは後宮、男子禁制なのですよ！」

襦裙《じゅくん》姿の謎《なぞ》の女性は甘淑《カンシュク》に歩み寄って介抱している。ようやく女性の肩を借りて甘淑《カンシュク》が立ち上がるのを見て暁蕾《シャオレイ》は安堵《あんど》の息をもらした。

「あーそうだったね。後宮に入れるのは皇帝と宦官《かんがん》だけだよね」

（もーなんなの？　危機感なさすぎ！）

雲嵐《ウンラン》のへらへらした態度に暁蕾《シャオレイ》が苛立ちを感じていると、雲嵐《ウンラン》はくるりと振り向いた。

「でもその前に片付けることがあるんだ」

雲嵐《ウンラン》は倉庫の奥で縮こまりぶるぶると震えている宦官《かんがん》達のところへ歩いていく。謎の女性も雲嵐《ウンラン》に続く。

「ヒイィィイー！」

宦官《かんがん》達が怯えた声をあげて床にひれ伏した。いくらなんでも怯え方が異常だと暁蕾《シャオレイ》は思った。

「お許しをぉぉーっ！！」

宦官《かんがん》達の声はもはや悲鳴に近い。

「お前達の主《あるじ》は誰だ？　無明道《むみょうどう》の教祖、冥水《メイスイ》か？」

雲嵐《ウンラン》が低い声音で問う。

「ちがいまするぅー！」

「誰だと聞いている——」

「主上《おかみ》にござりまする。あなたこそが我々の主でござりますー」

——いま何と言った？

まさか聞き間違えだろうか？　暁蕾《シャオレイ》は頭がくらくらするのを感じた。

「この溏《とう》帝国において俺《おれ》以外の主を奉ることはゆるされない」

雲嵐《ウンラン》の言葉には軽薄さの欠片《かけら》もなくなっていた。倉庫の入り口から紺色の服を着た宦官《かんがん》が次々に入ってくる。掖庭《えきてい》の宦官《かんがん》達だ。

呆然と立ち尽くす暁蕾《シャオレイ》の腕がいきなりつかまれた。つかんだのは謎の女性だった。そのまま引っ張られて倉庫を連れ出される。階段を下りて外庭の陰に連れていかれた。暁蕾《シャオレイ》は不思議と恐怖は感じなかった。

「いったい何なのです？　あなたは――」

女性が薄絹を取り払って顔が見えた。端正な顔つきに琥珀色の瞳《ひとみ》が暁蕾《シャオレイ》を見下ろしている。女性の正体は秀英《シュイン》だった。

「あなたはいつも強引《ごういん》なのですね」

「無事でよかった」

暁蕾《シャオレイ》の体は秀英《シュイン》によって強く抱きしめられた。

「あっ」

思わず声が漏れる。

「秀英《シュイン》様、人が来ます」

秀英《シュイン》の胸が鼻に押し当てられてとてもいい匂《にお》いがした。

「無理をするなと言っただろう」

秀英《シュイン》の声からは心から安堵したという感じが伝わってきた。私は妹の代わりではないと言ったのに、秀英《シュイン》はいったい何を考えているのだろう？　でもそんなことはもうどうでもいい。このまま秀英《シュイン》に身を委《ゆだ》ねていたいという強い欲望が体の奥底から湧《わ》き上がってくるのを暁蕾《シャオレイ》は感じた。

（まだやるべきことが残っている）

暁蕾《シャオレイ》の万能記憶が警告を発する。暁蕾《シャオレイ》は秀英《シュイン》の体をゆっくりと押し返した。

「秀英《シュイン》様、私達にはまだやるべきことが残っています」

「ああ、そうだったな」

秀英《シュイン》は優しく答えた。

「それにしても女装も似合うんですね。かわいいですよ」

「仕方なかったのだ。こうでもせねばここには来られんからな」

女官にしては背が高すぎるものの、もともと線が細く整っている顔つきの秀英《シュイン》は女であったとしても魅力的に違いない。

「この格好でここにいるのはマズいな、後のことは雲嵐《ウンラン》と甘淑《カンシュク》に任せるとしよう。ふたりによろしく伝えておいてくれ」

そう言い残すと秀英《シュイン》は姿を消した。

「あっ！　皇帝陛下のことを聞くのを忘れた！」

秀英《シュイン》に抱きしめられたことですっかり舞い上がってしまい、重要なことを完全に忘れていた。秀英《シュイン》の悪友だと思っていた雲嵐《ウンラン》が、実は皇帝陛下だという衝撃の事実についてだ。全く信じられない。だがもし本当なのだとしたら陛下に伝えなければならないことがある。

暁蕾《シャオレイ》はふっと息を吐きだすと倉庫への階段を上り始めた。

※※※※※

紅玉宮《こうぎょくきゅう》の寝所で翠蘭《スイラン》は皇帝の到着を待っていた。自分は朱《ジュ》皇帝のことをどう思っているのだろうか？　あの男は自分のことをほとんど語らない。自分もあえて聞きはしない。銅の鏡で自らの顔を映してみる。黛《まゆずみ》がひかれた涼やかな目がこちらを見返す。金、銀、藍色などを混ぜてつくる顔料で描かれた額の花鈿《かでん》が白い額に浮かび上がり、本物の花びらのようだ。全てはあの男のために準備したものだ。

劉《リュウ》家の娘として生まれた時点で自分の運命は決められていた。父が自分を皇后にするため、あらゆる手段を使っていることは知っている。皇后になるために必要なものは何か？　光り輝くような美貌か？　皇帝を楽しませることのできる知性か？　それらももちろん必要だろう。だが最も重要なのは、数の力を手に入れることだ。

皇帝が訪れる貴妃を自らの判断で決めていると思われているがそうではない。たとえ皇帝が自らの希望する貴妃への訪問を決めたとしても、それが宦官《かんがん》の利益《りえき》に反するのであれば、間に入る調整役の宦官《かんがん》から様々な理由で断りの連絡が入る。

翠蘭《スイラン》は自分が数の力を手に入れるためにやったことを思い返していた。最初は貧しい生活を送っている宦官《かんがん》を哀れに思ってやったことだった。御史台《ぎょしだい》にいる堅物の役人や掖庭《えきてい》にいる皇太后派の宦官《かんがん》が目を光らせている以上、宦官《かんがん》に直接金品を渡すことはできない。少しでも生活の足しになるならと日用品を多めに発注し、それらの品を貴妃宮へ納品することなく劉《リュウ》家の商人に買い取らせる。

備品が納入されなくても貴妃宮から商品の代金は支払われるので間接的に宦官《かんがん》へお金を渡すことが

できるというわけだ。だがやがて宦官《かんがん》は金品を期待して便宜を図ってくるようになった。紅玉宮《こうぎょくきゅう》の評判を落とそうと悪い噂をながす者や嫌がらせをしてくる者は度々現れたが、備品発注の量を増やしてやれば悪い噂は消え、嫌がらせをしてくる者は失態を犯して消えていった。

これが数の力というものか……。

宦官《かんがん》達の組織はまるで生き物のようだと翠蘭《スイラン》は思った。ひ弱で手を差しのべてやらないといけないと思ったら、餌を与えるとどんどん大きくなりこちらを振り回すようになる。自分を担《かつ》ぎ上げる宦官《かんがん》の数こそがこの後宮における力なのだ。

翠蘭《スイラン》はふと寝所の扉に目をやる。皇帝の到着を伝える太鼓はまだ鳴らない。少し到着が遅れているのだろうか？　外の廊下からは何の物音も聞こえてこない。少し気が急《せ》っているようだ。もしかして自分は皇帝と会えることを楽しみにしているのか？

翠蘭《スイラン》は小さく首を振った。皇帝との逢瀬《おうせ》の記憶がよみがえる。記憶のなかで皇帝の指が翠蘭《スイラン》の顎を強引に持ち上げる。翠蘭《スイラン》に注《そそ》がれるその瞳には冷たい氷のような光が灯っていた。

「何が望みだ？　翠蘭《スイラン》」

抑揚のない声で皇帝が問う。

「あなたが叶《かな》えてくれるとでも？」

「お前は俺を必要としていない」

皇帝の口元に歪《ゆが》んだ笑みが浮かぶ。

生暖かい風が頬《ほお》を撫でて翠蘭《スイラン》は追想から現実に引き戻された。いつの間にか寝所の引き戸が開いて風が吹き込んでいるようだ。照明を落とした部屋の壁を背にして黒い人影がたたずんでいる。

「誰だ？」

翠蘭《スイラン》の声に応じるように人影が明るい場所へ進み出た。

「氷水《ビンスイ》！」

人影の正体は後宮の教育係、沈《シェン》　氷水《ビンスイ》だった。氷水《ビンスイ》は襦裙《じゅくん》ではなく青い男物の胡服《こふく》を身に着けている。だが胡服《こふく》の胸から腰にかけて、赤い染みがベットリと付いているのを見て翠蘭《スイラン》は顔をしかめた。

「翠蘭様《スイラン》……」

翠蘭《スイラン》の名を呼ぶ声はかすれ、震えていた。

「なぜここに来た？」

努めて優しい声音を作り問いかける。

「申し訳ありません……失敗致しました。御史大夫《ぎょしたいふ》に顔を見られました」

「そうか、ここへ来たことを悟られてはおらんな？」

「はい、うまく逃れることができました。私はどうすれば……？」

翠蘭《スイラン》は素早く頭を巡らせた。御史大夫《ぎょしたいふ》といえども、何の嫌疑もなくこの紅玉宮《こうぎょくきゅう》を調べに入ることはできないだろう。今のところ氷水《ビンスイ》と自分を結び付ける証拠は何もないはずだ。

「ここには間もなく皇帝陛下がいらっしゃるのだ。お前がここにいてはまずい。その服では目立つし逃げるには金も必要になるだろう。さあこちらへ来い。着替えを用意させよう」

翠蘭《スイラン》は廊下側とは反対の引き戸を開けて氷水《ビンスイ》を手招きする。表の廊下には侍女がいるはずだが氷水《ビンスイ》に気が付かなかったのだろうか？　氷水《ビンスイ》は傷を負っているのか、よろよろとした足取りで翠蘭《スイラン》の後をついてくる。

奥の部屋は侍女の控え室となっており、今は誰もいない。壁際に女官の衣装を入れる長持《ながもち》が置いてあった。

「そこの長持を開けて好きな衣装に着替えるといい。わらわは金を探す」

「ありがとうございます」

氷水《ビンスイ》は長持へ向かってふらふらと歩きだした。翠蘭《スイラン》は棚にある箱を開けて銅貨が詰まった袋と隣に置いてあったものを取り出し袖の中に入れた。皇帝が寝所に到着したことを知らせる太鼓はまだ鳴っていない。急がねば。

「氷水《ビンスイ》、ほら金じゃ」

長持の蓋《ふた》を取って中を見ようとした氷水《ビンスイ》に声をかける。振り向いた氷水《ビンスイ》に翠蘭《スイラン》は体当たりをした。氷水《ビンスイ》の目が大きく見開かれる。翠蘭《スイラン》が体を離すと氷水《ビンスイ》の腹には包丁が深々と刺さっていた。翠蘭《スイラン》が氷水《ビンスイ》の体を両手で押すと、氷水《ビンスイ》は空の長持のなかに倒れこむ。

氷水《ビンスイ》は何かを訴えようと口をパクパクとさせるが声にならない。翠蘭《スイラン》は高く結い上げた髻《もとどり》から金のかんざしを素早く引き抜くと氷水《ビンスイ》の胸に突き立てた。氷水《ビンスイ》は両手を翠蘭《スイラン》に向けて突き出したが、その手は空を切りやがて力尽きて動かなくなった。

「餞別《せんべつ》じゃ」

翠蘭《スイラン》はそう言って金の袋を投げ込むと長持の蓋を閉じた。皇帝が到着する前に手懐《てなず》けた宦官《かんがん》を使って遺体を片付けなければならない。翠蘭《スイラン》は控え部屋を出て寝所へ戻った。銅の鏡で身なりを整える。幸い氷水《ビンスイ》の返り血も浴びていないようだ。箱から別のかんざしを取り出すと髻に挿した。

「誰かおらぬか？」

侍女に声をかけるが返事はない。翠蘭《スイラン》は、しばらく一人になりたいと侍女を廊下の先の部屋へ下がらせていたのを思い出した。呼び鈴を鳴らすことも考えたが、今はこの寝所へ来てほしくない。仕方なく引き戸を開けて廊下を侍女の部屋に向けて歩き出した。

日が沈んだばかりで金色の空が山の稜線に沿ってわずかに残っているのが見える。廊下の柱に取り付けられた燭台の灯りで床を引きずったような跡がついているのに気がついた。翠蘭《スイラン》が立ち止まって見下ろすと赤い液体がまだら模様になってこびりついている。

──血だ

翠蘭《スイラン》は氷水《ビンスイ》の胡服《こふく》が血まみれになっていたのを思い出した。血の跡に目を走らせると侍女の控え室からそれは続いていた。血の跡はまだ固まり切っておらず新しいもののように見えた。翠蘭《スイラン》の心にどす黒い不安が広がる。

血を踏まぬように気をつけながら進み、控え室の引き戸を開けた。翠蘭《スイラン》の眼前に凄惨《せいさん》な光景が広がっていた。侍女はみな床に倒れている。逃げようとしたのか扉に向けて突っ伏したもの、仰向《あおむ》けに倒れて体がねじれているもの。いずれも刺されたような跡から血が流れ出し床に血溜まりを作っている。

鉄のような血の匂いが部屋に充満しており翠蘭《スイラン》は袖で鼻を覆った。氷水《ビンスイ》の服についていた血は彼女自身の血ではなくここにいる侍女の血だったのだ。翠蘭《スイラン》は氷水《ビンスイ》が任務に失敗したことを知っていた。すぐに宦官《かんがん》の中に潜り込ませた無明道《むみょうどう》の刺客を差し向けたのだが、刺客は氷水《ビンスイ》の始末に失敗したようだ。そして氷水《ビンスイ》は自分が切り捨てられたことを知った上で自分のもとを訪れたのだ。おそらく真っ先に侍女の控え室へ向かい、侍女を殺した後、翠蘭《スイラン》の寝所へやってきたのだろう。だとすれば……。

かつて、異国から密入国しようとして捕らえられた氷水《ビンスイ》を引き取って面倒を見たのは自分だ。貧しさから国境を越えてやってくる移民は年々増えている。そう、自分は可哀想《かわいそう》なものを放っておけない慈悲の心を持っている。だが餌を与えれば与えるほど彼らはもっともっとと求めてくるのだ。

氷水《ビンスイ》は自分に忠実な部下になった。女官の教育係として宦官《かんがん》に賄賂を贈るための仕組みを作らせた。備品の発注に疑念を抱いた女官を始末させた。麻薬の売人として宦官《かんがん》を薬漬けにする仕事もやってくれた。

ああ、私のかわいい氷水《ビンスイ》。最後まで私を疑うことなく死んだ哀れな子。

背後で引き戸が閉まる音がした。翠蘭《スイラン》はゆっくりと振り向く。

「翠蘭《スイラン》様。褒めてください……」

血まみれの氷水《ビンスイ》が戸口に立っていた。手には紐がついた布の袋と蠟燭を持っている。氷水《ビンスイ》の口からは血と共に白い泡がぶくぶくと吹き出していた。あらかじめ大量の麻薬を飲み込んでいたのだろう。痛みを感じず、致命傷を負ってもなお動くことを可能にする悪魔の薬。氷水《ビンスイ》はあの世でも私に褒めてもらいたかったに違いない。

「ああ、よくやったわね氷水《ビンスイ》」

翠蘭《スイラン》の言葉に氷水《ビンスイ》は満面の笑みを浮かべた。氷水《ビンスイ》が袋についた紐に蠟燭で火をつける。炎が紐を伝っていくのを翠蘭《スイラン》は、ぼうっと見守った。

※※※※※

紅玉宮《こうぎょくきゅう》の一角から轟音と共に火柱が上がった。朱《ジュ》皇帝と護衛の宦官《かんがん》達は倉庫から翠蘭《スイラン》妃の元へと向かおうとしていたところだった。

「何が起こった⁉」

朱《ジュ》皇帝が問うが答えられるものは誰もいない。

「あれは翠蘭《スイラン》妃の寝所がある方向です！」

「すぐに消火の準備をさせよ。お前達は貴妃や女官達に避難するように伝えるのだ！」

雲嵐《ウンラン》の時のようなヘラヘラした態度とは一変して、皇帝は素早く指示を出した。皇城《こうじょう》や後宮では火事に備えて一定の間隔で巨大な水瓶が設置してある。普段は庭や畑の水やりに使われるのだが、常に水でいっぱいにしておく決まりだった。

すでに紅玉宮《こうぎょくきゅう》には女官や宦官《かんがん》が集まり、水瓶から桶で水を掬《すく》うと列を作って渡していき、火に浴びせることで少しでも火の勢いを弱らせようと必死の作業を開始していた。また貴妃宮の建材には燃えにくい素材や塗料を使うことで延焼を防ぐ工夫がしてある。それでもなお火の勢いは凄まじく紅玉宮《こうぎょくきゅう》全体へ燃え広がりつつあった。暁蕾《シャオレイ》も消火に加わろうと水瓶に近寄ると、桶に入った水を頭からかぶる女官を見つけた。紅玉宮《こうぎょくきゅう》の侍女、青鈴《チンリン》だった。

「翠蘭《スイラン》様がぁぁーっ！」

半狂乱となった青鈴《チンリン》はずぶ濡《ぬ》れになった体で燃え盛る屋敷の中に飛び込もうとしていた。

「ダメです！　青鈴《チンリン》様！」

暁蕾《シャオレイ》と近くにいた女官が全力でしがみつき、青鈴《チンリン》を押し止めた。

「おのれ！　放せ、放さぬかぁーっ！」

涙と鼻水でぐちゃぐちゃになった顔が炎に照らされている。暁蕾《シャオレイ》は青鈴《チンリン》が本当に翠蘭《スイラン》妃のことを慕っていたのだと思いしらされて、胸が締め付けられるようだった。自分にここまでのことができるだろうか？

上品な朱色だった紅玉宮《こうぎょくきゅう》の柱や壁は赤黒い墨に変わり、美しく弧を描いていた瓦屋根ががらがらと音を立てて崩れていく。美しい庭園の木々にも炎は燃え移り、さながら地獄のようであった。紅玉宮《こうぎょくきゅう》は他の貴妃宮へは渡り廊下だけでつながっており、残りは土壁で囲われている。

渡り廊下は延焼を防ぐため宦官《かんがん》によって破壊された。皇帝の指示のもとみなが必死になって消火活動を行ったことにより、やがて火は消し止められた。紅玉宮《こうぎょくきゅう》は焼け落ち灰となってしまった。焼け跡からは翠蘭《スイラン》妃と氷水《ビンスイ》、数名の侍女が遺体となって発見された。

皇帝や掖庭《えきてい》の宦官《かんがん》達により、倉庫で捕らえられた宦官《かんがん》の取り調べが行われた。また焼け残った倉庫から賄賂につかわれた品が証拠として押収され、紅玉宮《こうぎょくきゅう》、劉《リュウ》家、宦官《かんがん》の三者による汚いお金の流れが判明した。

さらに劉《リュウ》家の商人を取り調べることで劉《リュウ》家が纏黄《てんおう》国の毛皮密売に関《かか》わっていることもわかった。暁蕾《シャオレイ》の想像通り倉庫で捕まった黒い宦官《かんがん》は、他の宦官《かんがん》から槃麻《はんま》を与えられることにより痛みを感じない兵士として使われていたことも判明した。力の弱い宦官《かんがん》は麻薬を改良して暗殺者の集団を作ろうとしていたのだ。朱《ジュ》皇帝の指示のもと、御史台《ぎょしだい》が中心となって徹底的な調査が行われ、武器や麻薬の密輸、さらに国内で麻薬を売りさばく仕組みを担った悪人達はことごとく捕らえられた。それにより国内に麻薬がまん延することは、すんでのところで防がれたのだった。纏黄《てんおう》国からの毛皮や乳製品の密売も摘発され、価格はもとに戻った。迦楼羅汗《カルラハン》との交渉も軌道にのり、戦争は回避された。

紅玉宮《こうぎょくきゅう》の侍女達は非難にさらされたが、幸いなことに悪事には関わっていなかったということがわかり、罪に問われることはなかった。青鈴《チンリン》をはじめ侍女達は、翠蘭《スイラン》妃を心から慕っており、彼女のやったことを知ったとしてもなお信じているように思えた。翠蘭《スイラン》妃の行ったことは許されないことだったのは間違いない。だがそれでも彼女が侍女達に与えていた愛情は嘘《うそ》ではなかったということだろう。

事件による混乱は少しずつ収まっていき完全ではないにしても後宮はもとの平穏を取り戻しつつあった。事件の後始末に奔走していた暁蕾《シャオレイ》だったが、少しずつ進化している自分の能力を使ってできることはまだまだあると自分に言い聞かせるのだった。

終章

暁蕾《シャオレイ》は発注書を届けるため久々に、泰然《タイラン》のもとを訪ねた。

「泰然《タイラン》様、生きてますか～？」

いつものように気が抜けた挨拶《あいさつ》で部屋に入っていくと、泰然《タイラン》は何やら部屋の片付けを行っているようだった。

「おお、暁蕾《シャオレイ》か。よいところに来た。俺《おれ》は今日でこの仕事をやめることになったのだ」

「へーっ？　田舎にでも帰られるのですか？」

いつものように暁蕾《シャオレイ》が軽口をたたくが今日の泰然《タイラン》は気にしていないようだった。

「お前のおかげだよ。暁蕾《シャオレイ》。お前が皇帝陛下に俺の上奏文《じょうそうぶん》を渡してくれたのだろう？」

暁蕾《シャオレイ》は泰然《タイラン》から預かった上奏文《じょうそうぶん》を秀英《シュイン》へ渡した。皇帝陛下へ届いたのだとしたら秀英《シュイン》からだ。

「上奏文《じょうそうぶん》を読んだ陛下が、俺を諫議大夫《かんぎたいふ》に戻してくださったのだ」

「よかったじゃないですか。陛下が変なことしないように見張ってあげてください」

「なに？　お前陛下のことを知っているような口ぶりだな」

「まさか、何も知りませんよ」

泰然《タイラン》も、朱《ジュ》皇帝の素顔があのヘラヘラした雲嵐《ウンラン》のような男だとは夢にも思わないだろう。まあ、雲嵐《ウンラン》を演じていた可能性もあるのだが。

数日後、暁蕾《シャオレイ》は炎陽宮《えんようきゅう》に呼び出された。董艶妃《トウエン》と秀英《シュイン》の関係を知ってしまった暁蕾《シャオレイ》は董艶妃《トウエン》に対して以前とは違う気持ちを抱いていた。悪女として恐れられる董艶妃《トウエン》ではなく、秀英《シュイン》の同志、ハウラ姫として見ている自分がいた。炎陽宮《えんようきゅう》の広間で長椅子《ながいす》に腰掛けた董艶妃《トウエン》が暁蕾《シャオレイ》を見下ろしていた。

「翠蘭《スイラン》は残念だったの」

「はい、翠蘭妃《スイラン》ご自身の言葉で真実を語っていただきたかったです」

「後宮は恐ろしいところじゃ。権力を持てば人は変わる。周りの人間が放っておかんからな」

董艶妃《トウエン》の言葉は暁蕾《シャオレイ》にというよりは自らに向けたものであるように感じられた。

「わらわと秀英《シュイン》の過去について、お前も聞いたのであろう?」

「はい、おそれながら……」

董艶妃《トウエン》は赤く形の良い唇の端を少しだけ持ち上げて、ふうと息を吐き出した。

「暁蕾《シャオレイ》、お前には物事を見通す特別な力があるようじゃ。わらわはその力を必要としておる」

董艶妃《トウエン》が発した言葉の意図がわからず、暁蕾《シャオレイ》は頭を上げて董艶妃《トウエン》に視線を向ける。董艶妃《トウエン》は優雅な所作で長椅子から立ち上がるとひざまずいている暁蕾《シャオレイ》のそばまで歩み寄った。戸惑う暁蕾《シャオレイ》に構わず身をかがめた董艶妃《トウエン》は暁蕾《シャオレイ》の耳元に唇を寄せてささやくように言った。

「わらわはこの国を変える」

異国の香木が放つあやしい匂《にお》いで頭がくらくらとして、董艶妃《トウエン》の言葉はまるで夢の中で聞いた言葉のように暁蕾《シャオレイ》の心の深い部分へ染み込んでいった。

「わらわに仕えよ」

董艶妃《トウエン》の両手がそっと暁蕾《シャオレイ》の両肩に添えられた。董艶妃《トウエン》の頬《ほお》が暁蕾《シャオレイ》の頬に軽く触れる。暁蕾《シャオレイ》は温かいと思った。北宮《ほくぐう》の悪女と恐れられるこの方も温かい血が通う人間なのだ。今なら理解できる、理不尽に思えた備品の発注書も、甘淑《カンシュク》との対決も彼女に深い考えがあってのことだったのだ。悪女というあだ名は誰《だれ》にも媚びることなく信念をつらぬく董艶《トウエン》妃への畏れにも似た憧《あこが》れを表した言葉なのだ。この方についていけばもしかしたら自分の夢を叶《かな》えることができるかもしれない。いやこの方と自分はすでに同じ志を持っているのかもしれない。それを確かめるために自分はこの方にお仕えするのだ。

「はい、お仕えします」

暁蕾《シャオレイ》ははっきりとした言葉で答えた。

うれしいことに玲玲《リンリン》も一緒に炎陽宮《えんようきゅう》の侍女として召し抱えてくれることになった。玲玲《リンリン》にそのことを伝えるために作業部屋へ戻ろうとした暁蕾《シャオレイ》は、突然方向を変えて違う場所へ向かって歩き始めた。暁蕾《シャオレイ》が向かったのは後宮と皇城《こうじょう》をつなぐ通用門だった。なぜだかそこへ行かなければならない気がしたのだ。質素な木製の扉を開けると、いつも見える左右対称な建物は——見えなかった。いや、暁蕾《シャオレイ》が望んでいた風景が見えた、と言い換えなければならない。そこにはとても背の高い、琥珀色の瞳《ひとみ》を持つ男が立っていたからだ。

「やっと来たか。待ちくたびれたぞ」

秀英《シュイン》は楽しげに言った。

「ここを通るのは下品な行いなんですよ、御史大夫《ぎょしたいふ》様」

「そうであったな」

この場所で秀英《シュイン》と再会したときのことを思い出して反撃したつもりの暁蕾《シャオレイ》だったが、秀英《シュイン》は穏やかに笑うだけだった。

「董艶妃《トウエン》に呼び出されたそうだな。何の話だったんだ？」

「炎陽宮《えんようきゅう》の侍女になるように、と言われました」

秀英《シュイン》の眉《まゆ》がわずかに動いたが、何も言わないので暁蕾《シャオレイ》は続ける。

「良いお話だと思いましたのでお受けすることにしました」

「そうか、よかった。実を言うとな、今回のことでお前が後宮を去ってしまうのではないかと心配していたのだ」

確かに父が教えてくれた後宮の恐ろしい部分を遥かに上回る、後宮の暗部を暁蕾《シャオレイ》は見てしまった。怖くないと言えば嘘《うそ》になる。だが、自分にはまだやるべきことが残されている。

「ここに自分の居場所を作りたいと思ったのです、秀英様《シュイン》のように」

「我が国の危機はまだ去っていない。俺もお前のように自分のなすべきことをやるつもりだ。協力してくれるな？」

「承知致しました、秀英様《シュイン》」

暁蕾《シャオレイ》はうやうやしく礼をとると、秀英《シュイン》のために扉を押し開けた。

※※※※※

暁蕾《シャオレイ》と玲玲《リンリン》が使っている作業部屋。暁蕾《シャオレイ》が私物を入れている箱の中に一冊の書物が入っている。溏《とう》帝国とそれ以前の王朝に関する歴史を記した書物だ。天三閣《てんさんかく》の書庫から無明道《むみょうどう》教祖、冥水《メイスイ》が持ち出した一冊の歴史書。そこにはかつて大陸に存在した王朝が異国の謀略によって滅びの危機にあったことが記されていた。暁蕾《シャオレイ》が持ち出した一冊はその続きに当たる。歴史書の一節にはこうあった。

『異国の手先となった裏切り者の手によってその国は内部から崩壊しつつあった。一度は裏切り者の一派が捕らえられたが異国とのつながりを示す証拠は全て葬りさられ、人々は真の危機に気が付くことはなかった。ここに至ってその国の命運は完全に潰《つい》えたかに思えた。だがそこに国の危機を救うべく立ち上がるひとりの貴妃が現れたのだ。運命のいたずらだろうか？　その貴妃もまた異国の出身であった。貴妃は男女の別なく優秀な人材を登用して陰謀に立ち向かっていく。彼女こそがその国の歴史上、唯一の女帝となり公平な人材登用のための制度である科挙《かきょ》を作り上げた英雄であった』

この記述があるページには暁蕾《シャオレイ》が作った紙切れの栞《しおり》が挟まっており手書きの文字でこう書かれている。

『歴史は繰り返す。だが新たな歴史を加えることもできる。勇気さえあれば』

あとがき

皆さま、初めまして！　おあしすと申します。

このたびは私のデビュー作「後宮の備品係　智慧の才女、万能記憶で陰謀を暴きます」を手に取っていただき、本当にありがとうございます。

この本を手に取ってくださったということは、中華ファンタジーファンの方でしょうか？　それともミステリーがお好きでしょうか？

とにかく歴史が好きで仕方ない私は、ウエブ投稿サイトで中世ヨーロッパを舞台とした作品を連載しておりました。そんな私の目に飛び込んできたのが、中華後宮を舞台とする物語の数々。なんて魅力的な世界なんだ！　こうなったらもう居ても立っていられません。私の好きな物、歴史、ミステリー、華やかな後宮世界、そしてかっこいい才女。すべてを詰め込んで作品を書き上げました。

そうするとなんということでしょう。GA文庫編集者の方が私の作品を見つけてくださり、書籍化することになったのです。でも書籍化打診のご連絡をいただいたとき「作品名」が書いていなかったので勝手に中世ヨーロッパ転生ものの方だと勘違いしておりました（笑）

本作の主人公は芯が強く聡明な女性です。しかも本好きの歴史好き。あ、あとオカルトも好き（私の趣味です）。そんな彼女がまるでAIのような頭脳を駆使して謎を解く。今や猫も杓子もAIすごいと騒がれる時代。もし頭の中にもともとChatGPTのような生成AIが備わっていたらと考え『万能記憶』と名づけました。かと言って主人公は無味乾燥な機械のような少女ではありません。失敗して落ち込みますし、恋だってしちゃいますのでご安心ください（笑）

それではこの場を借りて謝辞を申し上げさせていただきます。

まずは私に小説執筆の時間を与えてくれた家族に。通常の仕事をしながらさらに家での時間を執筆に使ってしまう私をサポートしてくれてありがとうございました。

次に私の担当編集、宍戸さん。本作を激賞くださり不慣れな私に出版までのアレコレを丁寧に教えてくださりました。そもそも宍戸さんが投稿サイトで本作を見つけてくださったことが全ての始まりなので感謝に堪えません。本当にありがとうございました。

本作に素敵なイラストを描いてくださった、さくらもち先生。私のイメージ通り、いや想像を上回る美麗なキャラたちを拝見して感動いたしました。本当にありがとうございました。

校正や製本といった、本作の出版に尽力くださった大勢の方々、こうして素晴らしい本が出来上がったのも皆様の素晴らしいお仕事のおかげです。ありがとうございました。

ウエブ小説時代に本作をお読みくださり応援コメントで励ましてくださった方々、ありがとうございました。皆様の励ましがあったからこそ最後まで物語を書き続けることができたと思っています。

さらには本作を投稿する場を提供くださったカクヨム運営の皆様。皆様の力で本作を投稿サイトの読者へ届けることができました。ありがとうございました。

最後に本作を手に取ってくださった読者の皆様。本当に、本当にありがとうございます。

本作が皆様の読書ライフに少しでも彩りを加える存在になることができたなら、著者としてこれ以上の喜びはありません。

それではまたお会いできる日を夢見て、おあしすでした。

GAノベル

後宮《こうきゅう》の備品係《びひんがかり》
智慧《ちえ》の才女《さいじょ》、万能記憶《ばんのうきおく》で陰謀《いんぼう》を暴《あば》きます

2025年1月31日　初版第一刷発行

著者　おあしす
発行者　出井貴完
発行所　SBクリエイティブ株式会社
〒105-0001　東京都港区虎ノ門2-2-1

装丁　AFTERGLOW
印刷・製本　中央精版印刷株式会社

ISBN978-4-8156-2598-6
Printed in Japan

本書は、カクヨムに掲載された
「後宮女官、悪女に仕える」を加筆修正、改題したものです。

ファンレター、作品のご感想をお待ちしております。

〒105-0001　東京都港区虎ノ門2-2-1
SBクリエイティブ株式会社
GA文庫編集部 気付

「おあしす先生」係
「さくらもち先生」係

本書に関するご意見・ご感想は
下のQRコードよりお寄せください。
※アクセスの際に発生する通信費等はご負担ください。

https://ga.sbcr.jp/

試読版は
こちら!

試読版は
こちら！

第18回 GA文庫大賞
GA文庫では10代～20代のライトノベル読者に向けた魅力溢れるエンターテインメント作品を募集します！
創造が、現実《リアル》を超える。
イラスト／りいちゅ
大賞賞金300万円＋コミカライズ確約！
◆募集内容◆
広義のエンターテインメント小説（ファンタジー、ラブコメ、学園など）で、日本語で書かれた未発表のオリジナル作品を募集します。希望者全員に評価シートを送付します。
※入賞作は当社にて刊行いたします。詳しくは募集要項をご確認下さい。
全入賞作品を刊行までサポート!!
応募の詳細はGA文庫公式ホームページにて
https://ga.sbcr.jp/